La secrète mélancolie des marionnettes

Du même auteur

Petit Traité de désinvolture
éditions José Corti, 2002; Points, 2005

Rêveurs et Nageurs
éditions José Corti, 2005; Points, 2007

Brefs Aperçus sur l'éternel féminin
éditions Robert Laffont, 2006; Points, 2009

De l'art de prendre la balle au bond
Précis de mécanique gestuelle et spirituelle
éditions Jean-Claude Lattès, 2007; Points, 2010

La Faculté des choses
éditions *Le Castor astral*, coll. « Escales des lettres »,
Bordeaux, 2008

Le Petit Grozda, les merveilles oubliées du Littré
Points, 2008

L'Art difficile de ne presque rien faire
éditions Denoël, 2009; Folio, 2010

Minuscules Extases
NiL Éditions, 2009

DENIS GROZDANOVITCH

La secrète mélancolie des marionnettes

ÉDITIONS DE L'OLIVIER

Ce livre a été écrit avec le soutien du Centre national du livre,
du Conseil général du Nord, ainsi que de la ville
de Saint-Louis en Alsace et de la Villa Marguerite-Yourcenar
qui ont accueilli l'auteur en résidence.
L'auteur tient également à remercier, pour leur aide et suggestions
à différents niveaux, Catherine Mathieu, Guillaume Brun,
Daniel Maja, François Bensimon,
Olivier Cohen et Patricia Duez.
Un remerciement tout spécial à Judith Coppel
pour ses précieuses relectures.

ISBN 978.2.87929.692.0

« Il faut montrer la vie non telle qu'elle est, ni telle qu'elle doit être, mais telle qu'elle nous apparaît en rêve. »

Anton Pavlovitch Tchekhov

« Il y aura ce que nous avons été pour les autres, des bribes, des fragments de nous que parfois ils crurent entrevoir. Il y aura ces rêves de nous qu'ils nourrirent, et nous n'étions jamais les mêmes, nous étions chaque fois ces inconnus magnifiques qu'ils inventaient, ces idées de nous telles des ombres fragiles dans de vieux miroirs oubliés au fond des chambres, et qui ajoutées à nos propres rêves, nos propres et inlassables tentatives de nous-mêmes, composeront, durant quelques années encore de la vie sur cette terre, cette étrange et brillante et croirait-on inoubliable mosaïque, où rien ni personne ne permettra de dire vraiment qui nous fûmes, et le jour viendra où disparaîtra jusqu'au dernier de ces souvenirs et de ces rêves, de ces idées de vie, et il n'y aura plus nulle part, pas même dans les livres que parfois nous écrivîmes, où chercher ce que nous fûmes. Qu'aurons-nous donc été et pour qui ? Et combien de créatures, combien d'ombres cheminant les unes près des autres dans la lumière des crépuscules, ces cortèges silencieux et recouverts de poussière des fins de jour ? Et qui jamais comprendra ? »

Michèle Desbordes

Ce livre est dédié à la mémoire d'Éric Rohmer

1

Prétendre qu'un décor aussi indigent que celui de la gare parisienne de Bercy puisse jamais représenter une invitation au voyage et, qui plus est, vers une destination aussi mythique que l'a été de tout temps la péninsule Italique, serait d'une ironie presque cruelle. Néanmoins, les circonstances de mon départ pour Florence firent que j'eus droit à un avant-goût de l'atmosphère transalpine.

Tandis qu'à l'ébranlement des voitures l'accompagnatrice d'un des voyageurs s'amusait à pasticher un départ mélodramatique en agitant un large mouchoir blanc, dans un crissement formidable – comme si ce geste avait tout déclenché – le train freina brusquement, puis s'immobilisa. Surgirent alors de toutes parts des employés italiens et français suragités, s'interpellant dans les deux langues et s'activant autour des wagons, jusqu'à ce que l'information eût remonté parmi les passagers descendus sur le quai : rupture d'attelage et réparation à durée indéfinie.

Familier des trains italiens et de la relative désorganisation qui y préside généralement, ayant de surcroît subodoré, au ton d'un des employés qui paraissait renseigné, ce que laissait augurer cette durée « indéfinie », je décidai – après m'être enquis de la faisabilité de l'opération – de reporter mon départ au lendemain.

Le lendemain, il s'avéra que le changement de billet, dont on m'avait pourtant assuré de la possibilité, la veille, à ce même guichet SNCF, s'annonçait – mauvaise volonté, sourde revanche sociale de l'employé, ou égarement labyrinthique du système informatique? – d'une complexité administrative typiquement française. L'heure du départ approchant et mon affaire prenant des dimensions de cas d'école, la préposée devenant en outre très agressive, je ne dus mon salut qu'à un voyageur de la file voisine qui, ayant rapidement jaugé la situation, me conseilla de régler le problème en direct avec le chef de train italien.

J'avisai donc sur le quai ledit chef de train en train de plaisanter nonchalamment avec un collègue. Après qu'il eut jeté un bref coup d'œil à mon billet, celui-ci me déclara:

– Ma tutto va bene cosi!

Et sortant son carnet de réservations, il m'attribua une place sans autre cérémonie.

Le train démarra sans accroc cette fois-ci et nous commençâmes de rouler à ce rythme lancinant et incantatoire – « cette grande allure si douce » – des trains à vitesse moyenne qui, pour moi, est demeuré depuis l'adolescence celui de *La Prose du transsibérien* ou des poèmes de Barnabooth. Ce fut alors la languissante traversée de la matière interstitielle des banlieues, puis la plongée ensommeillée dans l'opacité nocturne des campagnes, seulement interrompue, de loin en loin, par les réverbères fantomatiques de hameaux isolés, l'apparition sinistrement grandiose d'usines illuminées crachant leurs fumées ou bien encore, au passage de petites villes frileusement repliées sur elles-mêmes, le rectangle lumineux, solitaire, d'une fenêtre derrière laquelle je me plaisais à imaginer que quelqu'un lisait peut-être:

« Tôt ou tard, dans la vieillesse ou dans la fleur de l'âge, l'"inaccompli" nous fait signe et nous nous retournons à son appel, cherchant à comprendre d'où il vient. Alors, rentrant en nous-mêmes et donnant à chaque jour sa pleine valeur, nous regardons la vie et tâchons de comprendre si l'"inaccompli" ne commence pas à devenir réalité. Il nous semble que son image est soudain beaucoup plus distincte, qu'il suffit de tendre la main pour le saisir. »

Ainsi s'exprimait Harvey au tout début du roman d'Alexandre Grine intitulé *Celle qui court sur les vagues*, et j'avais l'impression, moi aussi, contemplant dans la vitre assombrie le reflet spectral de mon propre visage, de sentir ma vie s'engager dans la poursuite d'une nouvelle chimère, d'un nouveau hochet existentiel, d'avoir enfin réussi à me mettre en chemin vers cet *inaccompli* – dont la notion demeurait suffisamment floue pour exercer sur mon imagination, mon imagination d'enfant qui ne voulait « rien savoir sinon espérer éternellement des choses vagues », un attrait irrésistible.

C'est à cet instant précis que la conversation poursuivie quelques jours plus tôt avec mon amie Elvire me revint en mémoire.

Tous deux assis, vers cinq heures de l'après-midi, dans le bureau spacieux formant aussi salon et donnant sur l'arrière-cour de l'immeuble qui abrite sa librairie, le vacarme du boulevard ne parvenant plus jusqu'à nous que sous une forme assourdie de grande marée motorisée (celle qui ne manquerait pas de nous submerger un jour, avais-je souvent pensé), les minces lueurs des lampes basses posées sur les tables faisant scintiller dans l'ombre, telles les étoiles de la constellation du même nom, les lettres dorées des volumes de la Pléiade, Elvire et moi, chacun une tasse de son excellent lapsang souchong à la main, nous nous livrions à notre séance hebdomadaire d'astronomie littéraire, scrutant passionnément ensemble, semaine après semaine, aussi bien le scintillement durable des astres fixes que le passage évanescent des météores de la galaxie Gutenberg en pleine expansion et nous étions en train de nous échauffer, une fois de plus, sur les mérites comparés de nos auteurs de prédilection, sur nos rejets et nos engouements passagers, lorsqu'elle m'avait demandé à brûle-pourpoint si j'avais toujours l'intention, comme elle avait cru le comprendre, de me lancer dans une entreprise romanesque.

– Dans la vie réelle ou sur le plan littéraire ? lui avais-je demandé à mon tour en toute mauvaise foi afin de me donner le temps de réfléchir.

– Sur le plan littéraire, Denis, voyons, tu le sais bien. Non que je ne m'intéresse pas aux péripéties de ta trépidante existence quotidienne mais, comme tu ne peux l'ignorer non plus, je me préoccupe surtout de la vie véritable – la vie rêvée des anges, bien entendu, m'avait-elle dit en riant.

– C'est-à-dire, Elvire, avais-je commencé évasivement, ne sachant trop ce que j'allais pouvoir répondre à cet instant, tellement cette question était venue se loger au cœur de mes préoccupations non encore résolues, c'est-à-dire que… je préférerais, comme tu le sais, limiter toute entreprise aventureuse, a fortiori amoureuse, au seul plan littéraire. Tout ce qui est mouvementé dans la vie immédiate m'embarrasse, et cela, parce que j'aime trop l'état poétique dans lequel je suis parvenu à me maintenir tant bien que mal jusqu'à aujourd'hui pour prendre le risque qu'il se volatilise du fait de l'irruption intempestive de l'urgence à agir ou, bien pis, d'une quelconque passion amoureuse et…

– Oui, mais si cela te tombe dessus sans crier gare ? m'avait-elle interrompu.

– Alors là, en effet, je ne pourrai plus que recommander mon âme à Dieu !

– Évidemment, oui, comme nous tous. Encore que pour ce qui nous concerne tous les deux, il faut admettre que nous avons appris à nous protéger, au fil du temps, et ce n'est sans doute pas par hasard que nous nous retrouvons ici, dans ma petite planque secrète, car avant que les turbulences viennent nous y dénicher, nous avons un peu de marge, non ? Oh, mais par ailleurs, je vois ton œil sceptique. Apprends cependant que, même à mon âge, le grand amour est encore possible. Pas sous la forme frénétique de la jeunesse, c'est certain, mais sous une forme tout aussi intense sur le plan mental, et même plus ravageuse peut-être… De plus, je te l'annonce, aussi étonnant que cela puisse te paraître, à tous les âges, quand nous sommes pris, nous sommes pris, et c'est exactement pareil, vois-tu… Mais bon, en attendant, on fait tout pour essayer de l'éviter.

– Oui, c'est sûr. Et je dois dire que la dernière fois que j'ai succombé à la transe amoureuse, je l'ai terriblement mal vécu… Toutes ces heures passées dans l'obnubilation d'un seul objet, sans un instant de repos ou de contemplation, dans cet état de tension douloureuse du désir, et puis pas question qu'on nous prescrive un tranquillisant dans ce cas de figure, n'est-ce pas ?

Elvire avait souri, remonté la mèche de cheveux blancs qui lui barrait le front et, caressant le chat Geoffroi venu se caler sur ses genoux dès qu'il avait compris que nous étions sur le point de nous lancer dans une conversation captivante, elle m'avait tendu l'assiette de biscuits me demandant :

– Bon, alors ? Tu as eu le temps de préparer ta réponse, maintenant.

– Eh bien, tu as parfaitement deviné, comme toujours. Le fait est que je suis tenté de me lancer dans l'écriture d'une sorte de roman, mais je me pose beaucoup de questions dont la principale est : pourquoi en ajouter un de plus à la somme incommensurable de ceux qui sont déjà publiés chaque année ? Car naturellement, je pense à vous les libraires. Tous ces cartons à trimballer, à ouvrir, tous ces bouquins à ranger sur les rayons, et ensuite, la lecture fastidieuse de tant d'ouvrages insipides, sans parler des retours et de la perspective affligeante du pilonnage.

– Du pilon, mon cher Denis, du pilon ! Nous, libraires, sommes en effet pilonnés par la grosse artillerie de l'édition – et nous nous protégeons comme nous le pouvons –, d'où ce bunker où nous nous trouvons provisoirement à l'abri, du moins je l'espère, mais le mot pour la destruction des stocks, c'est pilon, vois-tu.

– Oui, c'est vrai. Désolé. Enfin donc, la pensée de cette pléthore consumériste et de ses corollaires, quel vertige ! Et puis, d'un autre côté, qu'est-ce exactement que cette dimension dite romanesque ? Qu'est-ce exactement qu'un roman, aujourd'hui ?

– Aujourd'hui ? C'est assez simple pourtant. C'est quand, sur la couverture, le mot roman est inscrit sous le titre.

– Sans doute, oui, tu as raison, mais pour en revenir à mon questionnement personnel : comment innover en la matière ? Que puis-je raconter de passionnant dans la mesure où je ne m'intéresse qu'aux infimes mouvements clandestins ? Est-il permis, à l'heure où tout le monde applaudit aux seules prouesses de la pyrotechnie la plus flamboyante, de narrer par le menu les états d'âme d'un admirateur du brillotement minimaliste des vers luisants ? À qui donc cela peut-il plaire actuellement ? Je te le demande... Il faut du sensationnel ou bien alors du cafardeux, du sexe pervers, de la violence à tout-va, saupoudrée de désespoir existentiel et surtout, surtout, beaucoup de culpabilité et de commisération vis-à-vis des malades, des défavorisés et des jeunes désœuvrés des banlieues, non ? Bref, de la revendication sociale bien assaisonnée au goût du jour. Mais peut-on espérer captiver quiconque avec les aventures dérisoires d'un personnage dont la seule passion consiste à se garer des voitures, à converser avec des amis de rencontre, à courtiser des femmes impossibles ou imaginaires et à se ménager des petits espaces jubilatoires tout à fait privés ?

– Mais tu te poses trop de questions, mon cher Denis. La littérature est d'abord une question de ton et de style. N'importe quoi peut être raconté, les choses apparemment les plus anodines comme les plus sensationnelles, si la perception particulière du narrateur parvient à la sincérité, parvient à exprimer le fond singulier, irremplaçable de toute existence, et de ce fait rejoint l'universel. Et puis d'autre part, ajouta-t-elle, en admettant même que cela n'intéresse personne, est-ce une raison pour t'empêcher d'écrire ? Connais-tu la plus belle réponse jamais donnée à la question bateau, sans cesse réactivée par les journalistes : « Pourquoi écrivez-vous ? »

– Non, je ne crois pas…

– Eh bien, à mon avis, c'est Jack Kerouac qui l'a donnée. Il a répondu : « Il faut écrire pour la gloire d'être soi-même. »

– Oui, c'est bien beau, m'exclamai-je, mais moi ça fait quarante ans que je goûte à cette gloire-là et j'en suis rassasié, crois-moi. J'aimerais en partager ne serait-ce qu'un petit bout avec certains lecteurs, vois-tu.

– Je te comprends, parfaitement, Denis, dit-elle en riant, d'autant plus qu'il est vrai que Kerouac a répondu cela à un journaliste du temps où il était unanimement reconnu et… Mais écoute, cesse de te tourmenter pour des questions de ce genre. Assieds-toi chaque matin à ta table et essaie de te faire plaisir à toi-même avant tout. Laisse tomber le reste. L'important est de se charmer soi-même et, de surcroît, c'est certainement – car nous sommes reliés les uns aux autres par un tissu conjonctif – la meilleure chance qu'on puisse se donner de charmer autrui. Comme tu le sais, j'ai une théorie concernant l'intérêt de ce qu'on est en train d'écrire : je crois que, dans les ouvrages qui en valent la peine, la jubilation que l'auteur a eue à s'ensorceler soi-même est perceptible au lecteur.

– Oui, je connais ta théorie, mais je connais aussi pas mal de gens sinistres qui se font beaucoup rire eux-mêmes avec leurs blagues vaseuses, et aussi pas mal de poètes totalement hermétiques éblouis par leur propre production, si ce n'est, de façon plus générale, une ribambelle de beaux parleurs entichés de leurs opinions navrantes, alors, pour ma part, je préférerais éviter ce genre de ridicule, bien qu'à y réfléchir vraiment, ce soit peut-être impossible à éviter : difficile de savoir si on nage dans la folie douce ou si on évolue dans une réelle nécessité, si on reste en phase avec l'âme collective ou si on s'est égaré dans une idiosyncrasie trop particulière.

Elvire avait alors fait une moue dubitative sans rien répondre, m'avait resservi du thé, puis, après avoir gratté un long moment le dessus de la tête de Geoffroi qui ronronnait comme une petite rotative, elle avait finit par murmurer :

– Tout ça est en effet compliqué, mais que veux-tu : il faut bien croire en soi-même un tout petit peu, sinon… Nous sommes ici en plein cœur du mystère de l'individualité. Unamuno a écrit des choses décisives sur ce thème dans son grand-œuvre *Le Sentiment tragique de la vie*. Il a dit, autant que je m'en souvienne, que peu nous importait en réalité qu'on nous prouve l'immortalité globale de l'âme, vu que ce qui nous angoissait le plus était de savoir si notre chère petite individualité allait se survivre un tant soit peu ou non.

– En ce qui me concerne, c'est plutôt le sentiment tragi-comique de la vie qui retient mon attention, et cette angoisse de l'ego – sans doute tragique, c'est certain, pour ceux qui s'y laissent prendre sans le moindre humour –, eh bien, il me semble que la meilleure manière de la soigner est encore de la considérer sous l'angle du théâtre. N'est-il pas inévitable que nous nous laissions invinciblement entraînés, nous autres vivants, le temps de notre existence, et à moins de devenir de tristes « soupe-tout-seul », par le rythme vaudevillesque, voire guignolesque, de cette ébouriffante comédie des ego ? En conséquence : jouons nos rôles impartis en cabotins assumés, mais ne prenons pas la pièce trop au sérieux, jouissons du jeu lui-même et de notre habileté à nous donner la réplique les uns aux autres.

– Comme nous deux à l'instant présent, bien sûr. Comme tu es galant, Denis ! Oui, oui, sans doute, sans doute… Tu comprends ça, Geoffroi ? avait-elle demandé en se penchant sur le chat. Non, lui, il préfère rester spectateur et garder ses réflexions pour lui, tu as bien raison, va, avait-elle encore lancé au chat, qui avait fermé les yeux en signe d'acquiescement. En tout cas, sérieux ou pas, mon cher Denis, tu t'inquiètes tout de même de savoir ce que tu vas écrire, non ? Vas-tu de nouveau partir de tes carnets ou te lancer bravement dans l'inconnu ?

– Je vais partir de mes carnets, bien entendu. C'est mon support comme disent les voyantes extra-lucides de leur boule de cristal. Aussitôt que j'ouvre mes carnets, le monde se met à bruire, à s'émulsionner… Beaucoup plus, en fait, que dans la réalité de tous les jours, c'est un peu magique. Mais ensuite, hélas, ça peut partir aussi dans tous les sens, c'est assez imprévisible à vrai dire.

– Ta question est donc résolue : ouvre un de tes carnets, guette l'étoile qui se lève au-dessus de ta page et laisse-la te guider sur les chemins de ton imaginaire.

– C'est ça. Tu as trouvé l'image : je dois suivre ma bonne étoile. En espérant, toutefois, qu'elle ne soit pas trop filante…

– Même si elle devait l'être, avait dit Elvire, tu fais comme Lartigue, le photographe, nous confie qu'il le faisait dans son enfance : tu fermes les yeux et tu tournes trois fois sur toi-même pour la fixer dans ta mémoire.

– Ah oui, d'accord. L'idée me plaît, je vais essayer ça.

– Et quand comptes-tu te lancer dans cette grande aventure astronomique ?

– Eh bien, tu sais, je suis invité dans une résidence d'écrivains en Italie, près de Florence ; je vais profiter de cette invitation pour m'éloigner de mes dissipations habituelles, en souhaitant, tout de même, que la vie y soit un brin romanesque.

– Pour ça rien de plus facile, tu sais comment faire ?

– Euh, non, pas vraiment.

– Il suffit que tu le décides, tout bêtement. Et là encore, crois-en l'expérience de ta vieille amie, c'est magique. Tu te mets dans un certain état de réceptivité et la rencontre du plus plat des personnages ou la simple chute d'une brindille devient romanesque.

– Et si ça ne marche pas, je te l'écris ?

– Oui, tu me l'écris. Et au pire, au cas où je me serais trop avancée, ça participera du genre épistolaire, et plein de vieilles dames dans mon genre raffolent des correspondances. En plus, sache-le, Geoffroi lorgne le courrier par-dessus mon épaule. Il adore, lui aussi, recevoir des nouvelles des amis éloignés durant les longues après-midi d'hiver sans clients telles qu'aujourd'hui…

Et lorsque, après avoir échangé un clignement d'œil entendu avec Geoffroi et embrassé ma vieille amie, j'étais ressorti de la librairie à la nuit tombée, marchant en direction de ma station de métro, j'avais levé la tête vers le ciel dans l'espoir d'y apercevoir tout de suite – tant qu'à faire – la providentielle étoile évoquée par Elvire. Mais les innombrables lumières fluorescentes du boulevard, interdisant toute élévation du regard, m'en avaient empêché.

Je persévérais ainsi dans mes rêveries nocturnes décousues ; d'autres bribes de souvenirs, de fantasmes – en apparence dérisoires mais peut-être porteuses d'une signification décisive – vinrent alors me visiter, comme générées, eût-on dit, par la prosodie répétitive du roulement ferroviaire. Je me souvins, par exemple, qu'outre Harvey, dont l'image s'était rappelée à moi quelques instants plus tôt, il y avait Gustav von Aschenbach en route pour Venise, à propos duquel Thomas Mann disait, au début de *La Mort à Venise* : « Où va-t-on quand on veut du jour au lendemain échapper à l'ordinaire, trouver l'incomparable, la fabuleuse merveille ? »

Oui, où allait-on ? Et qu'espérais-je trouver en allant séjourner dans cette résidence d'écrivains des environs de Florence, chez la comtesse Silvina Bettinelli ? Pas plus, probablement, que von Aschenbach, ni davantage non plus peut-être – les histoires réelles et fictives s'imbriquant mystérieusement les unes dans les autres – que ce pauvre Björn Andresen, l'interprète de Tadzio dans le film que Visconti avait tiré du roman. N'avais-je pas lu récemment dans un reportage, où l'on voyait une photo de sa trogne désormais bouffie de quadragénaire alcoolique et névrosé, qu'après avoir été choisi parmi une foule d'autres adolescents – au terme d'un long périple nordique effectué dans ce but par le réalisateur – et connu une gloire fulgurante, il n'avait jamais réussi à se remettre de cette propulsion subite sur le devant de la scène médiatique et avait fini par sombrer, au fil du temps, dans la pire des dépressions – séraphin foudroyé par l'idolâtrie d'une époque en mal de succédanés angéliques ? Cependant, submergeant soudain mes élucubrations désordonnées, un souvenir lointain, nostalgique, une occasion manquée que je croyais définitivement engloutie dans l'oubli, remonta avec une impitoyable précision à la surface de ma mémoire.

2

Cela s'était produit en août, durant l'un de ces étés où il avait fait si diablement chaud à Paris. Pour une raison dont je n'ai pas gardé le souvenir, j'avais dû rester dans mon minuscule appartement sous les toits. Toutes les conditions y étaient réunies pour le tournage d'un film à la Bolognini : langueur, canicule, paresse, vacances désœuvrées et, par-dessus tout, un relâchement méditatif restituant à la ville sa vocation d'illusion théâtrale, de loisirs ludiques, de temps suspendu et propice à d'éventuelles rencontres.

Le cinéma d'art et d'essai de la rue Champollion n'avait pas fermé ses portes et, au sortir de mes entraînements de tennis sur les courts déjà surchauffés des fins de matinée, j'allais chaque après-midi me réfugier dans l'ombre fraîche de la petite salle quasi déserte. Je m'y rencognais dans un fauteuil comme je me serais laissé glisser sur la natte d'une fumerie clandestine, attendant patiemment la venue des hallucinations. Dès les premières bouffées de cet opium fantasmagorique – en l'occurrence, les premières images tremblotantes d'un quelconque générique accompagné de sa musique –, je rejoignais mon beau fantasme d'existence aventureuse ; existence que j'avais toujours été incapable d'assumer dans la vie réelle, par peur de devoir affronter les aléas d'un changement dans mes habitudes, a fortiori les tribulations indissociables du moindre voyage.

Mais ici, confortablement assis dans mon siège, l'écran déployé pour moi seul ou presque, la salle à température idéale et sans le moindre désagrément imprévu à anticiper, je pouvais d'autant plus facilement me projeter dans la petite chambre du film (où, tandis que la bande-son recréait si merveilleusement les bruits du dehors et que sa logeuse venait frapper à sa porte pour lui annoncer la visite de curieux messieurs, sans doute des policiers, ajoutait-elle, Joseph Cotten somnolait en toute quiétude) que non seulement celle-ci – plongée dans la demi-pénombre – ressemblait étrangement à la mienne, mais encore que cette activité de farniente philosophique imitait à merveille celle que j'avais toujours su pratiquer en virtuose.

Aussi la seule incertitude, délicieusement fictive, se résumait-elle ainsi : qu'allait-il donc m'advenir par procuration dans la peau de cet alter ego ? La question se confondait avec l'exquis frisson qui nous parcourt lorsque nous pressentons que le destin est sur le point de nous embarquer de nouveau, par un biais inattendu, dans une intrigue insolite.

Or précisément, cette après-midi-là, l'exquis frisson fictif se doubla d'une réalité imprévue. Alors que la salle de projection (si bien nommée pour le coup) était, pour la séance de quatre heures, plus déserte encore qu'à l'accoutumée, les lumières s'étant rallumées à la faveur d'une rupture de la pellicule (que le projectionniste devait prendre le temps de recoller), j'aperçus, assise et solitaire à quelques mètres de moi, une fille qui me parut rien de moins que l'ectoplasme de l'héroïne émané du film en cours. Les cheveux châtains ramenés sur la nuque en un chignon d'où s'échappait une mèche pendante, un profil de statue rêvant dans un parc, une chemisette démodée à manches courtes découvrant de jolis bras, un demi-sourire absent sur les lèvres, elle paraissait posée là telle une improbable libellule urbaine prête à s'envoler au moindre souffle. Je fus non seulement fasciné par son apparition mais aussi un peu effrayé. Allais-je me reculer d'un pas dans l'ombre protectrice de la névrose, comme tant de fois auparavant, ou parvenir enfin à outrepasser cette frayeur puérile ?

J'en étais là de mes supputations lorsque les lumières s'éteignirent et que la projection reprit.

Le personnage incarné par Joseph Cotten, réussissant à déjouer les recherches des policiers lancés à ses trousses, débarquait en Caroline du Sud chez sa sœur, où la fille de celle-ci (sa nièce donc) s'étant inévitablement amouraché de ce beau survenant, finissait par découvrir – à la lecture d'un entrefilet du quotidien local – que l'oncle providentiel venu la tirer de son ennui provincial n'avait d'autre raison sociale que de séduire des veuves fortunées pour les épouser discrètement et les assassiner ensuite de façon à la fois expéditive et élégante. Tandis que ce chef-d'œuvre d'humour hitchcockien déroulait son intrigue ambiguë, je ne pouvais m'empêcher d'épier – bariolé par les ombres réfléchies depuis l'écran – le visage de mon intrigante voisine.

Enfin, le film se termina et les lumières se rallumèrent. La fille attrapa son sac sous son siège et se leva. À cette seconde, la silhouette qui se profila en glissant parmi les sièges, puis s'encadra dans l'entrebâillement de la porte, me parut d'une grâce et d'une élégance plus surnaturelles encore que celles d'une libellule. Contre toute attente, surmontant mon habituelle poltronnerie, je m'élançai à la suite de la bouleversante apparition, stendhalement déterminé à l'aborder. La chose se fit d'ailleurs si aisément que je crus avoir été propulsé à mon tour par quelque puissance onirique.

L'ayant en effet rejointe en haut de la rue Champollion – dans l'éclairage très contrasté d'un début d'orage s'amoncelant dans le ciel – je lançai :

– Vous avez réussi à vous échapper ?

– M'échapper d'où ça ?

– De l'obligation des vingt-quatre images/seconde, il faut admettre que c'est un rythme intenable.

– Que voulez-vous dire ? Ah oui, je vois ! Vous me prenez pour une héroïne hitchcockienne. J'en suis très flattée. Hélas, je ne suis qu'une simple cinéphile égarée dans Paris au mois d'août.

– Tout comme moi, sauf que pour ma part, l'égarement est nettement plus chronique.

Cela la fit sourire et elle me jeta un regard de curiosité.

– Ah ? Vous vous sentez donc perpétuellement égaré ? Sans doute est-ce une posture existentialiste ? Vous désirez être à la mode.

– Un peu ça, bien sûr, dis-je. Il n'est rien que je ne désire plus que d'être à la mode, mais à vrai dire, je n'y parviens jamais. Il y a toujours, je le sens bien et mes amis ne se privent pas pour me le faire remarquer, quelque chose qui cloche. Je ne réussis jamais à atteindre ce satané chic parisien. J'ai beau faire tous les efforts possibles : épier les gens à la page, les prendre en photo, acheter des magazines, aussitôt que j'adopte une attitude, que je m'achète un pantalon ou une veste, que j'emploie une expression en vogue, ça sonne faux. C'est cruel ! Tenez, par exemple, comment me trouvez-vous aujourd'hui ?

– Aujourd'hui ? dit-elle, en affectant le plus grand sérieux. Eh bien je vous trouve comme d'habitude.

– Oui, vous voyez. C'est ça mon drame : je suis toujours comme d'habitude et ce n'est rien de dire que je n'arrive pas à m'extirper de ce cercle vicieux. L'habitude entraîne l'habitude et lycée de Versailles… Croyez-vous que cela relève d'une psychanalyse lacanienne ? Encore que je doive vous avouer que je n'en ai nullement les moyens, j'ai juste ceux d'une thérapie avec Samuel Rogozinski.

– Samuel Rogozinski, dites-vous ?

– Oui, mon thérapeute personnel, l'inventeur de la thérapie psychanalytique interactive.

– Jamais entendu parler, je dois vous l'avouer.

– C'est assez normal : il ne fait pas grand-chose pour sortir de son anonymat, c'est le moins qu'on puisse dire, et puis sa méthode est assez spéciale…

– Ah, oui. En quel sens ?

– D'abord, êtes-vous sûre que cela vous intéresse ? Auquel cas il serait peut-être plus indiqué que nous allions prendre un verre ici même, dis-je en désignant la terrasse du café qui nous faisait face, car j'ai l'impression que l'orage va éclater d'un moment à l'autre.

– D'accord, dit-elle. Vous avez raison et puis vous avez piqué ma curiosité.

– Oui, c'était le but ! m'enhardis-je à lancer.

Elle répondit à ce sous-entendu avec un sourire appuyé qui me démontra qu'elle avait le sens du jeu – condition indispensable à un début de marivaudage en bonne et due forme.

Une fois attablés derrière les baies vitrées, l'orage éclata effectivement et tandis que nous contemplions les trombes d'eau qui crépitaient sur les pavés et formaient un petit torrent au centre de la place, une certaine timidité s'installa entre nous et je vis qu'elle m'observait avec attention. Ce fut elle qui rompit le silence :

– Expliquez-moi, maintenant, en quoi consiste cette fameuse thérapie révolutionnaire.

– C'est-à-dire qu'elle n'est pas révolutionnaire du tout, au contraire. La méthode de Rogozinski, d'après ce que j'ai pu en voir jusqu'à présent du moins, car je n'ai commencé que récemment, repose en fait sur une très ancienne constatation psychologique selon laquelle les égocentriques – et la plupart des grands névrosés le sont peu ou prou – ont surtout besoin de s'intéresser à autre chose qu'à eux-mêmes. Or Rogozinski qui sait de quoi il parle, car il participe lui-même, comme vous allez le voir, du type hyper-égocentrique, a cru remarquer que les cures psychanalytiques traditionnelles ne faisaient bien souvent que renforcer le patient dans son solipsisme stérile. Sa méthode consiste donc, pour commencer, à vous faire venir jusqu'à Vesoul, ce qui constitue déjà selon lui une bonne partie de la cure… Êtes-vous jamais allée à Vesoul ?

– J'ai bien peur de ne jamais avoir eu cette chance.

– Bon, eh bien, si vous y étiez allée, vous sauriez que cela représente déjà un salubre dépaysement et une expérience d'ordre métaphysique, si ce n'est mystique.

– Ah, oui ? Mais la cure ne consiste pas simplement, je suppose, à faire le voyage jusqu'à Vesoul ?

– Euh, non, pas seulement, encore que pour certains, d'après ce qu'on m'a dit, cela soit suffisant. Dès l'arrivée à Vesoul, je dois dire, on se sent déjà très différent, on fait moins le difficile.

– Jusqu'ici, je réussis à vous suivre. C'est tout à fait passionnant, dit-elle sur un ton ironique.

– Oui, donc, voilà, vous arrivez à Vesoul, ce qui, en plus, n'est pas de la dernière facilité, car d'où que vous veniez dans l'Hexagone, il vous faut changer de trains plusieurs fois, essuyer la mauvaise grâce des guichetiers censés vous renseigner, lesquels, d'ailleurs vous donnent souvent de fausses indications et, une fois sur deux, vous vous retrouvez seul sur un quai de gare au crépuscule à Montbéliard à attendre un car peut-être inexistant en direction de Vesoul, lequel une fois apparu s'avérera ne pas s'arrêter à l'endroit désiré…

– Oui, oui, je commence à comprendre, dit-elle.

– Attendez, vous allez voir, ce n'est pas tout : vous finissez donc par arriver par le bus 14 de 16 h 17, le seul vraiment compatible avec les horaires de train, à l'arrêt qui se trouve à deux kilomètres de chez Rogozinski, puis vous montez les cinq étages sans ascenseur de son HLM en aidant madame Graziani, sa voisine âgée, avec qui il entretient d'excellentes relations…

– Je suis enchantée de l'apprendre.

– … vous aidez donc madame Graziani à monter son cabas à provisions et vous sonnez chez Samuel pour vous apercevoir qu'il a laissé un mot coincé dans un interstice près de la sonnette précisant qu'il aura une demi-heure de retard, vous priant de prendre la clé sous le paillasson, d'entrer et de bien vouloir l'attendre dans le salon, puis de l'excuser aussi pour le désordre, car il n'a pas eu le temps de faire le ménage. À ce moment décisif – il paraît que certains sont tentés de repartir –, madame Graziani vous invite à venir patienter chez elle et, ne serait-ce que par courtoisie car elle est charmante, vous ne pouvez qu'accepter. Elle vous offre alors un sirop d'orgeat que vous buvez sans vous presser pendant qu'elle vous énumère les problèmes qu'elle rencontre avec ses voisins – excepté avec Samuel qui est un ange –, et ensuite ses doléances concernant ses enfants et la mairie qui fait tout de travers, ainsi que le club du troisième âge qui tourne en eau de boudin…

– Elle vous offre tout de même des petits-beurre, j'espère ?

– Non, pas des petits-beurre, des spéculoos, en fait…

– Oui, c'est ça. Suis-je bête ! Mais continuez, je suis pendue à vos lèvres.

– Eh bien, après trois quarts d'heure passés en compagnie de madame Graziani, Samuel apparaît, maculé de cambouis parce que sa mobylette a déraillé dans la côte, et il vous fait entrer chez lui. Vous vous allongez sur le divan à côté du chat et juste au-dessous du perchoir du perroquet et derechef il vous détaille par le menu ses problèmes mécaniques récents, puis enchaîne sur les circonstances de sa propre névrose et comment il a fini par s'installer comme thérapeute – sans aucune qualification, précise-t-il – à la suite de cette idée qui lui était venue (il aimerait savoir ultérieurement ce que vous en pensez) que pour détourner le névrosé de son autocentrage le meilleur moyen est encore de l'empêcher de parler de lui-même, donc de parler tout court, puisque, comme chacun sait, cela revient au même.

– Très ingénieux, en effet !

– Samuel donc, qui est intarissable, vous énumère ses propres difficultés psychologiques, ses phobies, ses blocages, ses tocs et ses tics et ne vous laisse jamais en placer une. C'est le but. En fait, cette méthode, vous explique-t-il longuement, offre l'avantage non négligeable de lui permettre à lui, Samuel, d'entretenir sa propre névrose avec bonheur (ce sont ses propres termes) tout en ayant la satisfaction gratifiante d'aider son prochain. Il arrive fréquemment, faut-il le préciser, et ceci au contraire des lacaniens, qu'il vous garde plusieurs heures. Cela dépend non pas d'une image clé, mais du sujet abordé ou plus précisément du sujet qu'*il* a choisi de traiter ce jour-là. En outre, au cas où vous n'auriez pas tout bien saisi, le perroquet répète fidèlement toutes les fins de phrase…

– Est-ce vraiment efficace ? me demanda-t-elle abruptement.

– Je ne peux pas encore vous le dire, répondis-je, car, comme je vous l'ai déclaré tout à l'heure, je n'en suis qu'au début, mais ce qui est sûr, c'est que Samuel possède un véritable talent pour retenir votre attention et qu'assez vite vous vous surprenez à vous intéresser au feuilleton de ses multiples avanies existentielles plutôt qu'à vos propres difficultés, qui vous paraissent d'un seul coup dérisoires, et d'une certaine manière ça soulage un peu, c'est vrai. D'après l'ami qui me l'a recommandé, il semblerait qu'au bout d'un moment, il n'y ait plus que Samuel qui compte, que vous preniez insensiblement fait et cause pour lui, et…

– Les séances coûtent-elles cher ?

– C'est-à-dire que là encore Rogozinski ne fonctionne pas de manière orthodoxe. Les séances sont gratuites mais de temps à autre il vous emprunte de l'argent pour faire face à des difficultés financières imprévues ; ce qui, en fait, se produit régulièrement. Ce ne sont cependant jamais de grosses sommes.

– Et vous rembourse-t-il ?

– Jamais, bien sûr ! Mais disons que c'est une forme d'élégance de sa part de ne pas réclamer d'honoraires, non ?

– Oui, mais les sommes que ses patients lui prêtent excèdent-elles ce que coûteraient des séances dûment payées ?

– Ah, mais ça dépend entièrement des moyens de la personne. Il y a des gens à qui Samuel n'emprunte jamais un centime. Cela dit, il leur demande en revanche de petits services, comme de venir nourrir son chat, son perroquet, ou d'arroser ses plantes lorsqu'il est invité à un congrès, de repeindre son entrée quand elle en a besoin ou bien encore de graisser sa mobylette et parfois même d'en gonfler les pneus.

Visiblement un peu désorientée, elle laissa passer un temps, puis dit, songeuse :

– Sans doute est-ce une méthode idéale pour les gens comme vous.

Tandis que nous devisions ainsi, l'orage avait cessé et je vis que la conversation l'avait mise en confiance.

– Je m'appelle Denis, dis-je, et en dehors d'être rémunéré pour jouer les robots lance-balles dans la matinée, ce qui me permet de survivre, je passe mon temps dans les bibliothèques, les cinémas ou derrière un échiquier pour tenter d'échapper aux contingences du « réel contraignant ». J'essaie au maximum de ce qui est possible, en fait, de prolonger mon enfance… au-delà du temps imparti, disons… et, malheureusement, ça devient de plus en plus difficile. J'ai constamment l'impression d'être surveillé, peut-être est-ce ma propre culpabilité qui me tenaille, je ne sais. Enfin à part ces petits inconvénients, je n'ai pas trop à me plaindre, je parviens assez bien à jouer les roger-bontemps.

– Comment ça ? Les roger-bontemps ?

– Oui, j'ai trouvé cette expression dans le *Littré*. Elle désigne les gens qui savent prendre la vie du bon côté.

– Ce qui est bien avec vous, c'est qu'en même temps qu'on bavarde, mine de rien, on s'instruit, n'est-ce pas ? Enfin, moi, je me nomme Anna-Livia, mon père est américain et ma mère italienne, et je suis censée poursuivre des études de philosophie et d'ethnologie. Je passe donc beaucoup de temps dans les bibliothèques. Entre autres à Sainte-Geneviève, à deux pas d'ici. Vous connaissez ?

– Oui, très bien. J'y ai même passé un hiver entier à lire Bergson, mais ça fait un bout de temps que je n'y suis pas retourné, j'aime beaucoup l'endroit, surtout l'atmosphère…

– Écoutez, j'ai trouvé très amusante votre entrée en matière, mais il me faut désormais réintégrer, sinon le vingt-quatrième de seconde, du moins le simple cours de ma vie quotidienne, car si je suis attirée moi aussi par le dilettantisme, je demeure encore pour l'instant une étudiante sérieuse, voyez-vous, et, comme vous pouvez le deviner, j'ai un programme à respecter, ainsi qu'un certain nombre d'autres choses à faire d'ailleurs, mais pourquoi ne viendriez-vous pas me tenir compagnie à Sainte-Geneviève de temps à autre, l'après-midi, pour me raconter l'évolution de votre cure à Vesoul ? Enfin, s'il y a quoi que ce soit de vrai dans cette histoire, n'est-ce pas ?

– Mais quelle importance ? dis-je. L'essentiel est que Rogozinski nous ait permis de nous rencontrer et nous ait détournés quelques instants de nos occupations habituelles, le reste n'est que conjectures.

– Au fond, je crois que vous avez raison. Rogozinski, qu'il existe ou pas, demeurera notre intercesseur, peut-être à bientôt donc !

Après s'être levée avec une prestesse de danseuse, elle me sourit, se glissa rapidement entre les tables et disparut.

Inutile de dire que les jours suivants je fus assidu à la bibliothèque, mais Anna ne s'y montra point. Cependant, les hautes voûtes néo-médiévales dispensaient une relative fraîcheur et l'ambiance studieuse de la bibliothèque, déserte à cette période de l'année, m'incita à revenir quotidiennement et à tâcher de réaliser un projet toujours repoussé jusque-là : m'immerger dans l'œuvre d'Edmund Husserl et m'initier à la phénoménologie – lecture suffisamment abstraite, espérais-je, pour me détourner un tant soit peu de la vision trop concrète de la belle philosophe cinéphile ; une *réduction éidétique* rigoureusement menée pourrait peut-être, me disais-je en fait, atténuer à l'avance le probable embrasement des sens que sa réapparition risquait de déclencher au sein de ma très délicate sensibilité.

Luttant comme je le pouvais contre le sommeil dogmatique qui me saisissait invariablement après une petite heure de lecture, il faut bien avouer que j'en fus pour mes frais philosophiques et commençai non seulement à désespérer de parvenir à affaiblir l'éclat de ma vision remémorative, mais encore de jamais pénétrer l'essence du projet husserlien. Pourtant, par une après-midi caniculaire, Anna fit son apparition dans la grande salle, puis, m'ayant aperçu et salué d'un sourire, vint s'installer à mes côtés avec le plus grand naturel. Se penchant alors vers moi avec un petit rire sarcastique, elle me demanda « si j'avais finalement décidé de reprendre Bergson en entier ».

– Non, j'essaie de passer à son cousin si je puis dire, Husserl, comme vous le voyez… avec beaucoup de difficultés d'ailleurs, il faut bien l'avouer…

– Je n'en doute pas, car tout ce que j'ai pu comprendre d'Husserl m'a paru tout aussi inextricablement talmudique que ce que j'ai pu retenir de Bergson. J'admire votre courage, d'autant plus que vous vous imposez ce genre d'effort intellectuel pour la seule gloire apparemment.

– Par snobisme également, dis-je. Une sorte de snobisme personnel autosuffisant. J'ai l'impression que si je lis de la philosophie compliquée, je vais réussir à remonter un tant soit peu dans ma propre estime.

– Vous ne vous estimez donc pas vous-même ? Ou bien est-ce que cela fait partie de la méthode thérapeutique de ce cher Rogozinski ?

– Un peu des deux. Samuel estime que s'attaquer d'emblée au plus difficile permet de surcompenser le handicap, ne serait-ce qu'en ayant l'audace de relever un défi presque impossible.

– Ah ? Mais pourquoi pas les écrits du professeur Derrida, dans ce cas ?

– Samuel est fâché avec lui de longue date, dis-je, pour des raisons extra-professionnelles : un imbroglio à propos d'une dette de poker non honorée.

– Par Derrida ou par Samuel ?

– Par Samuel naturellement, du moins c'est ce que j'ai cru comprendre.

– Ah oui, bien sûr, et c'est au fond la plus honorable des raisons, lança-t-elle avec ironie. À part cela, cher Denis, je dois vous dire que j'ai pas mal repensé à votre thérapeute et que j'ai commencé à sérieusement douter de son existence.

– Euh, moi aussi, à vrai dire… Il va falloir que je retourne à Vesoul vérifier si je n'ai pas été victime d'un mirage, mais sans doute est-il préférable en même temps, comme je vous l'ai déjà dit, de ne pas se poser trop précisément ce genre de question, les anges gardiens sont les anges gardiens et il n'est pas souhaitable de contester leur existence. Les illusions vitales, elles aussi, doivent rester intouchables, au risque de voir tout s'écrouler autour de nous.

– Oui, tout à fait d'accord, mais Rogozinski, tel que vous l'avez décrit du moins : un ange gardien, dites-vous ? Cela me dépasse.

Enfin, pourquoi pas après tout, mais un gardien façon Harold Pinter alors.

– Oui, c'est cela, un ange gardien supérieurement déjanté, vous avez tout compris, et avec qui on ne peut jamais savoir (comme dans la vie, en somme) s'il s'agit de rire ou de pleurer. Mais dites-moi, Anna, quel est donc ce livre que vous portez sous le bras, êtes-vous venue dans le projet de l'étudier ici ?

– Je lis, sur recommandation de mon directeur d'étude, la *Métaphysique de l'amour* de Schopenhauer. L'avez-vous lu vous-même ?

– Oui, et j'en ai même été traumatisé !

– Traumatisé, tiens ? Et pourquoi donc ?

– Eh bien, découvrir que nos chères petites personnes ne sont que des marionnettes vibrionnantes actionnées par le désir de reproduction n'a rien de très romantique, à mon avis.

– Ah oui ? C'est donc cela qui vous gêne. Mais il y a le moment où l'on y réfléchit et celui où l'on s'abandonne aux mains du marionnettiste, et ça peut être très amusant, ajouta-t-elle avec un petit rire rentré, tandis que ses yeux bruns prenaient un éclat inattendu qui me fit frémir.

(Je pensais, moi aussi, qu'il n'y avait rien de plus amusant à vrai dire, mais j'étais convaincu à cette époque qu'il était interdit de jamais laisser entrevoir qu'on la désirait à une femme qu'on voulait séduire.)

– Pour ma part, dis-je, je ne peux jamais cesser de réfléchir, c'est une impossibilité radicale.

– Mon Dieu ! Mais c'est terrible, vous devez être très malheureux.

– Naturellement que je suis très malheureux. Mais le malheur est tout de même plus élégant que le bonheur, ne trouvez-vous pas ? Ça vous a une toute autre allure. En fait, j'ai très peur de devenir béat et stupide en m'abandonnant au bonheur.

– Allons, allons Denis, je vous fais donc si peur ? dit-elle soudain en riant, et j'en restai confondu à la façon d'un joueur obligé d'abattre ses cartes.

– Vous me terrorisez Anna, j'en fais des cauchemars et je ne sais pas comment y échapper.

– Ah, mais il y a un moyen très simple : il suffit de succomber à mon charme irrésistible, répondit-elle, sur un ton si ironique que je crus bon de ne pas relever l'aspect direct de cette proposition et de continuer à jouer le rôle que ma frayeur, à peine exagérée, m'avait obligé d'endosser à la hâte.

– Oh, mais ce n'est pas si simple : je suis loin d'être un garçon facile et il me faut une bonne préparation mentale et puis des délibérations intimes très compliquées avant de me résoudre à m'abandonner à la volonté schopenhauerienne.

Alors que je me livrais à cette forfanterie d'adolescent attardé, je sentis – comme au cours de ces parties d'échecs à l'instant précis où le vent tourne en faveur de l'adversaire – que je venais de gâcher à jamais une occasion probablement unique. Dans les situations décisives de l'existence en effet, comme aux échecs, le retour en arrière n'était pas permis : l'erreur était rédhibitoire. Non qu'Anna ni moi ayons d'ailleurs cru alors (elle me l'avouerait bien des années plus tard) que ce manque d'audace de ma part pût être aussi dommageable, mais tout simplement la variante que j'avais cru bon d'adopter sur le moment même était inopérante pour la situation donnée, la manœuvre trop laborieuse par rapport au temps imparti. Il y a des occasions qu'il faut savoir saisir au vol et, à cette époque, je ne pratiquais pas encore le blitz.

Aussi, le dialogue jusque-là assez leste devint-il pesant et sérieux, nous rejetant l'un et l'autre derrière les barrières de la bienséance, et le hasard (que nous négligeons toujours dans nos calculs) voulut que ce délai soit fatal à l'accomplissement de notre attirance réciproque.

Je vis dans ses yeux que son courage de timide avait été anéanti par ma maladresse et elle détourna le cours de la conversation.

– Pour ma part, comme vous le savez, j'essaie, en partie pour faire quelque chose qui justifie l'aide de mes parents, d'étudier la philosophie, et des livres comme celui-ci je les lis un peu comme je visiterais un pays, un climat mental exotique. Cela m'intéresse et peut même me fasciner, mais je suis incapable de me maintenir bien longtemps dans ces considérations abstraites ; presque aussitôt, la vie immédiate, les imbroglios et les détails de la vie courante me happent et m'entraînent dans leur sillage. Je ne puis résister à l'appel de l'aventure, même la plus infime. Un simple insecte en train de remonter le long d'un brin d'herbe, une pensée fugitive, une plaisanterie facile, suffisent à me détourner des théories, aussi brillantes puissent-elles être.

– Oh, je vous comprends parfaitement, Anna, je crois que je suis comme vous, pourtant je trouve aussi que les théories et les élucubrations permettent d'approfondir la vision, de mieux la goûter, mais comme vous je n'y accorde pas une importance majeure, je dirais même que je m'en méfie.

– Dans ce cas, comment pouvez-vous rester autant d'heures assis ici tandis que tant de choses se produisent dehors ?

– Oh, mais ce n'est que pour une période donnée, dis-je, et je crus bon de lui présenter mon programme phénoménologique de l'été.

Or loin de s'en moquer, ce qui m'aurait en réalité tiré d'affaire, elle devint grave, presque triste, et me déclara :

– Je suis impressionnée par votre projet et je l'approuve entièrement, même si, en ce qui me concerne, je préfère demeurer plus à la surface des choses, là où ça bouillonne et où ça remue, ne serait-ce qu'un tout petit peu. Pourtant, je crois vraiment qu'il est essentiel que des gens comme vous se dévouent pour les autres. Il faut une vague pour propulser l'écume à la surface. Quant à moi, ma préférence va à l'effervescence de l'écume. Je suis sans doute trop futile pour m'incorporer à la vague.

À ce stade, je n'avais qu'un désir : celui de revenir au marivaudage qui avait précédé et de lui expliquer, du moins de lui suggérer, que, pour moi aussi, un simple souffle, une parole aurait suffi pour que j'aille baguenauder en toute insouciance en sa compagnie, mais je sentis aussi que je ne pourrais désormais franchir la distance qui venait de s'instaurer entre nous, comme si une force surhumaine m'en empêchait.

– C'est-à-dire, que j'aimerais mieux aller m'ébattre l'air libre, mais il m'est presque impossible de revenir sur une décision, j'ai toujours été ainsi, je vais jusqu'au bout de ce que j'ai entrepris.

– C'est admirable, fit-elle avec une pointe de sarcasme, puis elle ajouta : Surtout ne changez rien, ce serait dangereux pour vous.

– Cela serait tout à fait admirable si je ne m'entêtais pas tout aussi résolument dans l'erreur et…

– Les erreurs sont souvent incontournables ; on dirait même qu'elles sont nécessaires à l'aboutissement de tout projet d'envergure, non ?

– Oui, c'est ce qu'on dit et c'est peut-être vrai, mais comment savoir sur le moment ?

Elle me considéra alors avec une expression presque douloureuse et murmura :

– Le fait est qu'il n'y a aucun moyen de le savoir. Puis, changeant d'attitude, elle se mit à rire et ajouta : Bon, eh bien, je vous laisse à vos chères études en compagnie de votre ange gardien non conformiste et vous souhaite la meilleure concentration possible. De mon côté, je vais aller observer le départ des petits bateaux sur le grand bassin, au jardin du Luxembourg, j'adore flâner sans but dans les parcs, j'adore y perdre mon temps, joindre le futile à l'agréable.

À cet instant encore, il aurait sans doute suffi d'une seule parole de ma part, que je lui propose tout simplement de l'accompagner, mais cette première maladresse, cette dérisoire petite pose que je m'étais cru obligé de prendre, ajoutée à l'orgueil de vouloir la tenir plus que de raison, firent que je m'enferrai dans le rôle que je m'étais stupidement imparti.

– Oui, fis-je, merci et bonne promenade. Je vais essayer de ne pas m'endormir et continuer de m'accrocher coûte que coûte. Je vous ferai un compte rendu détaillé de cette tentative la prochaine fois que nous nous verrons.

– J'y compte bien, dit-elle, et elle s'en fut vers la sortie en longeant la grande allée, ce qui me donna le temps d'admirer une fois de plus sa très cinématographique silhouette.

Ainsi qu'on l'a déjà compris, il ne se passa rien entre nous cet été-là, ni même les mois et les années qui suivirent. Un enchaînement de circonstances contraires ayant fait – comme je l'appris bien plus tard – qu'elle avait dû peu de temps après quitter précipitamment Paris pour n'y jamais revenir. Cependant cette conversation mal engagée de la bibliothèque ne fut pas la dernière entrevue que nous eûmes du temps de notre jeunesse. Un curieux hasard voulut que nous nous revîmes quelques jours plus tard dans une soirée où des « amis d'amis communs » nous avaient invités.

C'était dans une maison en bordure de la forêt de Rambouillet, non loin de Montfort-l'Amaury. Passé la surprise de nous retrouver là, et après un bref préambule qui nous permit de démêler les raisons de nos présences respectives, nous réussîmes à nous éloigner tacitement pour faire quelques pas dans le petit bois attenant et reprendre notre conversation sur le mode de nos deux précédents entretiens.

– Où en êtes-vous donc, cher Denis ? Êtes-vous déjà complètement réduit au noyau dur « éidétique » de votre complexe et foisonnante personnalité ou bien relancez-vous d'arrache-pied des baballes à vos élèves fortunés pour tenter de venir en aide à votre ange gardien égocentrique ?

– Un peu tout ça, dis-je. Sauf que pour ce qui est de la phénoménologie, j'ai décidé de suivre votre conseil et de glisser sur la compréhension linéaire pour me pénétrer de ce qui émane du texte. Il me semble que je commence ainsi à saisir grosso modo de quoi il retourne.

– Ah, oui ? Et pourrais-je bénéficier d'un résumé succinct de cette évaluation approximative ?

– Euh… Très succinct alors. Eh bien, j'en ai tiré que si nous examinons avec minutie l'historique de nos propres opinions et croyances, nous allons de surprise en surprise, car nous découvrons qu'elles se sont formées – le terme « fabriquées » serait plus juste – de façon hasardeuse et tout à fait circonstanciée.

– Et c'est tout ?

– Mais c'est déjà beaucoup, ne croyez-vous pas ?

– Si, après tout, vous avez raison, c'est déjà suffisant, et la plupart du temps nous ne nous risquons jamais à ce genre d'examen. Nous avons bien trop peur de devoir tout remettre en question. Mais pourquoi Husserl lui-même a-t-il persévéré au point que l'on sait et voulu à tout prix que sa quête (d'après ce que j'ai entendu dire, du moins) soit reconnue comme scientifique ? Pourquoi ne s'en est-il pas tenu à ce salubre examen introspectif ?

– À mon avis – puisque vous me le demandez, Anna –, parce que, d'une part, tout grand philosophe qu'il était, il n'avait peut-être pas toujours l'esprit très clair, et que, d'autre part, il briguait sans doute une chaire universitaire prestigieuse. On peut aussi imaginer qu'il voulait demeurer coûte que coûte à la hauteur de ses ambitions de jeunesse, que sais-je ! Ou bien même encore qu'il ne pouvait se résigner à ce qu'un labeur aussi gigantesque n'aboutisse finalement qu'à une pirouette de clown métaphysique, enfin bref, qu'il était un faible être humain comme nous tous.

– Mon Dieu, on dirait que vous vous êtes donné pour mission de désabuser une jeune apprentie philosophe prête à s'abandonner aux passionnantes perspectives offertes par ses études ?

– Mais non, chère Anna, j'ai bien compris que vous étiez déjà toute acquise à cet humour sportif supérieur vis-à-vis des inconséquences humaines. C'est vous-même qui m'avez poussé à persister dans cette voie avec votre remarque de l'autre jour sur la légèreté et l'effervescence des choses. Je vous en remercie d'ailleurs. Vous pourriez être une véritable maîtresse pour moi ! ajoutai-je d'un seul coup avec une audace un peu forcée qui, en tentant de la rattraper, ne faisait que redoubler ma maladresse de la fois précédente.

– Il faudrait d'abord que je me considère comme maîtresse de moi-même, répondit-elle, esquivant habilement l'aspect trop impulsif de mon ouverture. Mais pourquoi pas ? C'est à envisager, vous m'initieriez au maniement de la raquette et moi à l'inéluctable frivolité universelle. Programme alléchant, non ?

Tandis que nous devisions ainsi, nous étions parvenus au bord d'une chute d'eau qui bruissait dans l'ombre. Nous nous arrêtâmes et, après nous être assis sur une souche, levâmes les yeux vers le ciel. Le fourmillement des étoiles de la mi-août parut vouloir nous faire perdre pied, nous entraîner dans son vertige, nous imposant un long silence respectueux, puis Anna prononça soudain, avec son ton ironique inimitable, cette parole demeurée à jamais gravée dans ma mémoire :

– Tout cela est sidérant…

Je n'ai pas conservé, en revanche, un souvenir bien net du déroulement ultérieur de la soirée ni de ce qui advint précisément par la suite. Je me souviens seulement – avec une cuisante netteté, pour le coup – qu'après nous être promis à demi-mot ce soir-là de prolonger notre marivaudage à la bibliothèque les jours suivants, je l'attendis en vain des après-midi entières dans la grande salle de lecture presque déserte ; enfin, plus cruellement encore, d'avoir gardé longtemps en mémoire – tel un sinistre écho récurrent – l'exacte tonalité de la voix impersonnelle qui m'informa au téléphone (après que je me fus décidé, au bout d'une quinzaine de jours, à composer le numéro de téléphone qu'elle m'avait laissé) qu'« Anna-Livia était partie vivre chez son père à New York, pour un temps indéfini ».

3

Ce souvenir papillota un long moment contre la vitre sombre du compartiment, comme à la surface d'un écran, puis s'effaça aussi doucement que le fondu enchaîné – et c'en était un, en l'occurrence – d'un film très ancien.

Enfin, ballotté sur ma couchette, juste avant de sombrer dans des rêves nocturnes beaucoup plus flous encore, j'eus le temps de songer que l'allure de ce train imitait à la perfection le rythme des heures qui, s'accélérant subrepticement chaque minute, atteignait pour finir une vitesse telle qu'il devenait impossible, en dépit de l'égarement qu'il suscitait, de ralentir d'un seul bref répit notre fuite éperdue vers le futur et que si d'aventure il arrivait que nous en prenions enfin conscience, c'était, toujours, *déjà* trop tard pour réagir !

Mieux valait, après tout, ne serait-ce que par un dernier sursaut d'orgueil, songeais-je, cédant pour de bon au sommeil, feindre de consentir.

Ralph Waldo Emerson n'avait-il pas dit : « Si un chien te poursuit, siffle-le ! » ?

4

Je m'éveillai au petit matin du 3 mars 2005 en pleine gare de Bologne environnée par la neige, immédiatement saisi, à travers les gestes des employés, le ton de voix des annonces, l'attitude des quelques passants sur les quais, par cette fluidité naturelle qui m'a toujours semblé caractériser l'ambiance italienne.

Ce fut ensuite, entre Bologne et Florence, la traversée de montagnes enneigées, puis la descente – entrecroisée de multiples torrents à la couleur ferrugineuse – parmi les friches et les innombrables dépotoirs d'un monde industriel écrasant, avant l'ultime déboulé, comme en roue libre, jusqu'à Florence elle-même, et l'entrée enfin dans l'immense gare mussolinienne. (Tandis que, debout au comptoir après avoir dû imposer ma place dans une de ces queues quelque peu confuses où chacun resquille sans agressivité, je dégustai, au coude à coude avec les travailleurs du matin, un thé au citron accompagné d'excellents « croissants créma », un moineau effronté et manifestement habitué des lieux vint voleter à quelques centimètres de moi, jusqu'à ce que, m'étant exécuté en lui jetant une miette, il plongeât à la façon d'un portiere de la Fiorentina pour la ramasser à terre entre les jambes des spectateurs présents, tous visiblement ravis de la performance du mini-acrobate local.)

Après avoir emprunté le train qui remontait jusque dans les collines du sud-est de Florence et été pris en charge à la gare la plus proche de Santa Donatella par Graziella, l'assistante de mon hôtesse, je découvris dans la résidence la luxueuse chambre qui m'avait été allouée et dont les fenêtres donnaient sur une imbrication de bois de chênes et de champs d'oliviers. Il en émergeait de loin en loin – comme dans les toiles des petits maîtres locaux des temps passés – les frontons monumentaux de palazzi illuminés par la blonde et bleutée lumière toscane.

Je déjeunai ensuite en compagnie de la contessa Silvina et de Graziella, qui toutes deux parlaient un français parfait, ainsi que d'un autre résident arrivé peu avant moi, John McCullough, auteur anglais à succès de vingt-huit ans – s'efforçant poliment, lui aussi, de parler français pour être au diapason. Dans la salle à manger très grand style, servis de façon cérémonieuse par un maître d'hôtel sri lankais, nous poursuivîmes tous les quatre une discussion timide et un peu embarrassée, mais de bon aloi, à la manière des gens du monde (ou supposés tels), puis nous prîmes le café sur la terrasse où un rayon de soleil perçait la brume matinale qui ne s'était pas encore dissipée.

Le manoir comprenait une kyrielle de chambres, une salle à manger, un salon, une bibliothèque avec un billard, une autre bibliothèque, plus petite, qui avait été le bureau du défunt mari de Silvina, le célèbre écrivain autrichien, et de multiples autres pièces. Le tout meublé dans un style aristocratique un tantinet désuet mais de grande allure – semblable à celui que je devais retrouver par la suite chez la plupart des amis de la contessa.

Autour du manoir, un assez vaste jardin comportait une piscine, pour l'heure remplie de feuilles mortes, des dépendances où logeaient les domestiques, ainsi que d'autres bâtiments dont une ancienne tour médiévale où l'écrivain belge qui devait nous rejoindre et moi avions nos appartements ; chacun disposant d'une chambre, d'une salle de bains et d'un bureau (l'exiguïté du mien me paraissant parfaitement appropriée à l'écriture) ; s'ajoutaient à cela un salon-bibliothèque-salle de télévision et une cuisine pour le petit déjeuner – seul repas que nous n'étions pas censés prendre au manoir, m'avait-il été stipulé.

Après cette entrée en matière et la visite des lieux, je parcourus à pied quelques kilomètres sur le chemin de terre qui mène à Viarello, le village le plus proche. Par les trouées au travers des bois qui couvraient les collines, j'aperçus de nouveau les irréelles architectures des palais désaffectés (les haies de cyprès entourant les parcs faisant penser à des sentinelles fatiguées) et ne croisai que des fermes délabrées où les paysans paraissaient survivre tant bien que mal. Je notai, une fois de plus, que l'abandon, la mise à l'écart des circuits commerciaux contemporains conféraient une noblesse, une beauté décadente semi-sauvage à ces restes de civilisation rurale et je me fis la remarque que le dilettantisme fataliste et cocasse qui semblait caractériser la civilité italienne – à l'opposé du volontarisme qui sévissait dans l'Europe du Nord – permettait sans doute d'accéder encore ici (mais pour combien de temps ?) à un climat social empreint d'une certaine bonhomie.

Le lendemain de ce premier jour, les deux autres écrivains invités arrivèrent à leur tour : Patrick Van Meegeren, le Belge déjà évoqué, et June Fletcher, l'Américaine. Le premier était un grand et beau garçon très affable, travaillant apparemment pour des journaux bruxellois et ayant commis un best-seller qui l'avait propulsé sur le devant de la scène, la seconde, une nouvelliste du Montana en pleine ascension littéraire outre-Atlantique, comme Silvina ne manqua pas de nous le préciser.

Dès le premier repas pris en commun, notre hôtesse ayant visiblement combiné les invitations de façon à ce qu'il en soit ainsi, il fut tout de suite établi que nous parlerions français.

5

Après que nous eûmes roulé un certain temps dans Florence, moi au volant, la contessa à mes côtés et McCullough à l'arrière, et que j'eus peiné à suivre l'automobile de Graziella où avaient pris place June Fletcher et Van Meegeren, laquelle parvenait à se faufiler au cœur du trafic survolté avec une aisance toute indigène, nous longeâmes un moment le fleuve, roulant ses eaux d'un glauque argenté sous un pâle soleil de fin d'hiver, puis parvînmes au parc d'une grande demeure appartenant à la famille de Graziella. Nous laissâmes là nos voitures pour appeler deux taxis qui nous transportèrent jusqu'au centre-ville.

Alors que nous marchions le long de la rive nord de l'Arno dont la couleur, dans la lumière du crépuscule, tournait du glauque au bronze doré, le hasard voulut que des rameurs en double-scull – cinq ou six embarcations lancées dans une course amicale – descendissent le courant à grande vitesse en direction du Ponte Vecchio, chaque équipe en harmonie musculaire. C'était une scène qui aurait pu avoir lieu il y a un siècle et pourrait se reproduire à l'identique dans un siècle d'ici, et la contessa elle-même, qui n'avait cessé de pérorer depuis notre départ, se tut un instant, vaincue par le charme intemporel de cette vision.

Sur ces entrefaites, nous avions atteint le Ponte Vecchio que nous empruntâmes, puis, nous éloignant du fleuve, nous suivîmes une rue illuminée par d'innombrables boutiques de luxe et surplombée par les encorbellements Renaissance typiques des maisons florentines dont, dans la nuit presque établie, on devinait encore les teintes vives ; nous dépassâmes le palais Pitti et nous nous engouffrâmes sous un porche monumental aboutissant dans une cour au délabrement tout à fait représentatif du laisser-aller italien : murs décrépis, lierre grimpant de façon anarchique le long des gouttières, pavés disjoints ou cassés entre lesquels poussaient des herbes folles, ampoules électriques faibles, poussiéreuses et vieillottes, le tout participant d'une sourde esthétique réfractaire au modernisme.

Remontant alors l'interminable escalier d'un bâtiment à l'allure de palais désaffecté, nous pénétrâmes dans le musée d'Histoire naturelle de la ville de Florence. Celui-ci, nous expliqua-t-on, avait été constitué au début du siècle dernier par Odoardo Beccari, l'arrière-grand-père de Graziella, fameux naturaliste explorateur qui, en son temps, avait affrété un bateau de ses propres deniers pour visiter Bornéo, les Moluques, la Nouvelle-Guinée, l'Érythrée et une partie de l'Océanie. Dans une longue salle à l'éclairage appauvri nous attendaient – comme confits dans leur immobilité de témoins spectraux – des centaines d'animaux empaillés aux parures variées et multicolores ; tout un univers insoupçonné, habituellement occulté et soudain révélé au détour le plus incongru d'un bâtiment lugubre et désert.

Nous nous regardâmes l'un l'autre, John McCullough et moi, aussi interdits que des enfants au seuil d'une caverne enchantée, abasourdis par la puissance et la luxuriance de la vision. Ces innombrables, impensables plumages d'oiseaux provenant des contrées les plus éloignées de nos latitudes, cette diversité inouïe, cette alliance de coloris les plus audacieux, ce vertigineux, quasi onirique, déploiement des formes les plus surprenantes, les plus alambiquées, fallait-il y voir, comme on nous le répétait si souvent, le résultat de la seule pulsion reproductrice ou bien y deviner aussi une ardeur démonstrative sous-jacente, un besoin de panache spectaculaire, un désir d'épater le reste de la création ?

Était-ce d'ailleurs pour cette raison que les organisateurs de la « visite inaugurale d'un nouveau département des collections restaurées » (comme on nous l'avait annoncé) avaient prévu un confortable buffet à l'italienne où nous fut servi un vin blanc local tout à fait propice à calmer le trouble dans lequel le début de la visite nous avait légitimement plongés ? Je ne sais. Mais ce qui est sûr, c'est que l'alcool et les canapés aidant, McCullough et moi, un tantinet revigorés après ce premier choc ontologique, commençâmes à nous promener de concert, une bouteille et nos verres à la main, en commentant le plus plaisamment possible cette fastueuse poussière multicolore, ces chatoyants cadavres empaillés dont la magie hallucinatoire continuait d'opérer avec tant de force derrière leurs vitrines. Et de fait, entrevue à travers le filtre de l'ébriété, cette débauche biologique insensée revêtait soudain un aspect joyeux, voire drolatique, comme si le sens secret d'une telle exubérance formelle était de nous faire désirer nous projeter nous aussi dans un futur indéterminé... de procréer d'autres êtres qui à leur tour perpétueraient cet enthousiasme déraisonnable... bref, de nous permettre d'accorder notre pleine approbation au mirobolant désordre de cet univers abracadabrant...

Nous en étions à peu près à ce stade de nos élucubrations éméchées, et John, nous resservant verre sur verre, en était à me confier, dans son style anglo-saxon sarcastique, que sa tendre épouse restée au pays et lui avaient effectivement décidé, après moult hésitations, de donner un da capo à la perpétuation de l'univers en question (sous forme d'un bébé à naître d'ici quelques mois, au cœur du comté de Gloucestershire), lorsque Graziella vint nous avertir qu'il était désormais l'heure, hélas, de faire nos adieux à ces émouvantes tortues des Galápagos – en voie de disparition, précisa-t-elle – sur les carapaces préhistoriques desquelles nous avions déposé, en toute amitié fraternelle et darwinienne, bien entendu, notre bouteille et nos verres désormais presque vides.

6

J'avais emprunté le sentier qui, parmi les chênes et les oliviers, serpente jusqu'à l'Arno. Après avoir dépassé quelques fermes en ruine et quelques maisons bourgeoises délabrées, je parvins à une zone de cabanons et de mobil-homes d'un style néoréaliste italien prorogé.

Tandis que j'observais, à l'un des angles de ce qui ressemblait à un parc de château, une cabane fabriquée de bric et de broc avec de vieilles planches, des morceaux de carrosserie automobile, des bâches plastique et des bouts d'anciennes vérandas, le tout bien enclavé dans une végétation luxuriante et partiellement dissimulé par un gros figuier entouré d'un jardinet parfaitement tenu, mi-potager mi-verger, une silhouette, flanquée d'un chien, en sortit et s'avança vers moi sur le minuscule passage ménagé entre les plates-bandes.

Vêtu d'une veste d'intérieur dépenaillée en tweed, façon gentleman-farmer, d'un large pantalon de laine informe, de chaussures de cuir très chic mais crevassées aux coutures, le cou enveloppé d'un foulard indien cramoisi, tout cet habillement rafistolé grâce à de nombreuses épingles de nourrice – non sans une certaine affectation qu'on sentait pointer à la disposition subtilement démonstrative de certaines d'entre elles –, l'homme, arborant une abondante chevelure blanche bien peignée et des lunettes d'écaille à grosses montures totalement passées de mode, m'évoqua immédiatement la figure se dégageant des quelques photos qui nous sont parvenues de l'écrivain américain de la côte Ouest, Richard Brautigan : un parfait *gentilhomme de la déglingue*.

S'étant arrêté de l'autre côté de la barrière en bois qui clôturait sa « propriété », il me demanda si je cherchais quelque chose ou quelqu'un. Coupant court à mes tentatives d'explication en italien (que je n'étais qu'un curieux, que j'avais trouvé cet endroit charmant, etc.) il me déclara, dans un français impeccable tout juste agrémenté d'une pointe d'accent, qu'il avait vécu de longues années en France, à Paris et au Havre, ajoutant qu'il était enchanté de parler notre langue, n'en ayant plus beaucoup l'occasion. Puis, après m'avoir présenté à Giuppi, son setter, il m'invita à entrer dans son jardin et à m'asseoir un moment pour bavarder.

Une fois installés devant deux verres et une bouteille de vin doux qu'il était allé prendre dans sa cabane, il me précisa qu'il avait tout de suite deviné à mon allure générale que j'étais un hôte de la contessa, laquelle avait été dans le temps une grande amie de sa famille. Ce bout de parc en effet, dans lequel il avait tout loisir de jouer les Robinson, comme je pouvais le constater, avait appartenu à ses parents et, si on empruntait le chemin qui remontait la pente ici derrière, on débouchait sur le palazzo – dorénavant inhabité – où il avait passé son enfance et une partie de son adolescence, avant de devenir le déclassé qu'il était désormais. Mais moi qu'étais-je venu faire dans ce pays perdu des alentours de Florence, sans doute écrire, comme la plupart des invités du manoir ?

Oui, la raison officielle était la rédaction d'un nouveau livre, acquiesçai-je. Mais je commençais à prendre conscience que cela n'avait été qu'un prétexte à tenter de rejoindre cette dimension de « l'irréalisé » que, arrivé à notre âge (puisque à vue de nez il me semblait que nous avions le même), un certain nombre d'entre nous ne pouvaient s'empêcher de vouloir rejoindre. N'en était-il pas ainsi pour lui ?

– Personnellement, me répondit-il, pas vraiment, car j'ai décidé de m'enfouir à jamais dans ce cabanon, cet îlot de bon sens et de tranquillité au sein d'un monde déboussolé, et j'ai renoncé définitivement à tout ce que j'ai pu rêver de faire un jour et ne ferai vraisemblablement jamais. J'ai mesuré et circonscrit une à une mes limites et j'entretiens comme je peux (cultiver serait un grand mot) ce lopin de terre et cette hutte de survivant où je puis me livrer impunément à mes marottes qui sont assez nombreuses et fort prenantes.

– Ah, oui. Et quel type de marottes, si ce n'est pas indiscret ?

– Eh bien, je vais peindre presque chaque jour dans les environs de minuscules aquarelles, je lis beaucoup, toutes sortes de livres, par filiation d'auteur à auteur, je traduis pour moi-même des traités, généralement anglo-saxons, sur la culture des rhododendrons, lesquels me passionnent, et, à défaut de partenaires, je tente de résoudre des positions d'échecs trouvées dans les journaux.

– Ah, mais je joue également aux échecs, nous allons pouvoir faire quelques parties.

– Volontiers, mais cela fait bien longtemps que je n'ai plus joué avec des partenaires réels et je me demande quel peut être mon niveau, je ne voudrais pas vous ennuyer.

– Mais pas du tout, de toutes les façons ce sera une manière de faire connaissance.

L'heure approchait du dîner à Santa Donatella et je devais remonter jusqu'au manoir. Nous nous séparâmes sur la promesse que je reviendrais le lendemain en fin d'après-midi.

Le lendemain, je redescendis donc par le chemin escarpé jusqu'à l'« îlot de bon sens ». J'y trouvai Emilio, puisqu'il se nommait ainsi, confortablement installé dans son hamac en conversation animée avec un personnage tout aussi étrange que lui : très petit, un peu simiesque, parlant fort avec un accent populaire déclaré, l'air à la fois exalté et très madré, on eût dit qu'il cultivait à dessein une ressemblance avec le comique Toto, l'inoubliable acteur du *Pigeon* de Monicelli. À mon arrivée, ils interrompirent leur conversation et Emilio me présenta Mario comme l'un de ses voisins, avec qui il entretenait d'excellentes relations. Mario était propriétaire d'un autre cabanon un peu plus loin, et tous deux se rendaient de petits services, survivant chacun à sa manière en marge de la vie actuelle. Mario avait été ouvrier métallurgiste la plus grande partie de sa vie et, à la mort de sa femme, qui avait correspondu à sa propre retraite, il était venu s'installer ici sur un petit terrain ayant appartenu à son père, ouvrier agricole.

Présentement, ils étaient en train de discuter politique, bien que lui, Emilio, ne s'y intéressât nullement. C'était une façon de faire plaisir à Mario et aussi une sorte de comédie qu'ils se jouaient l'un à l'autre en théâtralisant leurs conditions respectives. Emilio endossait le rôle du grand-bourgeois attaché aux traditions (ce qui, de par son éducation, ne lui offrait pas trop de difficultés), et Mario celui du communiste viscéral (qu'il n'avait pas davantage de mal à interpréter de par les convictions de sa famille d'origine). Peu avant que j'arrive, le jeu avait débouché de lui-même sur une étrange controverse, poursuivit Emilio, puisqu'il s'était fait l'avocat des Brigades rouges et Mario leur accusateur perplexe. D'autres fois, ce pouvait être Mario qui exprimait ses sympathies pour les organisations mafieuses (seules capables, selon lui, d'aider véritablement les gens du peuple) et Emilio qui les fustigeait (estimant, pour sa part, que des organisations – aussi bien rodées fussent-elles – ayant pour base la coercition et le crime ne pouvaient secourir les pauvres qu'à très court terme et les maintenaient en revanche dans la terreur de manière durable). Mais il n'allait pas m'ennuyer avec tous les détails de leurs interminables palabres. Malgré tout, il fallait que je sache une chose : ici, en Italie, régnait un tel instinct théâtral que si le moindre débat pouvait être l'occasion de dialogues enflammés et drôles à la fois, la tradition du Grand-Guignol l'emportait toujours sur les éventuelles convictions. Ce pourquoi, au fond, ils parvenaient ainsi tous deux, en dépit de leur extrême disparité de classe, à transcender leurs différences en singeant les traits caricaturaux de leurs milieux respectifs. Une telle catharsis était-elle envisageable en France ? Il avait l'impression que non, mais c'était à moi de répondre.

Je confirmai qu'à mon avis les Français n'avaient en rien cette tradition bouffonne chevillée au corps et j'ajoutai que cela me semblait d'ailleurs fort dommageable pour nous.

Oui, c'était ce qu'il avait cru remarquer lui aussi, hélas. Maintenant, pour en revenir à Mario et à lui-même, il fallait encore que je sache qu'ils avaient une autre habitude en commun : ils allaient tous deux à la pêche dans des coins secrets de l'Arno où subsistait du poisson, pollué sans doute, mais de toutes les manières à notre époque tout était contaminé et ils n'avaient pu se résigner pour l'instant à ne pas consommer leur friture, cette manne venue du fleuve, mais il y avait de fortes probabilités pour qu'ils doivent bientôt y renoncer, n'est-ce pas ?…

Toutefois, Mario devant nous quitter, voulais-je essayer de jouer aux échecs, cela l'avait travaillé depuis notre conversation d'hier. Quand il vivait au Havre, où il travaillait comme ingénieur maritime, il avait fait partie de l'équipe locale et atteint un assez bon niveau.

Le ciel s'étant entre-temps empli de nuages et une certaine fraîcheur s'étant installée, il m'invita à entrer chez lui. Après avoir salué Mario, je pénétrai dans son logis qui, agencé à la façon d'une yourte hexagonale, était occupé en son centre par un gros bidon métallique converti en poêle. L'ameublement, si l'on pouvait le qualifier ainsi, s'y révélait fort disparate : ici des tiroirs fabriqués avec des cartons de récupération, là une commode ou des chaises de prix en provenance sans doute du palazzo, le tout ordonnancé dans le style de ces antres de célibataires où les objets usuels ont été disposés au gré des commodités de l'existence, la plupart des ustensiles se trouvant à portée de main des deux ou trois endroits stratégiques majeurs : le lit, la table (à manger et à travailler) et le fauteuil de lecture. Une grande partie de l'espace était rempli de hautes piles de livres, chacune surmontée d'un gros galet ; dans un coin séparé par une cloison de plexiglas teinté, j'aperçus, par la porte entr'ouverte, un peignoir pendu à un portemanteau et en conclus qu'il s'agissait de ce qui tenait lieu de salle de bains.

Après avoir fait descendre du plafond une lampe baladeuse munie de son abat-jour métallique, Emilio tira de sous le lit un échiquier incrusté d'ivoire et nanti de pièces veinées en bois de palissandre qu'il posa sur la table.

– L'échiquier de mon grand-père, annonça-t-il, puis sortant une pendule d'échecs du même acabit que nous installâmes sur le côté, il ajouta : nous sommes tous les deux des joueurs confirmés, je suppose, il est donc inconcevable que nous jouions sans pendule, n'est-ce pas ?

– Tout à fait, dis-je. D'autant plus que cela ajoute au côté ludique de la partie car, vous l'aurez certainement remarqué, le temps d'une pendule d'échecs n'est pas le même que celui d'une pendule ordinaire : c'est un temps suspendu, presque enfantin, une merveilleuse dimension de potentialités infinies, ou quelque chose d'approchant…

– Je n'y avais pas songé mais c'est on ne peut plus vrai. Le minutage des parties d'échecs est soumis à une durée extratemporelle. C'est d'ailleurs dangereux et l'on est vite happé : cela peut même parfois devenir pire qu'une drogue.

– Oui, pendant un moment, dans ma jeunesse, confirmai-je, j'ai été sous l'emprise de cette drogue et j'ai bien failli y rester mentalement.

– Ah, oui ? Vous aussi. Enfin nous nous en sommes visiblement sortis indemnes, souhaitons donc que cette rencontre ne réveille pas de vieux démons. Quoi qu'il en soit, tentons l'expérience, dit-il, déclenchant mon temps de réflexion en appuyant sur son bouton de pendule.

Dès les premiers coups de sa réponse (il avait opposé une Est-Indienne pleine de chausse-trappes à mon ouverture Bird-Larsen), je compris que j'avais affaire à un joueur aguerri, jouant dans le style semi-fermé théorisé par Nimzowitch, et je sus que les choses n'iraient pas d'elles-mêmes, ce qui était une agréable surprise, les joueurs de hasard n'opposant d'ordinaire aucune résistance notable à un joueur de compétition. Après deux petites heures, un peu avant que mon propre cadran n'ait écoulé son temps imparti, je dus m'incliner sur une dernière combinaison de sa part, lente et prudente mais ferme et invincible, laquelle ne pouvait ensuite que mener rapidement au mat. Je le félicitai et il me rétorqua :

– J'ai pu vous surprendre cette fois-ci parce que vous ne connaissiez pas mon niveau de jeu, mais je crois qu'à l'avenir les parties s'équilibreront, ce qui est un excellent prétexte à mieux nous connaître. Personnellement, j'ai toujours pensé que les jeux étaient un biais détourné de la sociabilité, qu'ils sublimaient l'essence des relations humaines sous une forme à la fois symbolique et esthétique. Remarque qui pourrait nous mener loin, notez bien, si nous étendions cette vision à la guerre, à la diplomatie et au commerce international. Peut-être aussi qu'en extrapolant cette réflexion dans le domaine politique, nous pourrions parvenir à une conception plus saine, moins remplie de sensiblerie utopiste que celle qui prévaut généralement de nos jours, et peut-être encore qu'en prenant les choses de cette façon, nous pourrions davantage limiter l'extension des conflits. Qu'en pensez-vous, si toutefois vous avez saisi ce que j'ai maladroitement tenté d'exprimer ?

– Oui, j'ai souvent pensé de façon similaire sans jamais oser le formuler. Réglementer, codifier les conflits et les agressions serait la seule manière vraiment réaliste, n'en déplaise aux pacifistes radicaux, de limiter la casse et de civiliser les sociétés. Mais casses, conflits, guerres il y aura toujours : à l'instar d'une loi métaphysique naturelle, c'est sans doute inévitable.

– Je vois que nous sommes faits pour nous entendre, reprit Emilio. Les échecs nous serviront de couverture pour philosopher tout à notre aise. Espérons seulement que nous n'en venions pas à nous prendre trop au sérieux, j'ai toujours un peu peur de cela avec vous autres, Français.

– Eh bien, vous m'enseignerez l'art de théâtraliser à l'italienne. J'en serais ravi car je crains d'en avoir un besoin urgent.

– Pour cela, conclut Emilio, il faut que je vous présente Roberto, mon grand ami le montreur de marionnettes, c'est lui le maître en la matière. Il sera là jeudi.

Je revins donc le jeudi suivant et, le temps s'étant adouci, nous nous assîmes dehors sous les arbres. Roberto était là, comme promis, impressionnant avec sa carrure d'haltérophile et son visage buriné de marin au long cours. Cependant, aussitôt qu'il ouvrait la bouche et se mettait à parler, cette impression première un peu rude s'évanouissait, car son langage châtié ne véhiculait plus qu'une assurance virile sans emphase où l'ironie pointait en permanence. On sentait qu'on avait affaire à un type d'homme méditerranéen mythique : le conteur, le bateleur et le chantre. Dès les premiers mots, on était embarqué dans un discours fabuleux et ensorcelant.

– Moi aussi, j'ai longtemps vécu en France, me dit-il avec un très fort accent presque caricatural, et j'ai travaillé là-bas, à Marseille. J'étais souffleur dans un théâtre qui ne jouait que du boulevard. Je ne gagnais pas grand-chose mais j'étais en contact avec le théâtre et c'était tout ce qui m'importait alors. J'étais très jeune, j'y croyais, et je passais ensuite mes nuits à écrire des pièces que je pensais devoir révolutionner la scène européenne. L'idéalisme quand il nous tient, nous autres Italiens passionnés, est une maladie incurable, savez-vous ? En fait, ou bien nous sommes désespérément réalistes et concrets comme nos hommes d'affaires (de main ou de pied : je veux parler de nos gangsters comme de nos footballeurs), ou bien nous sommes définitivement utopistes comme nos intellectuels, toujours prêts à échafauder des plans mirifiques pour sauver l'univers tout entier. Pas de demi-mesure, l'un ou l'autre. Enfin, ce qui est sûr, c'est que nous sommes tous intimement neurasthéniques et que nous ne cessons de faire les marioles pour donner le change, mais ça c'est une autre histoire.

« Je travaillais donc en soirée, excepté le samedi. (Le samedi soir, j'allais gagner quelques sous supplémentaires en faisant le catcheur dans des salles de banlieue.) Puis je prenais un dîner frugal dans une friterie du Vieux-Port ; une fois par semaine, je descendais jusqu'à la rue Paradis la bien nommée (il faut satisfaire au rite de l'espèce, non ?) avant de remonter dans ma minuscule chambre pour écrire mes drames tragi-comiques “immortels” – flottant dans une sorte de ciel idéal sans limites, mon esprit bourdonnant telle une ruche affairée. Comme distraction, cela va vous étonner, je lisais de la philosophie. Je comprenais ce que je comprenais, car je n'ai jamais fait d'études, mais le simple contact avec des pensées élevées et abstraites avait un effet apaisant sur moi. C'est seulement maintenant que je me rends compte qu'à l'époque, malgré ma pauvreté, j'étais immensément heureux car je croyais à la gloire, à l'avenir, au pouvoir des grandes idées, et aussi, ajouta-t-il avec une grimace, un tout petit peu, vraiment un tout petit peu (il fit un geste minimaliste avec le pouce et l'index) à l'amour, mais presque pas, par contre, à la justice sociale ; j'ai été épargné, Dieu merci, par cette maladie contagieuse.

« Aujourd'hui en revanche, je suis toujours aussi pauvre mais j'ai dépassé le temps de devoir être heureux ou malheureux et, comme Emilio, je ne crois plus qu'en une seule chose : m'aménager un petit coin un peu à l'écart comme ici (ou bien même dans le ciel de l'imagination) et le perfectionner sans plus m'occuper du reste. Que l'humanité, ou ce qu'il est convenu de nommer ainsi nous oublie et nous laisse tranquilles. Nous formons ici (avec Mario aussi, à sa façon) une petite confraternité de cœurs désabusés, mais chaleureux et toujours vaillants, même avec les femmes quand elles veulent bien encore de nous, mais ça, c'est une autre paire de manches…

– Il dit cela, l'interrompit Emilio, mais comme nous tous il continue de croire en l'impossible. Il écrit des pièces pour ses marionnettes, ses pupazzi. Ça continue de l'agiter très fort, croyez-moi !

– Oui, oui, c'est vrai, je dois l'admettre, Emilio a raison, j'allais y venir : c'est vrai que ça je continue d'y croire plus que de raison, mais avec des pupazzi c'est nettement plus facile, non ? On n'est pas obligé de faire dans le sérieux académique, de satisfaire au goût du jour, on est plongé dans la féerie intemporelle, la folie rocambolesque de toujours. Les marionnettes vous y entraînent malgré vous, car ce sont elles qui commandent, pas nous, vous pouvez me croire ! Elles en deviennent même fatigantes, car elles ne cessent de pérorer, de plaisanter et de jacasser, impossible de les arrêter, de rester un peu sérieux ; tout le temps à s'amuser, à rire et à se moquer de tout, jusqu'au moment, bien sûr, où elles s'écroulent en pleurs les chères petites, puis se répandent en lamentations. Naturellement, à force de s'agiter ainsi et de croire que leur méchanceté va les préserver du lot commun. Et qui donc doit alors les consoler, leur redonner goût à la comédie ? Roberto, évidemment, qui voulez-vous que ce soit d'autre ? La bonne poire de Roberto qui s'est mis au service de ces fantoches de tissu et de papier mâché !

(On voyait que, possédé par son sujet, Roberto nageait en plein lyrisme.)

« Oui, ces chères petites il faut que je leur serve de père et de mère, que je les chouchoute et les rafistole sans cesse car, à force de se chamailler, elles se déchirent, se cassent. Enfin une seule chose ne varie pas avec elles : l'âge. Elles demeurent éternellement jeunes, naïves, inexpérimentées et enthousiastes. C'est sans doute pourquoi j'ai décidé de m'occuper d'elles avec un tel soin. Elles me maintiennent dans un intermonde joyeux où je ris et m'illusionne en leur compagnie et... Mais je m'emporte, il faut que je monte un petit spectacle à votre intention dans notre théâtre privé, Emilio vous expliquera. Il m'a dit, par ailleurs, que vous désiriez apprendre à plaisanter à l'italienne, est-ce vrai ?

– Oui, dis-je, j'aimerais beaucoup apprendre à ne plus considérer les choses trop sérieusement et aussi à plaisanter dans l'adversité.

– Euh, ça c'est plutôt auprès des juifs qu'il faudrait l'apprendre. Eux, ils en connaissent un rayon dans l'humour du désespoir, nous, ça serait plutôt... comment dire ? faire tourner la vie quotidienne au burlesque, et pour ça nous n'avons juste qu'une chose à faire : outrer un peu notre penchant passionné, ce qui nous fait tout de suite rire, enfin quand je dis nous, ça n'est qu'un certain nombre d'entre nous, comme toujours, pas tout le monde !

– Je sais, fis-je, et je lui répétai ce que j'avais lu dans Élie Faure à propos du tempérament italien mélancolique se transcendant par le comique.

– C'est tout à fait ça, me répondit-il. Votre écrivain a très bien vu la chose. Cependant, je doute que vous ne parveniez jamais à intégrer ce style, il faut être moins sceptique que vous ne paraissez l'être. Il faut croire mordicus à ce qu'on pense sur le moment, quitte à se contredire la minute d'après. Il faut aimer s'emporter comme on aime la fureur d'un vent passager, pour le plaisir du mouvement, du balayage, de l'envolée (il fit un large geste du bras vers le ciel), de la flamme et de l'inutile, vous voyez ?

– Il me semble, oui. Et en effet, c'est sans doute très difficile à acquérir pour nous, Européens du Nord ; nous avons trop tendance à vouloir demeurer pondérés, à sans cesse peser le pour et le contre. Nous sommes dressés à cela dès l'enfance.

– Le pour et le contre ? Mais il n'y a nul besoin de les peser, ils s'opposent d'eux-mêmes dès qu'on lâche la bride à nos sentiments spontanés, dès qu'on oublie de réfléchir et qu'on laisse les choses se faire toutes seules. Le pour et le contre, c'est l'ombre et la lumière, la systole et la diastole, le rythme binaire éternel… Mais enfin, pas de prêche ! Nous allons organiser une soirée avec les pupazzi sur ce thème, elles ont beaucoup plus de choses à en dire que moi, vous verrez.

Roberto s'arrêta net, comme confus d'avoir tant parlé, et prit congé, me confirmant avant de partir qu'il me préviendrait aussitôt qu'il aurait mis sur pied son spectacle du « pour et du contre », m'assurant qu'on allait bien s'amuser et peut-être un peu pleurer, car avec « elles » bien sûr on ne pouvait jamais savoir à l'avance.

Une fois qu'il fut parti (j'étais exceptionnellement venu le matin sur sa recommandation), Emilio m'invita à partager son déjeuner : une omelette aux pommes de terre avec des herbes et une salade de son jardin. J'acceptai et, après qu'il eut préparé tout cela en un tournemain, nous nous assîmes sous son frêne pleureur. Tout en mangeant, il me fit un résumé impressionniste de son existence.

Il était issu d'une grande famille aristocratique toscane. Son grand-père – un prince et un familier du roi – avait été propriétaire terrien, se contentant de vivre du revenu de ses fermages, puis son fils – son père à lui donc – avait suivi la même voie, mais avait été obligé, après la dernière guerre, de vendre une bonne partie du patrimoine. Ils avaient pourtant continué, sa famille et lui, de mener grande vie pendant toute son enfance jusqu'au moment où, rejoints par les réalités sociales, ils avaient dû simplifier drastiquement leurs habitudes : plus de personnel, plus de fermages, la propriété réduite au parc et ne disposant plus que d'une rente succincte, insuffisante pour faire face aux dépenses requises par une bâtisse de cette envergure. Enfin lui-même avait dû faire des études techniques et partir un jour travailler à l'étranger pour essayer d'aider ses parents tombés entre-temps dans le plus grand dénuement, vaincus par la vie moderne. Ses deux frères et sa sœur ne s'étaient pas davantage adaptés au monde d'aujourd'hui et avaient suivi des voies non lucratives. Sans doute avais-je lu *Le Guépard* de Tomasi di Lampedusa, oui ? Eh bien, ce livre résumait parfaitement l'évolution de sa famille. Bref, après avoir éprouvé une sorte de fausse liberté à s'évader de son milieu en tentant de vivre comme tout le monde (en France où il avait travaillé près de vingt ans), il avait fini (sans doute rattrapé par ses origines dans le mépris grandissant qu'il ne pouvait s'empêcher d'éprouver pour le monde de l'activisme et de l'industrie) par progressivement se marginaliser, et ce jusqu'à perdre son emploi.

Par bonheur, tout comme lui, ses frères et sa sœur avaient toujours renâclé à la perspective de vendre cette propriété et, bien qu'elle fût devenue inhabitable et qu'elle ait commencé de tomber en ruine au cours des années, ils avaient décidé de la conserver coûte que coûte, de façon irrationnelle – comme l'image d'un paradis perdu probablement. Et il en était devenu le gardien nostalgique, touchant une minime subvention de ses frères et de sa sœur. Au début il avait habité une des pièces du rez-de-chaussée, mais elle s'était révélée presque impossible à chauffer. Aussi s'était-il résolu à s'installer dans la partie la plus ensoleillée du parc et s'y était-il construit cette cabane où il se sentait désormais parfaitement bien, avec Giuppi son setter-gordon. N'avait-il pas fini par y découvrir le bien-fondé de ce vieux proverbe chinois qui affirme que le sage se contente de « vivoter plutôt que de vivre », car une existence réduite permet de jouir des petites choses à portée de main, laissant les autres, les « inaccessibles » (ou seulement accessibles au prix d'efforts harassants), aux innombrables ambitieux qui se multiplient à vitesse exponentielle dans le monde d'aujourd'hui.

En ce qui concernait le palazzo, il me le ferait visiter un prochain jour et puis il y aurait la soirée des pupazzi qui se donnerait dans le théâtre de ses ancêtres, désormais poussiéreux, délabré et humide, mais avec encore pas mal de gueule, comme je pourrais en juger. J'avais donc en face de moi, il fallait que je le réalise, quelqu'un qui avait vécu une partie de son enfance dans un monde tout aussi révolu que le Moyen Âge. Une accélération vertigineuse de l'histoire s'était produite, non ?... Or savions-nous où ce monde prétendument mieux équilibré socialement nous menait, hormis à une angoisse généralisée ?

Rendu songeur par ce récit et plus encore par cette question finale, contemplant Giuppi lui-même en train d'écouter son maître, la tête enfouie entre les pattes, je souhaitais vivement que les pupazzi m'enseignent bientôt les arcanes du « pour et du contre » et l'art si précieux de rire de ses propres déconvenues.

7

Voici comment mes journées se distribuaient à Santa Donatella.

Je me levais le matin à sept heures, je prenais ma douche et me rasais puis, tout en essayant de faire le moins de bruit possible pour ne pas déranger Van Meegeren qui, pour sa part, travaillait la nuit et se levait vers midi, je descendais dans la cuisine pour prendre un thé et quelques tartines tout en contemplant par la fenêtre la lumière toscane en train d'investir le sommet des bois alentour et de miroiter sur les frontons des palais décatis qui nous environnaient. Ensuite, je montais dans mon bureau-bibliothèque et m'installais à la table placée devant la fenêtre donnant sur les arbres et le ciel. Pendant plus de quatre heures, souvent cinq, je transcrivais et recomposais sur mon ordinateur les passages de mes carnets relatifs à mes aventures américaines et à mes élucubrations sur les morts.

À treize heures précises, je descendais l'escalier, retrouvais Van Meegeren dans la cuisine en train de lire son journal en buvant son café et, après avoir échangé quelques banalités, nous traversions le jardin pour rejoindre notre compagnie du déjeuner : June Fletcher, la contessa, McCullough et parfois Graziella. Nous déjeunions, toujours fort bien, tout en commentant les actualités, la contessa imposant les sujets de conversation et les dirigeant presque systématiquement sur la politique, quand ce n'était pas sur ses connaissances mondaines des environs. Pour finir, tout le monde s'étant montré fort poli, nous prenions, lorsque le temps le permettait du moins – car au début de mon séjour il y avait eu encore quelques jours de neige – le café sur la terrasse dominant la vallée boisée de l'Arno. J'allais ensuite m'allonger sur l'autre terrasse devant la tour et, un livre à la main, je m'assoupissais une vingtaine de minutes, avec délices comme à mon habitude. Après m'être éveillé et avoir repris ma lecture pendant une heure, je saisissais mon bâton de marche et partais me « venturiser » sur les chemins environnants. Parfois, j'allais visiter Emilio et ses amis, d'autres fois, souvent en compagnie de Patrick, je poussais jusqu'au village de Viarello pour quelques emplettes ; ou bien encore je partais, une carte à la main, sac au dos, muni d'une gourde ainsi que de figues et de biscuits, pour des randonnées de plusieurs heures, essayant de ne pas m'égarer parmi les nombreuses bifurcations des sentiers.

Rentré en général vers sept heures, je retrouvais les autres – tous un brin habillés – pour le dîner un tant soit peu officiel, en vue duquel le cuisinier nous avait concocté, sur les indications de Silvina, un exquis repas à l'italienne qu'elle nous commentait ensuite interminablement. Durant ces dîners bien arrosés, l'atmosphère était nettement plus joyeuse que le midi et les arides travailleurs mentaux que nous étions censés être se débridaient quelque peu, au grand amusement de notre hôtesse qui adorait être bousculée dans le strict ordonnancement de sa vie de veuve et de femme du monde. John McCullough surtout nous amusait de son humour pince-sans-rire typiquement british. Puis venait le moment plus délicat de l'après-dîner où la contessa proposait, d'ordinaire, de regarder les nouvelles à la télévision afin de mieux se déchaîner contre la moindre apparition du président Berlusconi qu'elle professait de détester. Pour ma part, je tirais assez vite ma révérence car je ne voulais pas déroger à ma petite séance vespérale de prise de notes quotidiennes ainsi qu'à mes habitudes d'écriture matinale.

La face cachée, plus enjouée, du caractère de notre hotesse pouvait se révéler non seulement à la faveur de l'ébriété générale mais encore lorsqu'elle s'abandonnait avec une pure joie enfantine au spectacle des jeux de balle auxquels l'un ou l'autre d'entre nous se livrait avec les deux chiens (car en sus d'un carlin vibrionnant la contessa possédait un gros labrador pataud).

Une après-midi où j'avais déjeuné seul avec Silvina et Graziella, les autres étant partis à Florence, je lançai longuement, sur le terre-plein jouxtant la terrasse, dans le froid encore vif et le grand soleil, une balle mouillée de salive au labrador qui s'élançait à fond de train pour la rapporter et refusait en grondant, au dernier instant, de s'en dessaisir, au grand contentement de la contessa qui paraissait estimer qu'il montrait ainsi son « sacré petit caractère ».

Observant cette ancienne beauté réputée de la haute société italienne s'amuser de ce naïf jeu entre humains et animaux, dans l'après-midi riante et l'ouverture impromptue de vraie « bonne heure » à passer en toute innocence, je sentis que cette femme vieillissante qui avait passé sa vie à s'entourer d'objets de luxe et de personnalités en vue ainsi que de signes extérieurs d'une haute noblesse, auprès de laquelle elle peinait tant, en réalité – on le percevait à son snobisme immodéré –, à se faire entièrement accepter, je crus donc sentir chez elle, d'un seul coup, comme un profond désarroi, le constat implicite, mélancolique (identifiable au léger pli dubitatif qui tempérait son sourire amusé) d'une possibilité d'erreur, d'un fourvoiement, qui se serait glissé subrepticement dans la laborieuse logistique déployée par elle et ses pareils pour parvenir au plaisir.

Cependant, elle se reprit tout aussitôt et endossa de nouveau son personnage de parfaite hôtesse, à tel point que je me posai la question d'avoir, une fois de plus, tout imaginé afin de satisfaire à mon incoercible démon du romanesque.

8

Ce soir là, dans l'automobile qui cahotait sur le chemin de terre nous ramenant à la Fondation, il me fut difficile de ne pas poser un regard « spenglérien » sur la disparition progressive de ce qui fut un jour une des plus belles campagnes de notre planète.

Alors que nous passions devant ce que la contessa nous désigna comme la dernière véritable ferme des environs – laquelle allait bientôt être expropriée du fait de l'arrivée massive des nouveaux riches dans cet endroit jusqu'ici préservé –, je n'eus que la force de me tourner vers mon « ange exilé », mon ange « Thomas Wolfien », afin qu'« il regardât » *un peu aussi* « de ce côté » et entendît cette étonnante plainte soupirée par notre hôtesse : « C'est très triste » ; notre chère hôtesse, sans cesse émoustillée d'apprendre la multiplication du capital de n'importe quelle sommité de son monde huppé (nous en faisant part avec enthousiasme) sans jamais, apparemment, se demander quelle pouvait bien être l'origine de ce « merveilleux » accroissement financier – s'il ne s'était pas produit, par exemple, grâce à l'invention d'un nouveau modèle de bulldozer surpuissant destiné à participer à la destruction radicale de l'objet de ses soupirs mélancoliques ?

Ne pouvait-on s'étonner en effet de l'aveuglement des gens de son milieu devant ce qui se profilait et allait détruire leur monde à plus ou moins brève échéance et avec quoi, pourtant, ils pactisaient au nom de la toute-puissance momentanément conférée par l'argent ?

Cette réflexion me conduisit à resonger au prince Salina (dans *Le Guépard* encore), dont le neveu Tancrède décide précisément de composer avec les forces montantes de la bourgeoisie arriviste, dussent-elles être les futures destructrices acharnées du monde dont il est issu ; Lampedusa, dont la mélancolie nous étreint puissamment dans ce livre, conclut, pour sa part, à une sorte de fatalisme impuissant devant l'inéluctable renouvellement des élites qui mènent les sociétés, lesquelles ne cesseront jamais, à chaque époque, de se croire le sel de la terre. Il me semblait pourtant, rencogné dans mon siège à l'arrière de la voiture, traversant ces bois et pâturages en sursis, que ce livre, par ailleurs admirable, n'avait pas entièrement pris la mesure de la catastrophe annoncée. Car le problème auquel nous étions désormais confrontés apparaissait plus ravageur encore qu'on n'eût jamais pu l'imaginer du temps de Lampedusa : le remplacement brutal des élites aristocratiques ou productrices par celles que le seul succès médiatique ou financier propulsait sur le devant de la scène. Je n'en voulais du reste pour preuve immédiate que celle-ci : deux des « prestigieux » voisins de la contessa étaient respectivement l'une des plus célèbres vedettes de la pop américaine, dont elle se demandait sans cesse sous quel prétexte elle pourrait bien l'inviter, et une gloire consommée du football napolitain, dont elle nous désignait invariablement la résidence lorsque nous la longions en voiture.

La contessa nous confia enfin que le domaine où nous roulions à présent appartenait encore en majeure partie à la famille princière Guidarelli (on pouvait voir la plaque à l'entrée de la propriété) dont l'héritier avait été notre hôte une semaine auparavant – sémillant quinquagénaire dont les propos, empreints d'une exquise légèreté, tournaient exclusivement autour de son niveau de tennis ou des jardins qu'il possédait à Grosseto ; jardins dont sa femme, paysagiste de renom, reproduisait un peu partout dans le monde le modèle envié, à l'intention des célébrités de la jet-set internationale.

Ruminant ce genre de considérations pour moi seul, j'en vins à me souvenir de ce camarade du monde du tennis, fils de grande famille devenu PDG d'une importante société publicitaire, qui m'avait invité chez lui, à l'occasion d'un tournoi, dans un endroit très préservé de la côte bretonne. Un matin, tandis qu'il déplorait le projet immobilier d'aménagement d'une « marina » au pied de sa maison, je n'avais pu m'empêcher de lui demander ce qu'il aurait fait si ça avait été son agence qui avait été sollicitée pour réaliser la campagne publicitaire de ce projet ; il m'avait alors rétorqué :

– Ne sois pas agressif !

Or je prenais conscience à cet instant, puisque j'étais encore à peu près certain que, mis en demeure de le faire, il n'eût pas hésité bien longtemps, quitte, avec le gros bénéfice ainsi empoché, à acquérir une autre maison dans un endroit *encore* épargné – les nantis actuels ne cessant de fuir l'avancée des forces qu'ils suscitent dans des lieux de plus en plus retirés, mais jusqu'à quand ? –, je prenais conscience, oui, que j'aurais alors dû lui répondre à mon tour que c'était lui qui se montrait, sans le savoir et depuis longtemps, extrêmement agressif envers lui-même.

9

Je ne puis encore aujourd'hui me déprendre d'une certaine compassion lorsque j'évoque ce couple, entouré d'une nombreuse domesticité, qui nous reçut un certain jour – à l'instigation de la contessa – dans sa demeure des environs de Sienne.

Nous pénétrâmes dans un ancien château dont la restauration – manifestement inspirée par les nombreux magazines de décoration qui s'empilaient un peu partout sur les tables basses – évoquait le musée nouvellement ouvert baignant dans une atmosphère réfrigérante. La maîtresse de maison, issue de la haute société romaine, nous accueillit avec affabilité. Bien que très belle femme, elle paraissait, à l'image de son intérieur glacial, dépourvue du moindre atome de sex-appeal. Le maître de maison – juif new-yorkais de la haute finance – arborant un visage bizarrement statique, d'une amabilité maladroite et forcée, usait pour sa part d'un verbe constamment sentencieux. Cependant, comme ne manqua pas de nous le stipuler Silvina, cet homme « fabuleusement riche » était l'un des plus fameux collectionneurs d'œuvres d'art d'Italie, possédant apparemment quelques-uns des tableaux postimpressionnistes les plus célèbres qui existent – que nous ne fûmes toutefois pas invités à admirer, car on croyait deviner qu'il existait une hiérarchie subtile entre les types d'invités et nous n'étions que des artistes amenés ici par une comtesse appartenant à la frange du gotha.

L'apéritif, servi par trois soubrettes en coiffe et tablier blanc, atteint le summum de l'ennui bénin.

Une fois à table, et après quelques verres de « leur » vin (cultivé sur les vignes qui entouraient le château sur des centaines d'hectares), la maîtresse de maison nous narra sur un ton affecté l'anecdote de cette fois mémorable où, tombés en panne d'essence non loin d'ici, ils avaient dû pousser « eux-mêmes » leur voiture sur le bas-côté, jusqu'à ce qu'apparaisse leur sauveur en la personne du célébrissime chef d'orchestre Franz *Brueggen* en chair et en os. Lequel s'avéra par miracle être leur plus proche voisin et devint par la suite, bien entendu, l'un de leurs plus chers amis.

Après ce mini-récit classique de « miracle bourgeois », visiblement un peu gêné et pour compenser l'atmosphère guindée et le faste ostentatoire de son décor, Sam, le propriétaire, se mit à nous raconter son enfance à la dure dans le New Jersey, puis de fil en aiguille, la difficile implantation de ses grands-parents originaires de Russie dans la sauvage Amérique.

Je m'attristai un peu, tandis qu'il parlait, à observer son expression en vérité légèrement égarée, presque désespérée, culminant dans son petit sourire en coin, involontaire et autodépréciateur, et je crus ressentir le malheur inconscient de cet homme dont je devinais qu'il eût amplement préféré se retrouver (il suffisait de voir son visage s'illuminer par instants à son récit familial) au sein d'une chaude convivialité judaïque turbulente, inconséquente, sarcastique, entouré du sacro-saint et savoureux désordre de circonstance, plutôt que dans une demeure sans âme reconnue par le magazine *Vanity Fair*, ainsi que nous le précisa sa femme, comme « un modèle de rénovation d'architecture toscane traditionnelle ». Me souvenant alors de l'assertion de Jules de Gaultier selon laquelle l'idéal démocratique devrait nous commander d'être aussi compatissants envers les privilégiés qu'envers les défavorisés – ce que nos rageuses revendications sociales d'aujourd'hui ne nous permettent plus –, je ne pus m'empêcher de penser que le destin de cet homme riche et puissant, mais de toute évidence déplacé, acculturé, et presque sûrement assez peu conscient, piégé comme il l'était, de son malheur latent, était d'être indirectement (il venait de nous expliquer que sa famille était originaire d'Odessa) une ultime victime de l'antisémitisme ukrainien, qui, après avoir obligé sa famille à émigrer dans la puritaine et austère Amérique, l'avait tout naturellement amené à adorer le veau d'or de la civilisation anglo-saxonne, la réussite financière, et, pour finir, à adopter le réflexe surcompensateur des « nouveaux venus », toujours plus ou moins méprisés : l'ostentation.

À un certain moment, alors que la conversation s'était un peu animée avec l'arrivée en force du dessert – des sorbets du meilleur glacier de Sienne, nous fut-il précisé – et que les invités parlaient plus librement entre eux, la contessa, assise à côté de moi, se pencha vers Hercule, son carlin adoré qui remuait la queue sous la table, et lui dit en aparté :

– Hein, tu es tout excité par l'atmosphère du luxe ! Tu aimes le luxe ! Tu préférerais vivre ici plutôt que dans le capharnaüm de Santa Donatella, n'est-ce pas ?

10

Nous avions rendez-vous ce soir-là, la contessa, Graziella et la bande des écrivains, pour un dîner offert par l'illustre famille Pirelli. J'avais commencé de flâner au hasard dans la Florence du crépuscule où les nombreuses illuminations conféraient aux rues étroites, solitaires et sombres, des allures de grottes votives, de cryptes faiblement éclairées par leurs cierges. Il y avait à cette heure (on pouvait voir, dans les échancrures entre les toits et les encorbellements, le ciel vert olive virer au vert bouteille) une atmosphère d'obscure et secrète ferveur mystique flottant sur la ville.

M'enfonçant de plus en plus profondément dans le labyrinthe des ruelles, il m'arrivait de déboucher parfois sur une artère plus large, mais non moins déserte et obscure, où brillaient les lumières, enfoncées sous les arcades, de petites échoppes, de magasins minuscules derrière les vitres desquels, les yeux dans le vague, les coudes appuyés au comptoir, semblaient méditer de jolies brunes au regard de madone mélancolique.

Après avoir dépassé une placette où se consultaient dans leur langue criaillée un groupe de Japonais égarés, j'entrai par une porte de flanc dans l'une des églises bordant la rue, fort surpris – succédant à l'exiguïté de la ruelle – par la vastitude de l'espace qui s'ouvrait à moi. Sous une large voûte, devant un autel illuminé d'une multitude de bougies où reposait une peinture visiblement très ancienne, une douzaine de dévots regroupés sur les prie-Dieu chantaient – presque à tue-tête – les vêpres en latin, dont les échos allaient se répercuter dans les hauteurs de l'édifice. Face à eux, un immense vitrail coloré était traversé par les ultimes rayons du soleil couchant. Le reste de l'église était ornementé de multiples dorures chatoyant discrètement dans l'ombre.

Pris sous le charme de cette scène sans doute ordinaire de la Florence du quotidien, j'eus soudain une révélation : il me paraissait être moi-même entré en communion avec ce groupe de gens – tous d'un certain âge – et ressentir par empathie l'extrême plaisir qu'ils pouvaient prendre à se retrouver ponctuellement dans un cadre aussi esthétique et chargé d'histoire pour chanter leurs fins de journée dédiées au Seigneur et maître de cet univers – lequel à mon sens était devenu un simple prétexte à cette pratique ludique et poétique. Je croyais encore deviner qu'ils ressentaient le même plaisir à chanter ces antiennes liturgiques médiévales (dans une église richement ornée datant de la même époque) que celui que nous avions à échanger, mes camarades et moi, chaque fin d'après-midi dans l'ancienne structure moyenâgeuse, elle aussi, du Jeu de paume de Paris, des balles filantes très semblables à ces *respons* bien rodés. Il y avait de toute évidence un plaisir suprême à se glisser ainsi quotidiennement dans la mécanique bien huilée d'une longue habitude – elle-même continuation d'une tradition ancestrale – et d'en recevoir, par réverbération dans le présent, les puissants fluides magnétiques.

Je restai donc là un bon moment à écouter ces hommes et ces femmes chanter à voix vibrante les vêpres d'un jour anonyme, me représentant simultanément, au sein des quartiers plus animés de la ville, les vitrines des magasins, les trattorias, les vendeurs de journaux et de colifichets, les pharmacies brillant de tous leurs feux modernes, les vespas grondant en se faufilant parmi les piétons, les touristes en train de flasher les madones dans les porches, bref la vie de la rue suivant son cours, et ignorant, à quelques mètres d'elle, ces vieux bigots et bigotes entichés de leurs bondieuseries désuètes dont il était pourtant permis de se demander si, au bout du compte, ce n'étaient pas eux, plutôt que toute cette agitation brouillonne, qui étaient les piliers, les secrètes cariatides psychiques soutenant de leur ferveur spirituelle la cité tout entière.

Tandis que, bercé par ces psalmodies, je m'abandonnais à ma rêverie, je remarquai un autre quidam installé non loin de moi dans les travées se laissant, comme moi, transporter par les chants. L'observant plus attentivement, je découvris, à son discret col blanc sous le costume, qu'il s'agissait d'un ecclésiastique. S'apercevant que je le regardais, il me fit un aimable sourire comme pour me signifier qu'il partageait avec moi le charme du moment et du lieu.

Au bout d'un certain temps, les chants prirent fin et la bande commença de s'égrener vers la sortie en conversant avec passion. Je m'apprêtai à faire de même lorsque l'inconnu qui était resté assis me demanda si j'étais bien français.

– Oui, répondis-je. Vous aussi visiblement ?

– Oui, moi aussi, et comme vous pouvez le voir, je suis également un prêtre touriste.

– Ah, oui. Pourquoi pas !

– C'est-à-dire qu'on nous envisage mal dans cette posture car on préfère nous imaginer en perpétuelle contrition ou bien en train de recevoir des confessions, n'est-ce pas ? dit-il d'un ton un peu hésitant.

– Un peu, oui.

– Pourtant, reprit-il, il existe toutes sortes de manière d'être prêtre, voyez-vous.

– Sans doute, oui…

– J'ai bien observé votre envoûtement tout à l'heure et je crois que je le partage entièrement. Ne protestez pas. Je devine ces choses-là.

– Vous avez raison, j'étais charmé et fasciné tout à la fois, et j'ai même pensé que ces chanteurs étaient les soutiens spirituels de la ville entière, qu'elle le veuille ou non.

– Je crois que j'ai pensé à peu près la même chose, dit-il, et au risque de vous surprendre j'irais même jusqu'à vous dire que ce genre de pratique me paraît constituer la justification profonde de l'Église catholique, au-delà de toute croyance aux Évangiles, car il m'apparaît, depuis un certain temps, que l'Église catholique est la continuation de quelque chose de plus ancien encore que ce qu'on a l'habitude de croire, qu'elle représente peut-être le prétexte temporel de cet accord au monde et même à l'univers de ceux qui adhèrent à l'ordre des choses telles qu'elles sont...

Il s'interrompit, comme confus de son envolée, et je pus l'observer : c'était un homme mince, au fin visage ouvert, d'une cinquantaine d'années, aux yeux d'un bleu ciel solaire, comme en ont souvent les gens du Nord, et tout à fait bien mis dans sa tenue vestimentaire très stricte.

– Ah, pour le coup, je dois admettre que je suis fort surpris de rencontrer un prêtre tenant un tel discours. Je croyais que les temps modernes avaient définitivement relégué ceux de votre espèce dans les livres de Bernanos, que personne ne lit plus du reste ; enfin pardonnez-moi, je ne voulais pas vous offenser...

– Nullement, dit-il vivement. Ce serait plutôt un compliment à mes yeux. Pour tout vous dire, je me surprends moi-même, voyez-vous, car il me semble avoir évolué au fil du temps dans une direction inatendue. Avant tout, je pense, sans vous connaître, pouvoir compter sur votre discrétion car, tant dans ma paroisse que vis-à-vis de mes supérieurs, je donne le change. Ma présence ici, à Florence, est d'ailleurs motivée par ma participation à un congrès organisé par le Vatican. Cependant, voilà : je crois depuis quelque temps avoir entièrement perdu ce qu'il est convenu d'appeler la foi.

– Et vous continuez néanmoins d'officier ?

– Parfaitement. Qu'est-ce que cela peut bien changer ? Je ne souscris plus aux fables simplettes des Évangiles ni à la croyance en un guide suprême de l'humanité, mais je crois sincèrement et avec ferveur en ce qui nous rassemble au nom du bien naturel contre le mal éternel.

– Ah, oui ? m'exclamai-je, un peu décontenancé par cette déclaration. C'est une assez singulière façon de penser de la part d'un prêtre, je dois en convenir. Cependant, si nous devons entrer dans une véritable discussion philosophique de manière aussi abrupte – et pourquoi ne le ferions-nous pas, après tout ? – je dois vous dire que, pour ma part, je n'ai jamais réellement compris cette fameuse opposition entre le bien et le mal. Je ne vois que des fourvoiements, de monumentaux et durables égarements poursuivis, la plupart du temps, par ceux-là mêmes qui demeurent sincèrement persuadés d'œuvrer pour le bien. Mais quant à cette volonté de faire le mal, je ne l'aperçois que dans de rares cas de déviation perverse. Aussi, la meilleure approximation de ce que vous appelez le mal, la trouverais-je plutôt dans l'entêtement, le dogmatisme et la rigidité psychique de ceux qui se cramponnent à des principes dont l'évidence démontre qu'ils sont inadéquats, ou du moins qu'aussi excellents puissent-ils être devant la raison raisonnante, ils font souffrir trop de gens dans la réalité tangible et immédiate.

– Oui, je ne suis pas loin de penser comme vous : l'orgueil intellectuel et rationnel rigidifié représente une forme assez parfaite de comportement démoniaque. Mais ce que je voulais dire, c'est qu'il me semble que subsiste tout de même en nous, si nous savons le percevoir – du moins cela reste-t-il ma dernière forme d'espérance en l'âme humaine, jeta-t-il soudain en changeant de ton et en me regardant d'un air presque éperdu –, que subsiste, oui, je veux le croire, une sorte de sens commun universel que tout un chacun peut rejoindre en laissant de côté les analyses complexes. Je vais vous donner un exemple : torturer un être vivant – au nom de n'importe quelle idée de justice, de thérapie ultérieure, de nécessité de la recherche ou de je ne sais quel motif prétendument supérieur que ce soit – a toujours représenté pour tout le monde, hormis pour les brutes, un mal indiscutable.

– Tout à fait d'accord, mais je suis profondément étonné de vous entendre parler ainsi, puisque, je suppose que vous ne l'ignorez pas, la chrétienté a de tout temps méprisé et gravement infériorisé les animaux, dis-je pour le jauger.

– Oui, fit-il sombrement, je sais, et c'est une des principales raisons de ma progressive perte de foi.

– Ah bon ? Je vais de surprise en surprise avec vous et je crois que je vais devoir réviser mes idées sur la prêtrise. Enfin, autre chose que j'aimerais préciser, au point où nous en sommes, vous dites : « hormis les brutes », mais est-ce que ce terme ne prête malheureusement pas à confusion de nos jours puisque, comme vous le savez, des gens considérés comme très éduqués se livrent – le justifiant d'une rhétorique lourdement et savamment argumentée – à ces tortures, froidement, raisonnablement, au nom de la médecine, du progrès tous azimuts et aussi de la sécurité des nations menacées par le terrorisme, ou je ne sais quoi encore…

– C'est bien là toute l'horreur tranquille de notre époque, m'interrompit-il, que la civilisation et l'intelligence la plus déliée aient pu accoucher de tels monstres froids qui ne savent même plus reconnaître l'évidence immédiate de l'intolérable.

– Le problème réside sans doute dans cet adage pragmatique désormais universellement accepté qui veut que la fin justifie les moyens, non ?

– Oui, sûrement. Et pour l'homme de cœur qui veut croire en

l'âme du monde vivant, aussi bien humaine qu'animale ou même végétale, ce sont les moyens qui sont garants du bien-fondé des fins envisagées et non l'inverse. Il n'y a pas à tergiverser là-dessus, sans quoi nous plongeons dans le démoniaque et l'infernal, comme on a pu le constater, hélas, et dans les proportions que l'on sait, au tout récent siècle dernier.

– Je dois dire que je ne m'attendais nullement à rencontrer quelqu'un dans votre genre, surtout ici, de surcroît dans ce costume et cette fonction ; malheureusement je suis attendu et je dois vous quitter. Pourrions-nous nous revoir pour préciser tout ceci ? Cela me plairait et, à vrai dire, m'aiderait certainement à clarifier mes propres idées sur ces questions. Je m'appelle Denis, je vous laisse mes coordonnées.

– Moi, c'est Antonin, *père* Antonin, précisa-t-il sur un ton légèrement ironique. Je ne puis vous donner les miennes car je dois être très prudent avec les autorités ecclésiastiques, surtout ici en Italie, mais je vous appellerai sans faute, très prochainement. Ravi, moi aussi de cette rencontre, qui n'est sans doute pas un véritable hasard… puis il ajouta : Des lois secrètes rassemblent souvent les amis inconnus !

Je griffonnai mon numéro de portable sur une page de carnet que je déchirai pour la lui donner et, lui serrant la main, je le laissai, assis sur son banc, songeur, comme s'il méditait encore notre bref mais intense échange impromptu.

11

Je rejoignis donc au café Rivoire, juste en face des Offices, la petite bande formée par la contessa, Graziella, les trois autres écrivains et le Dottore Luigi, très vieil ami de notre hôtesse, qu'elle nous présenta et qui nous invita à venir prendre un premier verre chez lui.

Nous traversâmes le Ponte Vecchio et le suivîmes, au long de rues bordées de tavernes animées, jusqu'à sa maison qui s'ouvrait sur une cour intérieure ombragée par un grand magnolia. L'endroit évoquait, par son ameublement et sa décoration, la garçonnière d'un vieux séducteur ; une imposante bibliothèque rangée dans un ordre parfait laissait cependant deviner que le Dottore était la proie d'un autre *vice impénitent*. Nous bûmes du champagne en plaisantant. Mon verre à la main, je retournais périodiquement dans l'une des pièces donnant sur la rue où, à hauteur exacte d'une fenêtre située au premier étage, dans une niche ménagée en plein mur (comme c'est souvent le cas dans les villes italiennes) une madone d'aspect très ancien, éclairée par une ampoule nue et sa collerette, tournait vers le ciel un visage d'une ferveur presque enfantine. Cette vision me décida à appeler ma mère qui, à Paris dans sa chambre d'hôpital, se remettait d'une opération chirurgicale. Elle se montra avide de connaître des détails sur mon séjour dont, en bon fils, je lui fournis une sélection apte à la faire rêver et, ce faisant, je songeai à l'étonnante ubiquité du téléphone portable, ce minuscule objet qu'on a en poche et qui, par l'opération magique de quelques chiffres assemblés dans le bon ordre, vous permettait d'entrer en communication avec la voix de n'importe lequel de vos *proches* dans le vaste monde.

(Beaucoup étaient en totale admiration devant cette prouesse, mais pour ma part, à vrai dire, cette facilité, cette vertigineuse vitesse m'effrayaient. Je ne pouvais m'empêcher d'y voir une sorte de magie noire dont il nous faudrait fatalement un jour payer la contrepartie. Pour l'instant, je l'utilisais bien sûr et, par son intermédiaire, je pouvais même rassurer ma chère mère sur les conditions matérielles de ma résidence qui semblaient tant l'inquiéter ; néanmoins il ne m'échappait pas, alors que je tenais le petit appareil collé contre mon oreille, que la Vierge à la vision béatifique, dans la niche murale en face de moi, paraissait simultanément en perdre beaucoup de son attrait, tel un fantôme dont l'image se serait peu à peu estompée, reléguée par les ondes ultrarapides dans la lenteur d'un passé désuet.)

Enfin nous ressortîmes, tous déjà un peu éméchés et, précédés du Dottore, nous parvînmes, après quelques minutes de marche dans les rues de la Florence nocturne, à l'opulent palazzo Pirelli où la marchesa du même nom donnait sa réception.

Après qu'un laquais en livrée nous eut fait monter par l'ascenseur intérieur, nous débouchâmes directement sur de spacieux salons aux plafonds hauts de sept à huit mètres, aux murs couverts de tapisseries et de tableaux monumentaux, visiblement exécutés par des maîtres du temps passé ; des divans et des canapés étaient installés en face de vastes cheminées de marbre et, sur des tables basses, se trouvaient disposées des boîtes ornées, des lampes en pâte de verre, des statuettes asiatiques, le tout voisinant avec des collections de magazines de luxe. Certains pans de mur étaient aménagés en bibliothèques où reposaient quantité de livres anciens dorés sur tranche. Dans deux de ces salons, sur de larges tables centrales où trônaient de gigantesques bouquets de fleurs, étaient présentées, dans de la vaisselle aux armes des Pirelli, la nourriture et les boissons que des valets galonnés et gantés de blanc faisaient circuler parmi les convives. Nos verres de cristal ne désemplissant pas, nous avions tout loisir de déguster les différentes variétés des vins cultivés sur les terres de la célèbre famille, tandis qu'au-dessus de nos têtes, encadrés de moulures sophistiquées, une kyrielle de satyres et de ménades ivres et rieurs s'évertuaient à nous faire toutes sortes de grimaces bouffonnes.

Une foule d'invités, pour la plupart assez proches du troisième âge, verre et assiette en main, se déplaçaient d'un salon à l'autre, alors que certains demeuraient assis dans des fauteuils ouvragés et d'autres enfoncés dans de larges divans, tous conversant entre eux avec une sorte de courtoise frénésie. J'avais tout à fait l'impression de figurer dans une scène d'un film de Visconti évoquant la haute société italienne – en beaucoup plus décadent toutefois.

Sur une table de l'un des salons étaient placées, à la manière d'ex-voto dans une chapelle, les incontournables photos de famille coûteusement encadrées et l'on comprenait que la marchesa s'enorgueillissait avant tout de ses relations avec la famille royale anglaise – dont les Pirelli, dans le passé, m'apprit-on, avaient été les banquiers attitrés. Un grand nombre de clichés, en effet, les montraient tous ensemble en villégiature au bord d'un lac, ravis et flottant dans l'atmosphère d'un bonheur ineffablement compassé… Tout cela me semblait, à vrai dire, frappé d'une sorte très particulière d'irréalité et je me souvins à cet instant qu'Ulrich dans *L'Homme sans qualités* éprouvait ce même sentiment lorsqu'il parcourait les salons de « Son Altesse » avant de lui être présenté : le palais entier lui apparaissait comme enveloppé d'une vapeur onirique, et cela en raison, lui semblait-il, de l'exubérance presque tropicale du luxe déployé.

Tout en essayant de poursuivre le plus civilement possible une conversation à peu près cohérente dans un mélange composite d'italien, de français et d'anglais, avec l'un des messieurs très réservés auxquels je venais d'être présenté, en tant qu'invité de la Fondation Santa Donatella, je me demandais si ce n'était pas, au bout du compte, le but subtil de ce déploiement d'artifices variés, dans les milieux dits *huppés*, et pour le coup fort bien nommés, que de rendre l'atmosphère ambiante irréelle ou surréelle, bref, de chercher à débarrasser, du mieux qu'ils le pouvaient, leurs moments d'existence ici-bas de l'inévitable trivialité attachée aux affaires humaines ordinaires et tenter ainsi de conférer une texture fabuleuse à leur terrestre passage – à la façon de ces livres de « très riches heures » qu'ils se faisaient anciennement confectionner par des artistes à leur solde ?

Or il me semblait, par ces réflexions, toucher non seulement à l'un des ressorts du luxe et de la pompe aristocratique ou ecclésiastique, mais encore indirectement à ce qui, par le biais des inéluctables dérives de la nature humaine, avait mené ces classes privilégiées à leur ruine. Une ruine si ce n'est financière – puisque certains, je pouvais le constater, avaient su s'adapter – du moins politique. Car cet excessif éloignement d'avec la vie roturière (et même cet éminent courage, ce dédain des fins dernières et des contingences physiques qu'ils avaient martialement cultivé pendant de nombreuses générations – qualité qu'il fallait leur reconnaître) ne les avait-il pas, à la longue, coupés des réalités toutes simples qui continuaient pourtant de soutenir, au bas de l'échelle, la possibilité même de leur excellence ? Ce démarquage condescendant d'avec les valeurs bourgeoises et populaires – aussi nécessaire ait-il pu être sur d'autres plans – n'avait-il pas gravement sclérosé leur monde préservé ?

Ce type d'évolution n'était-il pas d'ailleurs historiquement récurrent au cœur de tous les systèmes politiques : peu à peu les hommes de pouvoir se distinguaient du peuple, puis en venaient assez vite à le mépriser, tandis que celui-ci, privé de maîtres adéquats, finissait par les renverser et relancer la vie sociale dans un nouveau cycle, pas meilleur sans doute que le précédent, voire pire ? Avait-il existé des régimes dans le passé qui s'étaient montrés plus soucieux de cette loi répétitive et avaient su en tirer les leçons ? Il aurait fallu, pour le savoir, interroger Guglielmo Ferrero, le grand historien philosophe napolitain qui avait traité si brillamment de ces questions dans ses ouvrages parus dans l'entre-deux-guerres, mais ses livres reposaient au fond de ma bibliothèque parisienne.

Engoncé dans un profond fauteuil, un verre de Pirelli 95 à la main et une part de gâteau au chocolat dans mon assiette, je me livrais à ces élucubrations un peu débridées sous un immense paysage toscan sur lequel étaient représentés des chasseurs à courre s'avançant dans le petit matin, leurs meutes encerclant leurs chevaux et, petit prodige de coïncidence, cernant dans les taillis un cerf portant la Croix entre ses bois – un cerf christique ! –, scène qui me ramenait à mes vaticinations précédentes. Ces chasseurs aristocrates qui allaient donc, tout en se livrant à l'un de leur passe-temps favori, me disais-je, crucifier le Christ, une nouvelle fois – sous la forme de l'innocence animale –, qui allaient, en somme, crucifier leur propre espérance, torturer le dieu même pour lequel ils s'étaient toujours déclarés prêts à sacrifier leur vie, ne démontraient-il pas, une fois de plus, l'essence fondamentalement baroque du monde où nous vivions ? Inconséquence d'où découlait, me semblait-il encore au milieu des vapeurs d'alcool, l'inadéquation perpétuelle et tragi-comique de la plupart des analyses rationnelles concernant le train des choses, et dont la poursuite, en définitive, n'était peut-être seulement rendue possible que par une naïve croyance en l'éventuelle cohérence universelle ? Ce pourquoi, me rencognant un peu plus dans mon fauteuil tout en souriant à l'affable duchesse (au couvre-chef aussi bariolé que le plumage d'un oiseau tropical) qui venait de remplacer mon précédent interlocuteur, je repris un verre de l'excellente cuvée 95 et décidai de m'abandonner sans restriction au burlesque spectacle goldonien qui m'était offert ce soir-là, dans les salons de l'illustrissime famille Pirelli, au cœur même de l'antique Florence, dont je croyais sentir – comme je l'avais senti un peu plus tôt dans l'après-midi en compagnie du père Antonin – le puissant magnétisme peser sur mes épaules, en ce printemps 2005 du troisième millénaire débutant, parmi les innombrables, fascinants mirages déroulés devant mes yeux par la toute-puissante Mâyâ…

12

Ce matin-là, comme pour faire pendant à la journée précédente, Lucia, la sympathique matrone qui venait pour le ménage chaque matin et à qui je faisais toujours un brin de conversation dans mon italien plus qu'approximatif, ce dont elle paraissait beaucoup s'amuser, m'exposa brièvement son emploi du temps quotidien : lever à cinq heures pour emmener son fils ouvrier sur les chantiers – lesquels débutaient à sept heures –, retour chez elle pour faire un peu de ménage personnel, puis départ pour la journée entière de ménage chez les autres, puis... D'un seul coup, interrompant son énumération et d'une manière extraordinairement théâtrale, s'illuminant d'une sorte de sourire sarcastique à la fois triste et burlesque – une attitude de commedia dell'arte – elle brandit son balai et s'exclama :

– Questo è il mio megliore amico !

Resongeant alors à mes déambulations de la veille, à mes visions dans les rues, les courettes, les marchés, à mes stations dans les églises et plus généralement à mes différents contacts avec la population florentine, je pris conscience de l'impression dominante qui s'en dégageait : celle d'une fluidité dans les rapports humains, d'une significative absence d'entêtement moral, d'une sorte de laisser-aller fataliste qui paraissaient révéler une grande sagesse populaire infuse. Il me semblait qu'à leur façon discrète et non didactique, les Italiens appliquaient sans le savoir l'un des préceptes majeurs de la pensée confucianiste : estimer qu'il est plus important d'être humain que juste et que cette attitude conférait un charme inégalable à l'existence quotidienne des gens d'ici ; en bref, on eût dit que pour eux, il ne valait jamais la peine de s'appesantir sur les principes si ceux-ci ne s'étaient pas imposés d'eux-mêmes.

13

Nous avions été invités – les quatre écrivains pensionnaires de Santa Donatella –, dans la chiesa del Carmine, à lire quelques extraits de nos ouvrages en cours devant une assistance clairsemée.

Je lus donc en français, tandis qu'une traduction en italien s'inscrivait sur un écran dans mon dos, quelques pages tirées et adaptées de mes carnets – ceci avec l'impression assez nette, en dépit d'un auditoire respectueux applaudissant à la fin de chaque prestation, que mes paroles tombaient dans le vide. J'avais pensé que dans un pays aussi passionné d'automobile l'épopée de la réparation de ma vieille DS Citroën – sujet de mon texte – eût pu divertir le public, mais il s'avérait (ce que j'avais déjà subodoré en circulant sur les routes italiennes où deux types d'automobilistes semblaient s'affronter pour la possession de la chaussée : les très nerveux et les très débonnaires) que j'avais vraisemblablement affaire au clan de ceux qui affichaient une indifférence ostentatoire aux miracles de la mécanique. Cette déconvenue (minorée par le fait que Van Meegeren et Fletcher, dont je trouvais pourtant les textes excellents, ne parurent pas davantage captiver l'attention du public) n'était-elle pas l'occasion néanmoins de replacer la littérature à sa vraie place ? Ces émulsions de mots, auxquelles nous autres scribomanes consacrions tant de nos efforts, représentaient-elles plus – aux yeux des petits dieux du réel contraignant – qu'une éclosion d'insectes éphémères un soir d'été, au bord d'une rivière, aussi vite réengloutis dans l'indifférencié qu'ils en avaient mystérieusement surgi ?

Cependant, quand son tour fut venu, McCullough – le fils du pasteur – lut son texte de la pluie sur Londres avec une telle ferveur de prédicant – parvenant, dans cette église sonore, à donner à sa voix des accents véritablement poignants – que nous fûmes tous pris au plus viscéral. C'était du grand art oratoire. Je notai qu'il y avait là, si ce n'est un atavisme, du moins une influence de son éducation conférant à sa parole une autorité qui ne pouvait manquer d'impressionner un auditoire habitué aux prêches depuis des siècles. N'était-ce pas en effet une image inoubliable que celle de cet homme maigre au visage émacié, aux petites lunettes cerclées, en costume sombre très strict, enflant sa voix vibrant de passion contenue jusqu'à des effets d'exaltation sacerdotale et lisant, en fait, une sorte de long poème dédié à la pluie ruisselant sur une grande ville ?

Cette fois (gagné par le charme du texte ou impressionné par le style oratoire ?) le public s'enthousiasma et les applaudissements crépitèrent.

14

Un matin je reçus un coup de téléphone du père Antonin. Pouvions-nous nous voir le lendemain dans Florence, et pourquoi pas dans les jardins Boboli qui seraient plus appropriés à nos propos qu'une église ?

Le lendemain donc, par un jour de bourrasques pluvieuses, je le retrouvai devant les escaliers qui montent du palais Pitti vers les jardins et nous décidâmes, nos parapluies à la main, de braver les intempéries pour y poursuivre notre « indispensable » conciliabule hérétique. Parvenus à l'esplanade centrale nous redescendîmes par les tunnels de verdure menant par terrasses successives au grand bassin baroque. Arrivés là, seuls visiteurs par ce jour de mauvais temps, nous nous assîmes, protégés par nos parapluies, sur deux épais numéros de *La Stampa* qu'Antonin avait disposés sur le banc mouillé. À quelques mètres devant nous, nous faisant face, l'un des tritons de pierre qui bordent l'eau verdâtre semblait nous hurler de sa gueule béante quelque fatidique secret venu des siècles passés que notre surdité moderne rendait inaudible (sauf à penser qu'il s'évertuait peut-être à nous hurler silencieusement qu'il pleuvait). Les grands et vieux arbres, blasés sans doute d'avoir dû abriter au fil du temps tant d'énergumènes dans notre genre, demeuraient d'un calme dédaigneux.

Passé un bref échange de politesses, Antonin entreprit de me raconter son histoire.

– Ordonné prêtre à vingt-quatre ans, je réussis, me dit-il, à obtenir une bourse de mon évêché pour suivre des études supérieures de théologie et de philosophie à l'Institut catholique de Paris. Ce n'est toutefois pas à ce moment-là que j'ai commencé à perdre la foi. Non, c'est plutôt après avoir été envoyé dans un village de Normandie. En fait, ces Normands ont conservé une mentalité magique : ils pensent que si tant de gens accordent de l'importance à ce Jésus et à son prétendu père, il est plus prudent (sait-on jamais ?) de les ajouter à la panoplie de tous leurs gris-gris de sorcellerie. Quant à la question des fins dernières, la vie après la mort et « tout le bazar », comme ils me disaient souvent, la vérité est qu'ils s'en soucient comme d'une guigne. Ce sont, souvenez-vous, d'anciens Vikings et la devise d'un roi danois illustre bien leur vaillance métaphysique, je vous la cite : « J'ai plus confiance en ma vieille épée qu'en Thor. » Enfin je m'égare, disons qu'au fil des années, leur scepticisme fondamental – corrélatif de leur bravoure – a fini par me gagner, surtout à force d'écouter leurs confessions. Ces stratagèmes enfantins, ces petites ruses, ces pathétiques turpitudes – qui illustrent notre inéluctable folie humaine trop humaine – m'ont conduit à m'examiner plus sérieusement moi aussi, puis à réaliser la fragilité de la base sur laquelle reposaient mes sacro-saintes certitudes. J'ai finalement pris conscience, avec un certain effarement, que ma propre vocation n'avait d'autre fondement qu'un conformisme familial docilement endossé depuis l'enfance et jamais revisité.

– Oui, l'interrompis-je pour montrer que je l'écoutais, car j'avais vu qu'il me soupçonnait d'avoir l'esprit ailleurs depuis qu'une agréable silhouette féminine était passée à quelques mètres de nous sous son parapluie. Oui, il en est ainsi pour nous tous, bien sûr, et en prendre conscience est précisément la plus fondamentale des démarches philosophiques, et pourtant la moins pratiquée.

– Que voulez-vous dire ?

– Je veux dire que même parmi les plus grands des philosophes, très peu ont franchi ce pas de « réfléchir » véritablement, au sens propre du terme. Très peu se sont appliqués à examiner réellement la part de l'éducation dans les croyances qui les animaient en profondeur. La plupart, en revanche, entraînés par leur propre habileté rhétorique, confortés souvent par leurs lecteurs ou leurs auditeurs enthousiastes, ont commencé tout uniment à croire au bien-fondé de leurs opinions au seul motif de leur succès – se faisant ainsi accroire à eux-mêmes toutes sortes de choses sans aller chercher plus loin. Cependant, l'*acrobatisme* le plus virtuose dans le maniement des idées n'entretient que peu de rapport avec la justesse intrinsèque de ces dernières…

– Ah, je suis heureux de vous entendre parler ainsi, m'interrompit-il à son tour. Je savais qu'il fallait que nous nous revoyions, j'ai tellement peu l'occasion de pouvoir parler de ces questions avec mes compagnons habituels.

– Il en est de même pour moi, dis-je. Ce genre de remise en question ne court pas les rues ni même les couloirs des universités. On la rencontre parfois au détour de quelque livre égaré et ce n'est en général qu'une remarque échappée à un auteur qui n'en a eu qu'un furtif aperçu avant de l'oublier.

– Nous ne sommes sans doute que des êtres intermittents.

– Oui, et en tant que sportif, je puis vous assurer que la forme du moment – physique ou intellectuelle – est un problème épineux. Aussi me suis-je toujours étonné que la plupart des penseurs fassent comme si leur faculté de raisonner était exempte de ces terribles variations d'intensité.

– Les variations, les changements, les métamorphoses, voilà bien ce que nous ne voulons jamais considérer, murmura Antonin. Regardez par exemple : au cours d'une simple conversation comme celle-ci, même si nous le voulions, nous ne pourrions éviter de dériver et de digresser d'allusion approximative en allusion imparfaite. Et si nous devions nous efforcer malgré tout de suivre une ligne directrice bien tracée – comme certains y parviennent parfois à grands frais – très vite nous nous lasserions, car la vie vivante s'en serait enfuie entre-temps.

– Je dois vous avouer que j'ai plus d'une fois désespérément tenté, moi aussi, de redresser le cours de ces conversations décousues ; en vain bien sûr, jusqu'à ce que je prenne enfin conscience que la conversation devait demeurer un jeu de raquettes et de bondissantes paroles souples.

– Je le pense aussi, mais pour suivre votre comparaison j'ai bien peur de ne pas être très adroit.

– Du tout, du tout, fis-je. Il faudrait seulement que je vous apprenne à monter à la volée, vous restez beaucoup trop sagement et trop poliment en fond de court, vous ne bousculez jamais l'adversaire.

– C'est vrai, répondit-il en riant. J'ai suffisamment tâté du tennis dans ma jeunesse pour savoir que vous avez raison ; la vérité est que je n'ose assumer mes velléités offensives. J'ai toujours transformé mon adversaire en partenaire.

– Et après tout, vous avez bien fait. Car en réalité, vu d'un peu haut, l'adversaire le plus acharné demeure un partenaire de jeu. Mais revenons à votre manière d'envisager la prêtrise. Vous dites que tout en ayant perdu la foi vous poursuivez néanmoins votre sacerdoce ?

– Eh bien, oui. Si j'ai pris conscience, à la longue, de la relativité et de la fragilité de mes croyances personnelles… enfin, si je ne puis plus souscrire au Dieu sulpicien du catéchisme, je n'ai nullement perdu confiance, pour autant, dans le pouvoir de certaines instances supérieures ou, disons, de ce que j'appellerais l'inconscient collectif, comprenez-vous ? Or il me semble – c'est là que se situe l'articulation délicate de ma nouvelle foi – que pour rester en liaison avec le sacré, je suis obligé d'emprunter le canal spirituel octroyé par mon éducation, qu'il serait présomptueux de vouloir en changer par simple décision rationnelle, qu'en bref nous ne pouvons rejoindre l'énergie qui mène le monde – ou quel que soit le nom dont nous l'affublons – qu'à travers les voies qui nous ont été tracées au départ, les autres nous étant interdites.

– Oui, j'ai toujours ressenti cela. Ayant été moi aussi élevé dans le catholicisme, j'ai souvent éprouvé le sentiment que dans les situations difficiles, aussi sceptique que ma pensée rationnelle puisse être, je ne pouvais trouver de vrai réconfort que dans les prières apprises dans mon enfance.

– C'est notre manière de mettre en perce le grand réservoir où, selon certains, sont rassemblées les expériences emmagasinées par l'inconscient collectif de l'humanité. Les hindouistes le nomment Arupalaka et ils ajoutent, tenez-vous bien, que si toutes les formes possibles en jaillissent, lui-même n'en possède aucune.

– Cependant, pour moi, dis-je, la grande question demeurerait plutôt celle de cette conscience douloureuse que nous avons développée en refusant de nous adapter au monde tel qu'il est. Considérons par exemple la sauvagerie et la cruauté qui nous font tant horreur : peut-être ne font-elles que répondre à l'ordre naturel des choses et la vraie question serait alors de savoir pourquoi nous nous sommes tant révoltés contre elles – jusqu'à vouloir les éliminer radicalement –, développant pour ce faire nos idées de justice divine, de liberté individuelle et tout ce qui s'ensuit.

– Il m'est arrivé d'être effleuré par ces questions, mais je les ai repoussées parce que trop vertigineuses…

– Sans doute, en effet, sont-elles oiseuses et plongent-elles leur vaine interrogation dans le grand mystère des origines. Cependant, peut-être est-il bon de les garder en tête afin, lorsque la confusion des temps sera à son comble, d'en user, à l'instar du vieil Épicure, en nous réfugiant dans un jardin paisible pour y cultiver l'amitié. Ce que nous commençons à faire en ce moment, n'est-ce pas ?

– Je l'espère vivement, répondit Antonin, et ce que vous venez de dire me fait souvenir qu'on ne se rappelle jamais assez à quel point Nietzsche lui-même avait pu révérer Épicure ; combien, à sa suite, il avait foi en l'amitié et avait même longuement caressé le projet de créer un phalanstère spirituel avec ses amis du moment : Overbeck, Gersdorff, Paul Rée, Peter Gast, Malwida et Lou. Voltaire a également sacrifié à cette utopie et la célèbre conclusion de son *Candide*, « cultiver son jardin », l'atteste assez.

– J'ai lu aussi quelque part que le poète Swinburne, les peintres Dante Gabriel Rossetti et James Whistler vécurent un temps à Londres, au XIXe siècle, dans une communauté de ce type où ils ne cessaient de se chamailler et de s'enivrer du matin au soir, mais c'étaient là des artistes bohèmes qui manquaient de discipline.

Tandis que nous devisions ainsi, la même silhouette dont la tête était dissimulée par un large parapluie repassa près de nous, assez lentement, comme pour épier nos paroles, puis, après quelques dizaines de mètres et quelques hésitations manifestes, se retourna pour nous dévisager. C'était une femme d'une quarantaine d'années, aux longs cheveux blonds, au visage attrayant, italienne de toute évidence, et qui, surmontant sa visible timidité, s'approcha pour s'adresser à nous dans un français parfait, agrémenté toutefois d'un fort accent local.

– Pardonnez-moi, mais je n'ai pu m'empêcher de tendre l'oreille à ce que vous disiez et j'ai compris que vous vous entreteniez de la philosophie des jardins. Je suis bibliothécaire dans une annexe des Offices, à deux pas d'ici, et j'adore le français, aussi mon oreille a-t-elle été captivée par vos propos et je n'ai pu résister à venir mettre mon… comment dites-vous ? oui, mon grain de sel.

Car je voulais vous dire que vous vous replaciez, peut-être sans le savoir, dans une très vieille tradition florentine. Avez-vous jamais lu ou entendu parler de Giovanni Boccace et de Marsile Ficin ?

Nous confessâmes, bien que connaissant tous deux le titre du *Décaméron*, n'en savoir guère plus.

– Eh bien, reprit-elle, ce sont des humanistes florentins de la Renaissance. L'un était l'émule d'Épicure, l'autre de Platon, lesquels, on le sait, avaient estimé en leur temps que la retraite au cœur d'un jardin était la condition la plus propice à la réflexion. Mais laissez-moi d'abord vous résumer l'histoire du *Décaméron*, considéré comme le chef-d'œuvre de Boccace et l'une des expressions les plus élégantes de l'épicurisme. Voilà : pendant la Peste noire de 1348, sept jeunes femmes et trois jeunes hommes décident de fuir Florence ravagée par l'épidémie et se retirent dans une propriété des collines environnantes où, pendant deux semaines, ils vont se livrer à la conversation et à la danse, se promener, se raconter des histoires et festoyer, tout en respectant avec scrupule les codes de bonne conduite et la *dignità* des dames. Bref, tandis qu'en ville l'ordre public s'est abîmé dans l'anarchie, que les scènes d'horreur succèdent aux scènes d'horreur, que règne partout l'égoïsme du chacun pour soi, que les membres d'une même famille abandonnent leurs proches frappés par la maladie, que les profiteurs de désordre exercent les manœuvres les plus sordides, enfin que la civilisation s'écroule, les jeunes Florentins, au sein de leur jardin, tentent avec une sorte de panache désespéré de restaurer, sous leurs formes les plus raffinées, les liens civils rompus par la peste. Leur escapade a beau se présenter comme une fuite hors du monde, ils ne s'en efforcent pas moins activement de respecter les codes de la sociabilité idéale, en réaction directe à l'effondrement des valeurs qu'ils ont laissé derrière eux.

– Ernst Jünger, l'écrivain allemand, intervint alors Antonin, a érigé dans son œuvre la figure du *Waldgänger*, celui qui, en temps d'impuissance des forces de la sociabilité, a « recours aux forêts » ; cela dit la forêt diffère quelque peu du jardin…

– C'est le grand jardin germanique, dis-je. La forêt robuste, martiale et consolatrice, le *Freischütz* de Weber, non ?

– Oui, sourit-elle, ça doit être ça… Mais quelle raison explique alors que nous soyons une dérisoire triade à supputer ce matin, dans un jardin florentin désert et humide, des minces chances que nous avons d'échapper à la peste d'aujourd'hui, je veux dire la peste consumériste ?

– Un merveilleux hasard, fis-je.

– J'ai appris récemment, dit Antonin, que l'ancienne culture arabe considérait le hasard comme l'ombre de Dieu. Cette ombre n'aurait-elle pas, ce matin, plané furtivement au-dessus de nos têtes ?

– À n'en pas douter, admit-elle alors avec un air amusé, mais je me présente : je me nomme Stella, native de Florence. Qu'en est-il de vous deux ?

Nous déclinâmes alors nos identités respectives et fîmes un bref résumé de nos activités du moment. Stella, qui parut surtout impressionnée par ce que lui révéla Antonin de son parcours, lui demanda alors à brûle-pourpoint, peut-être avec un brin de coquetterie :

– Et avec les idées qui sont les vôtres, comment faites-vous face à la pulsion sexuelle, respectez-vous votre vœu de chasteté ou bien prenez-vous de secrètes libertés avec lui ? J'espère ne pas vous gêner avec cette question.

– Eh bien, au risque de vous surprendre, répondit Antonin, c'est au contraire le vœu que je tiens à respecter le plus drastiquement possible, celui que je considère comme l'une des plus louables institutions de l'Église catholique, voyez-vous. Je m'explique : il m'a toujours semblé que ceux qui se donnent pour mission de soulager les douleurs de l'âme doivent s'efforcer d'être dégagés, une fois pour toutes, du plus puissant déclencheur de celles-ci : la pulsion libidinale. Cette ascèse, quoi qu'on en dise, nous permet de juger plus sereinement des embrouillaminis de la folie humaine et renforce, je le crois, la confiance que placent en nous ceux qui s'y trouvent enchaînés corps et âme. Oui, au risque de vous paraître réactionnaire et borné, je suis attaché à la chasteté des prêtres, cela me semble essentiel pour ceux qui veulent soulager la frénésie des appétits humains.

– L'argument est convaincant, dit Stella. Mais ne pourrait-on vous objecter aussi que le fait d'avoir tâté par soi-même des passions violentes, d'en avoir éprouvé la puissance, permet de mieux pénétrer les états d'âme de ceux qui les subissent ?

– Il me semble que non, répondit Antonin avec hésitation. Il me semble qu'au contraire, ne pas vouloir les éprouver démontre qu'il est possible de vivre en les sublimant, en les transcendant en un amour collectif détourné du piège de l'individualité et que cela peut inspirer les malheureux qui en connaissent les affres. Mais peut-être est-ce que je me leurre…

– En tout cas, ce qui est sûr, déclarai-je, c'est que dans la littérature romanesque anglo-saxonne, la figure du Malin réapparaît sans cesse, et de façon obsessionnelle pourrait-on dire, sous la forme d'un pasteur pervers et démoniaque. Il n'y a pas tant de prêtres de ce type dans la littérature latine et catholique.

– Oui, il semblerait que vous marquiez là un point, dit Stella, songeuse. Il faut que je réfléchisse à cela.

– Si vous saviez, dis-je, à quel point il est important pour moi de marquer des points !

– Comment cela ?

– C'est une allusion au fait que dans une vie antérieure j'ai été un joueur de tennis acharné et que marquer des points auprès d'un interlocuteur, mieux, auprès d'une charmante interlocutrice, est sans doute demeuré chez moi une sorte de déformation professionnelle.

– Ah oui, je me demandais d'où vous venait ce style perpétuellement offensif; vous étiez sans doute un joueur de volée?

– Bien vu. Ma spécialité était d'ailleurs la montée à contre-pied.

– Il est très facile de me prendre à contre-pied: je n'ai aucun sens du jeu.

– Du reste, intervint Antonin, on dirait qu'ici, à Florence, c'est plutôt le destin qui nous a tous pris à contre-pied, car je ne me serais jamais attendu à rencontrer des gens tels que vous à l'occasion d'un congrès de théologie!

– Florence, dit Stella en souriant, a toujours été un lieu de rencontre privilégié au cours des siècles et c'est ici que sont peut-être nées les idées les plus audacieuses de la culture italienne, avant tout l'humanisme du Rinascimento, Boccace et Ficin, Pic de La Mirandole et Machiavel, qui étaient florentins, ne l'oubliez pas, mais plus tard aussi cette idée républicaine bien spécifique qui fut la nôtre pendant si longtemps. Dernièrement enfin, au XIXe et au début du XXe, il y eut toute cette émulation avec ceux qu'on a appelés les Anglo-Florentins qui furent très nombreux. J'ai souvent cru apercevoir (elle fit un geste vague pour désigner le bassin) le fantôme d'Henry James en train de méditer là-bas au bord de l'eau.

– Et qui sait, fis-je, si de notre discret colloque de ce matin, auprès de ce même bassin providentiel, ne naîtra pas un nouvel état d'esprit dans le monde?

– Vous croyez plaisanter, dit Stella, mais qu'en savez-vous réellement? Tout ce que nous venons d'échanger à l'instant ne peut manquer, je crois, de rejaillir d'une façon ou d'une autre un jour sur nos proches. Et peut-on savoir quels chemins nouveaux ces paroles traceront alors au sein de leurs consciences ? Pensez-vous que Boccace aurait jamais imaginé que plus de six siècles après lui, par un certain mardi matin pluvieux, une bibliothécaire indiscrète, un prêtre non conformiste et un tennisman défroqué s'entretiendraient très sérieusement de son œuvre dans un jardin désert ?

– Je vois, dis-je, que vous croyez, vous aussi, au pouvoir des éidola.

– Que voulez-vous dire ?

– Eh bien, les Grecs anciens pensaient que les pensées inspirées diffusaient des particules psychiques qu'ils appelaient éidola, lesquelles traversaient l'espace et le temps, et qu'il suffisait qu'une conscience fraternelle vienne à les capter pour qu'instantanément elles s'y déploient de nouveau comme des fleurs japonaises dans un verre d'eau.

– Vous pensez donc que nous avons une conversation inspirée ? me demanda-t-elle sur un ton amusé.

– Inspirée je ne sais pas, mais nécessaire sûrement. Car si ce n'est nous, qui va se soucier des jardins et de l'éventuelle philosophie qu'ils pourraient abriter à l'avenir ? Voyez donc, ils sont tous terrés dans leurs bureaux à pianoter devant leurs écrans et lorsqu'il leur advient d'en sortir, ils sont tellement agités par toutes sortes d'urgences qu'ils ne savent plus regarder le monde extérieur. La triste réalité est qu'ils ne sauraient plus être assez lents et paisibles pour apprécier ce qui se passe à l'air libre, je dirais même que cela leur fait peur.

– C'est assez vrai pour la plupart, mais je suis moins pessimiste que vous, je connais des jeunes gens qui en sont capables.

– Peut-être, mais ce sont des marginaux névrosés et bientôt ils seront submergés par la marée des autres.

– J'ai tendance à penser comme Denis, renchérit Antonin, sauf que je conserve un espoir d'ordre mystique. Si nous observons l'évolution actuelle du monde et ce qui semble logiquement se profiler, nous entrevoyons mal comment une vraie civilisation pourrait subsister ou même comment la planète pourrait se survivre à elle-même, c'est certain. Mais ne faut-il pas conserver espoir en un quelconque imprévu ? Si nous nous imaginons en effet un homme de la fin du XIXe siècle essayant de se représenter notre monde d'aujourd'hui, comment, même dans ses délires le plus fous, aurait-il pu concevoir notre mode de vie actuel : les avions, les automobiles, l'électricité, les ondes radiophoniques généralisées, puis l'univers télévisuel et informatique, les opérations à cœur ouvert, etc. Vous l'admettrez : impossible pour lui d'envisager de tels bouleversements. Pourquoi alors ne pas faire confiance à cette mystérieuse faculté de renouvellement et, cette fois-ci, sait-on jamais : pour le meilleur ?

– Le raisonnement est impeccable, dis-je en faisant la moue, mais vous oubliez que la civilisation chrétienne qui désormais a envahi le monde sous la forme de la technique et de la croyance au progrès n'a qu'un but profond, inscrit dans nos gènes, qui est de vérifier l'Apocalypse.

– Vérifier l'Apocalypse, mais comment cela ? demanda Stella.

– Eh bien, si vous m'accordez pour commencer que la science telle qu'elle a été promue par nos deux derniers siècles n'a été au bout du compte qu'un avatar sophistiqué de la pensée chrétienne (et rien ne nous empêche, notez-le en passant, de concevoir une science qui eût pu être toute différente), oui, si vous m'accordez cela, eh bien, il devient aisé de s'apercevoir que cette course à l'abîme que poursuit aveuglément et de façon toute dogmatique notre perfectionnement techniciste n'est qu'une façon de promouvoir le grand jour de la *tabula rasa*, autrement dit du Jugement dernier.

– Mais c'est absurde ! s'exclama Stella. Que faites-vous de la compassion, de la fraternité et de la charité ?

– Des contes de nourrice pour endormir le petit peuple et mieux le circonvenir en masquant l'impérialisme véritable qui anime l'insatiable volonté de puissance chrétienne.

– Je ne serais pas aussi excessif que Denis, intervint Antonin, mais il y a du vrai dans tout ceci, en tout cas pour la volonté impérialiste sous-jacente de la chrétienté, je puis en attester. Il vous faudrait assister à des réunions entre pontifes, comme il m'arrive de le faire, pour sentir la volonté de domination qui anime en profondeur ces prétendus renonçants.

– Si je m'étais attendue à entendre cela ce matin ! s'écria Stella. Il faut dire que le pouvoir de l'Église est très puissant chez nous, y compris chez ceux qui croient en être libérés. Mais nous voici entraînés bien loin des jardins, finalement.

– Pas tant que ça, dis-je. Regardez, nous sommes toujours là et la pluie s'est même arrêtée. Non, nous ne nous sommes pas si éloignés que vous le croyez de notre question de départ qui était, si je m'en souviens bien, comment cultiver la graine spirituelle qui ira germer dans de futures consciences fraternelles ? Eh bien, comme vous l'avez dit tout à l'heure, n'est-ce pas ce que nous tentons de faire en ce moment ?

– C'est en tout cas une magnifique pensée, s'enthousiasma Stella, et cela me ragaillardit pour les jours à venir, principalement cette idée que le magnétisme spirituel de Florence ait pu influer sur notre conversation.

– Espérons surtout, Denis, dit Antonin, que votre théorie des éidola ait quelque réalité, car on pourrait raisonnablement craindre que notre vœu secret de ce matin, de par son infimité, puisse être aussitôt balayé par une chiquenaude de l'oubli.

– Aussi étrange que cela puisse vous paraître, dis-je, j'ai tendance à penser que c'est cette infimité même qui lui donne une chance de survivre, en passant inaperçu à travers une époque hostile. C'est d'ailleurs le moment de vous réciter un poème de Yannis Ritsos qui, à cet égard, m'a toujours tenu lieu de viatique…

– Savez-vous, m'interrompit Antonin, que dans le sens liturgique du terme, le viatique est un sacrement qu'on administre à quelqu'un qui va courir un danger de mort ?

– Non, je l'ignorais, mais cela est on ne peut plus approprié en la circonstance. Enfin, voici le poème :

« Un soir, avant de se coucher, un homme a mis sa montre sous son oreiller, puis il s'est endormi. Dehors le vent soufflait. Toi qui connais la continuité merveilleuse des mouvements infimes, tu comprends : un homme, sa montre, le vent, rien d'autre. »

Un silence salua la fin de ma récitation et on put entendre la pluie, qui avait repris, souffleter la surface du bassin et tapoter nos parapluies redéployés. Nous nous tûmes durant plusieurs minutes, assez pour entendre, dans le lointain, le grondement des automobiles et le hurlement des sirènes venu du monde des mouvements colossaux. C'est Stella qui rompit le silence.

– La continuité des mouvements infimes… C'est à cela que nous ne prêtons plus attention, absorbés par nos sensations fortes, nos urgences et, paradoxalement, c'est en s'alcoolisant ou en se plongeant dans l'imaginaire électronique que les plus désemparés d'entre nous parviennent aujourd'hui à retendre le fil relâché de leur attention jusqu'aux beautés plus tranquilles de ces frémissements élémentaires.

– C'est-à-dire, fit Antonin, qu'aujourd'hui ils ne réussissent à se déconditionner qu'en opposant à la violence qui leur est faite une violence intime assez puissante pour la renverser, mais ce n'est probablement, hélas, qu'un cercle vicieux.

– Ce doit être ça, dit Stella. Mais une dernière question

concernant notre « héroïque » résistance dans les jardins : avez-vous lu *Le Jardin des Finzi-Contini* de Giorgio Bassani et diriez-vous que les Finzi-Contini cherchaient à résister ou au contraire s'isolaient tragiquement ?

– Oui, dis-je, c'est un livre magnifique. Et vous posez là une question difficile. Je me suis souvent interrogé sur ce que pensait Bassani de la stratégie de ses personnages : s'il l'admirait, la partageait avec compassion ou la dénonçait. Sans doute un peu des trois, en fait. Les Finzi-Contini choisissent d'ignorer le danger qui monte en s'enfermant dans leur jardin, puis acceptent leur destin de victimes plutôt que de se révolter et de combattre le Léviathan, car combattre est encore avoir un contact, non ? Une amie ethnologue qui était allée au Mexique visiter les Indiens Lacandon, dont on sait qu'ils ont pratiquement cessé de se reproduire dès qu'ils ont eu affaire aux Occidentaux, m'a raconté que lorsqu'elle avait traversé un de leurs villages, aucun des habitants n'avait même eu la curiosité de jeter un œil sur elle, comme si elle s'était littéralement évaporée. C'est un peu, je crois, ce que tentent de faire les Finzi-Contini avec leur époque. Pour ma part, je préfère cette attitude de dandysme dédaigneux à l'affrontement direct et surtout au combat acharné. Encore la question des moyens employés. En voulant être efficace, on finit par pactiser avec l'ennemi par le biais des moyens similaires. Et ainsi, on se fait coloniser plus sûrement encore.

– J'adhère entièrement à ces propos, s'exclama Antonin, mais c'est certainement mon éducation qui veut cela.

– Mais enfin tout de même, Denis, si on vous attaquait ici tout de suite, s'écria Stella, ne vous défendriez-vous pas ?

– Ah, mais si, bien sûr que si, dis-je. Si je me sens acculé, je me défends du mieux que je le peux – question de réflexes –, mais si on m'en laisse le temps : je fuis ! La lutte au nom des seules idées ou des principes me semble ne devoir être poursuivie que jusqu'à l'instant critique où ce que vous voulez défendre est en danger à travers vous. Il est nécessaire alors, mais encore une fois uniquement si on le peut, de céder, pour mieux réengager le combat plus tard. La charge de la cavalerie légère est sans doute une belle image romanesque, éventuellement très cinématographique, mais s'anéantir par orgueil et panache revient aussi à refuser le combat. Un proverbe vietnamien – et n'oubliez pas que les Vietnamiens réussirent à conserver leur identité au long des siècles face aux assauts du géant chinois – illustre bien cette idée : « Ce n'est nullement perdre la face que d'éviter la charge d'un éléphant. »

– Je vous comprends mal, cher Denis, vous préconisez à la fois le retrait hautain des Lacandon et la stratégie à long terme. C'est contradictoire, non ?

– Que Dieu (eh oui !) me préserve de ne jamais me contredire, rétorquai-je un peu désarçonné. Mais après tout, les Lacandon eux-mêmes ne font-ils peut-être – on peut l'imaginer du moins –, au nom d'une de leurs idées mystiques, au nom d'une certaine conception de la métempsycose qui est la leur, que se laisser mourir momentanément pour renaître en des temps et des circonstances meilleurs, plus en accord avec leur vision de l'existence et du vrai luxe.

– Du vrai luxe ? s'enquit Stella.

– Oui, le principal reproche que nourrissent les Indiens d'Amérique vis-à-vis de notre mode de vie est que nous n'avons aucun sens du luxe, lequel consiste pour eux à vivre libre et insouciant au sein de la nature, mais c'est accessoire… Pour continuer à vous répondre, je demeure convaincu qu'une des meilleures manières de lutter pour les gens de notre sorte est de refuser l'affrontement direct car, je le répète, le face-à-face nous rapproche beaucoup trop de l'ennemi et nous finissons par nous assimiler à lui, qu'on le veuille ou non.

– Au fond, vous êtes encore plus mystique que moi, s'exclama Antonin.

– On m'a déjà dit cela et je subodore que je suis effectivement animé d'une sorte de mysticisme syncrétique qui m'amène à croire en l'immortalité de l'âme, pas sous une forme individuelle, toutefois, sous une forme diluée, quintessenciée. Je crois, comme Marsile Ficin, peut-être à la persistance des idées platoniciennes sous de multiples avatars. Le saviez-vous, d'ailleurs : le mot « avatâra », en sanscrit, désigne un dieu qui vient s'incarner dans une existence humaine pour sauvegarder l'humanité des périls qui la menacent ? Cette idée me plaît.

– Eidola, avatâra, beaucoup de mouvements exotiques, impalpables et secrets, non ? me lança Stella avec un sourire.

– Encore et toujours la continuité des mouvements infimes, dis-je.

– Mais il doit bien y avoir une de ces figures symboliques qui soit votre favorite ? demanda à son tour Antonin.

– Sans aucun doute c'est Ganesh, le dieu éléphant, la figure centrale du panthéon hindou, appelé aussi « Ganapati le déblayeur d'obstacles » parce que de par l'alliance de sa force, de son intelligence et de sa mémoire phénoménale, il débarrasse le monde des obstructions néfastes ; il est encore celui qui, de ce fait, coordonne l'absolu et le relatif et ce qu'il y a d'amusant dans la mythologie de Ganapati est que son meilleur auxiliaire est une minuscule souris qui résout pour lui les problèmes dissimulés dans les interstices – auxquels, de par sa corpulence, il n'a pas accès. En outre, il est réputé fort gourmand et souvent représenté entouré de pâtisseries, ce qui est rassurant, non ? Enfin, le symbolisme de sa trompe est intéressant parce qu'il est dit que « si la forme extérieure du monde semble intelligible pour l'esprit et la parole, le divin ne peut être directement approché, car *tordu* », ce pourquoi sa trompe est courbée afin de pouvoir s'y adapter. Cette symbolique me réjouit nettement plus que celle du fils d'un dieu toujours représenté sous la forme d'un athlète ascétique, cloué sur un instrument de torture particulièrement macabre.

– Ce que vous racontez, dit Stella, me rappelle un film documentaire que j'ai vu il n'y a pas si longtemps. Il nous montrait justement que les Indiens utilisent encore des éléphants dressés pour les gros travaux et que ceux-ci sont beaucoup plus souples et efficaces que des bulldozers.

– Et nettement moins polluants, ajouta Antonin.

– Oui, certes! Encore qu'il faut savoir comment gérer les excréments de ces énormes bêtes, mais passons… Donc on nous montrait les multiples travaux dont sont capables ces animaux réputés pour leur intelligence, et ce qui m'a le plus frappée était l'amitié réciproque entre l'homme et l'animal. Sa domestication requiert un tel soin et une telle attention que le cornac consacre autant de temps au service de l'animal que l'animal en passe au service de la communauté. Aussi pouvait-on voir non seulement le ravissement de ces grosses bêtes emmenées quotidiennement à leur bain en rivière, leur extase langoureuse à se rouler dans l'eau tandis que le cornac les nettoie avec une brosse et une éponge, mais encore comment ce dernier, juché sur un arbre et muni de sa machette, fait pleuvoir une infinité de feuilles dans la gueule de l'animal stationné au-dessous. Cette complicité avait quelque chose d'émouvant et de mythique; comme une fable antique, l'évocation d'un monde qui aurait pu exister mais qui a abouti, finalement, à l'ignominie des zoos où ces dieux débonnaires sont réduits à l'état d'épaves inactives et névrosées. Oui, je comprends ce que vous voulez dire Denis, Ganesh est sans aucun doute le symbole d'un monde fraternel que la technique est en passe d'éradiquer de notre planète au nom du sacro-saint machinisme censé pourtant nous soulager.

– Tout cela est bien vrai et bien triste, soupira Antonin, et je crois que la question de la cause animale, qui a tellement partie liée avec la nôtre, commence seulement d'agiter quelques-uns d'entre nous, après tant de temps.

– Oui, mais cela offre un peu d'espoir tout de même, non ? Enfin, maintenant je dois vraiment vous laisser, mes très chers académiciens de hasard. J'ai été ravie de faire votre connaissance et plus enchantée encore d'avoir eu le courage de suivre mon impulsion – tout à fait héroïque de la part d'une Italienne, considérez-le – en venant ainsi aborder deux hommes dans un parc solitaire. Bref, il me faut retourner au travail, peut-être devrions-nous échanger nos coordonnées ?

– Tout à fait, dis-je. Et correspondons au moins de temps à autre, ne serait-ce que pour nous donner des nouvelles de nos jardins et de nos éléphants respectifs, n'est-ce pas ?

Nous sortîmes nos stylos et échangeâmes nos adresses, puis nous fîmes quelques pas dans l'allée qui s'ouvrait devant nous. La pluie avait cessé et le jardin exhalait une bonne odeur de végétation mouillée. Un silence un peu embarrassé s'ensuivit, surpris que nous étions, en nous animant de nouveau, de redécouvrir que nous étions des personnes bien vivantes.

Alors que nous longions le bord du bassin, je distinguai soudain au fond de l'eau verdâtre un objet brillant. Je me penchai, intrigué, et les deux autres m'imitèrent. Scrutant attentivement, nous dûmes nous rendre à l'évidence qu'il s'agissait, isolée parmi un certain nombre de pièces de monnaie ternies, d'une petite cuillère qui miroitait là de son faible éclat insolite. Antonin esquissa le geste de la saisir, mais Stella l'arrêta en disant :

– Non, non, n'y touchons pas, laissons-la ici et faisons-en le chiffre de notre mystérieuse rencontre, faisons-en le zahir de notre lien spirituel dans l'avenir.

– Le zahir ? demanda Antonin.

– « Zahir » en arabe, expliqua Stella, désigne un objet anodin qui, une fois qu'on l'a vu, risque d'occuper obsessionnellement nos pensées. Il signifie, selon les penchants de chacun, la sainteté ou la folie.

– Ah oui, c'est tout à fait cela, dis-je. Regardons-la une bonne fois et ce moment d'aujourd'hui restera inoubliable, pour notre sagesse ou notre folie future.

– Oui, pour notre sagesse ou notre folie future, me fit écho Antonin, à voix basse.

Nous fîmes nos adieux à Stella en face du palais Pitti, nous promettant les uns aux autres de correspondre, puis j'accompagnai Antonin jusque devant les Offices. Tous deux un peu las, après cet échange intense, nous demeurâmes silencieux et, nous séparant sans avoir prononcé un mot de plus, nous nous donnâmes une accolade un peu cérémonieuse et appuyée, comme si nous pressentions qu'en dépit de nos chaleureuses promesses nous ne nous reverrions sans doute jamais.

15

Quelques jours plus tard, sous un soleil radieux, je conduisis la contessa à Arezzo. Je garai la voiture dans une ruelle adjacente à la grand-place, puis nous déambulâmes dans les rues médiévales au cœur de l'atmosphère festive de la grande brocante qui a lieu ici tous les premiers dimanches du mois, Silvina me commentant abondamment ce qu'elle estimait devoir l'être. Après un quart d'heure de cette visite guidée, nous nous donnâmes rendez-vous pour un peu plus tard, elle ayant une visite à faire et moi étant ravi de pouvoir ainsi me glisser incognito dans les rues, muni de mon inséparable Minox.

À un certain moment, j'entrai dans une église monumentale où j'assistai à la fin de l'office en compagnie d'une foule de gens de tous âges étonnamment silencieux et d'une piété presque contagieuse, sous les dorures innombrables et à la lumière de hauts candélabres brûlant solennellement. Ensuite je marchai jusqu'à une vaste place en pente où étaient dressés les étals de dizaines de marchands – les uns plus ou moins somnolents, les autres plaisantant entre eux, placides et débonnaires, jouant du moins la comédie fanfaronne de ceux qui ne sont nullement pressés de vendre. Cependant, je pouvais apercevoir par les portes ouvertes des boutiques encastrées dans les arcades, au plus profond d'échoppes encombrées de bric-à-brac, nombre de femmes vêtues de noir, certaines très belles, assises dans l'ombre, en train d'attendre. Je ne pus m'empêcher d'y voir l'envers de la pose ostentatoire des mâles en devanture et je crus sentir encore, par empathie, scrutant les visages mélancoliques et passionnés de ces créatures reléguées dans l'ombre, que c'était elles la force secrète, le socle intangible de ce pays : les actuelles ou futures mammas !

Oui, je crus ressentir avec force à quel point cette nation était celle des lourds secrets – celui des familles, de la politique, des sociétés parallèles et mafieuses, du crime organisé, de la sexualité réprimée. Un pays apparemment extraverti mais mené en réalité par de puissantes forces souterraines, comparables à ces éruptions volcaniques qui périodiquement ravagent une partie de la Péninsule. Ici tout faisait mine de s'exposer en surface – à l'instar de ces rhétoriques bien rodées, incroyablement brillantes, que j'avais vu les hommes en place développer à la télévision – afin de mieux masquer ce que l'on préférait à tout prix ignorer. Un pays livré par conséquent aux démons de la mauvaise foi, de la tricherie institutionnalisée, aux luttes intestines sourdes et tenaces rongeant les arrière-cours et les alcôves – au cœur des familles, entre familles, entre rivaux, entre régions et entre corporations, où tout se tramait violemment et tragiquement dans l'ombre. On pouvait d'ailleurs constater, à travers la production cinématographique de ce pays, à quel point les relations amoureuses entre les jeunes gens étaient d'emblée compliquées par des luttes de pouvoir inextricables entre familles, jusqu'à ce que, le premier bambino surgissant, tout se résorbe dans l'huile rédemptrice de la solide, succulente et irrésistible cuisine italienne définitivement œdipienne.

C'est à peu près ainsi, du moins, que se développait ma vision – délirante ou osmotique ? – des profondeurs secrètes gisant en deçà de la surface solaire qui m'était offerte ce matin-là dans les rues d'Arezzo.

Un peu avant de rejoindre la contessa, je pénétrai encore dans l'église San Francesco, à l'aspect extérieur sans attrait, mais dans laquelle on pouvait voir, faiblement éclairées par des lumignons, les fresques de Piero della Francesca. Un petit groupe était assemblé là autour d'un guide touristique, écoutant religieusement son baratin. Observant les visages de ces gens usés par leur périple obligatoire, je remarquai que s'y reflétait une sorte de défiance – ainsi qu'une assemblée d'enfants boudeurs attendant passivement que le maître d'école ait terminé ses explications laborieuses.

Cependant, surmonté l'agacement éprouvé devant les zombies touristiques, je fus frappé par l'atmosphère générale de calme lénifiant qui planait dans l'espace du vaste édifice plongé dans l'ombre, comme si, une fois que l'on avait pénétré dans cette enceinte si anciennement sacrée, l'on était progressivement gagné par une dimension temporelle diffuse au sein de laquelle passé, présent et avenir se seraient confondus, et je ne pus que rendre grâce aux propos du père Antonin : il régnait là de façon providentielle, à une époque de stressante barbarie larvée (si bien illustrée, en un sens, par mes dérisoires et puérils voisins boudant leur visite guidée), une douceur consolatrice au nom de laquelle il valait sans doute la peine – à la mesure de nos faibles cœurs – de lutter pendant quelque temps encore.

Je retrouvai Silvina déjà attablée dans un pittoresque petit restaurant – uniquement connu des autochtones, me dit-elle – qu'elle avait décidé de me faire découvrir. Prédominait là l'ambiance chaleureuse et lourdement sensuelle qui anime les gargotes italiennes de qualité. Le menu qu'elle composa, pour moi des plus exotiques, ne démentit en rien l'impression première et le lambrusco qui arrosa ces agapes impromptues conféra à notre entretien un tour tout à fait inattendu.

La contessa, passablement éméchée, entreprit de me raconter sur un mode plaisant diverses aventures galantes de sa jeunesse. Or, dans cet exercice, je dus non seulement me rendre à l'évidence que son caractère d'ordinaire un peu austère et chagrin se modifiait considérablement, dévoilant une face humoristique que je n'avais pas subodorée auparavant, mais encore – beaucoup plus prodigieux et confondant pour moi – que son physique de septuagénaire paraissait, comme par magie, récupérer soudain son ancienne plasticité autrefois adulée du gratin italien. J'étais donc là en face d'elle, riant à ses facéties, et mon esprit, bien qu'embrumé par l'alcool, prenait conscience qu'une partie de moi-même était en train de succomber au charme de la belle Silvina, qu'un flirt délicieux était en train de s'établir à la faveur d'un sortilège confusionnel. À un certain moment, la contessa, accoutumée, semblait-il, à reconvoquer ainsi ses anciens pouvoirs de séduction à la faveur des circonstances, dans un élan provoqué par mon rire et l'aveu probable de mes yeux, alla jusqu'à effleurer ma main de façon suprêmement habile, et je fus saisi d'un vertige au fond duquel je crus qu'un flash-back nous avait transportés trente ans en arrière.

Pourtant, la partie encore lucide de mon esprit fit qu'un léger rire sarcastique me saisit intérieurement à la pensée des tourments auxquels j'avais échappé car, me connaissant comme je me connaissais, comment aurais-je pu, trente ans auparavant, résister au charme ensorcelant et vénéneux d'une aussi belle femme ? Remerciant donc la providence de m'avoir épargné ce sort, je commençai à ressentir une sincère commisération pour mes lointains prédécesseurs – dont elle n'avait cessé, au cours du repas, de brosser les portraits avec férocité.

Cependant, le temps réel remplissant son habituel fonction de désillusion, les effluves du lambrusco et de la bonne chère s'estompèrent, les rides amères, le masque désabusé réinvestirent le visage de Silvina et ses yeux, pareils à ceux d'une petite fille indûment punie, semblèrent me scruter depuis l'intérieur même de ce masque, comme pour me demander raison d'une telle injustice.

Nous ressaisissant, nous réglâmes l'addition et quittâmes les lieux sans plus parler, tous deux dégrisés. Dehors, le soleil continuait de darder ses rayons sur les murs et les toits. Nous rejoignîmes l'automobile et, tandis que Silvina reprenait son mode de conversation ordinaire concernant ses innombrables « amis fortunés », je pilotai la voiture parmi les collines de la verdoyante Toscane, déterminée elle aussi, eût-on dit, à ressusciter, à la faveur du temps radieux, son antique et célèbre magie.

16

Un matin, alors que j'étais à travailler dans mon bureau, Lucia cogna à ma porte et me remit mon courrier. Il y avait une lettre de Stella, la bibliothécaire des jardins Boboli, qui m'écrivait ceci :

Cher Denis,

J'ai gardé un excellent souvenir de notre rencontre inespérée et de notre conversation plus « improbable » encore dans les jardins Boboli. J'y ai longuement repensé, retournant dans ma tête toutes nos paroles, puis je me suis souvenue d'un poème de Margherita Guidacci qui me paraît faire écho à cette merveilleuse continuité des mouvements infimes qui nous a secrètement réunis. Il m'a semblé que ce texte méritait d'autant plus d'être porté à votre connaissance que cette poétesse – disparue il y a quelques années – était florentine et femme de grande culture. Il s'inscrit de toute évidence dans notre tradition italienne de poésie dite hermétique et n'en est de ce fait (à mes yeux du moins) que plus expressif encore. J'en ai tenté une traduction française qui, je l'espère, respectera le texte original (que je vous joins). Mais trêve de commentaire, voici :

« Mon corps est une cité en ruine
sur les routes la férocité du chardon,
dans les jardins des herbes pourries

ou que lentement consume
une brûlure sans feu
dans l'âcre odeur de la fin.

Toute histoire oubliée.
Les sillons des chars antiques dans la pierre
se confondent, également insensés,
avec l'arabesque éphémère du vent
sur l'ultime poussière.

Quelque part pourtant vit encore un gardien,
j'entends ses pas parfois, la nuit, sur le rythme de mon cœur
et je sais qu'il vaque au long d'eaux paresseuses
en quête d'animaux qui rêvent comme lui
ou s'arrête à regarder l'indéchiffrable étoile
d'une crevasse au milieu des décombres. »

Bien à vous,
Stella

Après avoir lu et relu ce poème, je demeurai longtemps à rêver au-dessus de mon ordinateur, sans plus parvenir à retendre le fil de mon écriture. Il me semblait entendre, moi aussi, les pas de ce gardien et suivre, en une sorte de transe visionnaire, sa vacance nostalgique au long d'eaux paresseuses… Par quel mystère, me demandais-je, de tels poèmes pouvaient bien jaillir dans la tête de ceux qui s'en trouvaient visités. C'était là, je m'en étais souvent fait la réflexion, l'un des arcanes les plus troublants de la conscience humaine.

17

Cette après-midi-là, à Santa Donatella, se produisit un événement mémorable que je me suis efforcé, après coup, de noter du mieux que j'ai pu dans mon carnet.

McCullough avait invité dans ses appartements privés une petite compagnie formée des trois autres résidents auxquels s'ajoutaient Silvina, le Dottore Luigi, qui était de passage à la Fondation, Graziella, et pour finir Emilio et Roberto (qui se trouvaient m'avoir rendu visite) à un thé assorti de gâteaux et de biscuits achetés spécialement à Florence pour l'occasion. Nous nous retrouvâmes donc là tous confortablement assis, les uns sur la banquette faisant face à la baie vitrée donnant sur les frondaisons des arbres de la vallée, les autres dans de profonds fauteuils en cuir qui semblaient davantage prédisposer à la somnolence qu'à la conversation. Celle-ci commença, comme toujours, de ronronner de façon fort conventionnelle autour des événements notables de l'actualité, jusqu'à ce que Patrick Van Meegeren ait l'idée de nous proposer une discussion sous forme de jeu. Nous allions, chacun à notre tour – puisque nous étions dans une résidence d'écrivains, après tout – exposer notre conception de la littérature, puis nous en débattrions tous ensemble en nous efforçant d'être « drôles et pertinents », lui-même se réservant bien entendu le privilège, puisqu'il en était l'initiateur, d'être le maître du jeu.

McCullough déclara d'entrée que s'il ne refusait nullement d'être pertinent – ce qu'il ne pouvait s'empêcher d'être en permanence, ainsi que nous n'avions sans doute pas manqué de le constater –, il protestait avec la dernière énergie contre l'injonction qui nous était faite de devoir être drôles : rien de plus sinistre. Il pouvait nous le certifier en tant que citoyen britannique et sujet de Sa Majesté ayant dû subir cet impératif en famille depuis sa plus tendre enfance. Contestation qui recueillit l'approbation générale, contraignant Patrick à proclamer l'abrogation immédiate du principe de plaisanterie obligatoire ; ajoutant même que quiconque, durant la séance, serait soupçonné d'avoir voulu faire l'andouille de façon volontariste, serait instantanément éjecté des lieux sans ménagement.

Le Dottore Luigi se récria alors qu'il préférait dans ce cas quitter les lieux tout de suite et de son propre chef, se déclarant incapable de ne pas vouloir à un moment ou à un autre, surtout en présence de dames, faire un bon mot : il n'y pouvait rien, ça avait toujours été son péché mignon. Sur quoi Patrick décida de consulter une nouvelle fois l'assemblée, procédant à un vote à main levée destiné à déterminer si on pouvait oui ou non accorder une dérogation exceptionnelle à l'honorable Dottore Luigi, natif de la bonne ville de Florence, maniaque de la blague compulsive. La dérogation fut accordée à l'unanimité et le débat put débuter. Patrick donna l'honneur à Silvina, notre hôtesse et bienfaitrice.

Celle-ci débuta par un court préambule sur l'humour qu'elle confessait avoir du mal à pratiquer elle-même, mais auquel elle se déclarait fort sensible lorsqu'il émanait des autres et surtout des livres. Mais pour répondre à la question de départ, il lui était toujours apparu qu'un bon livre était celui qui lui permettait de s'évader, en un mot de passer le temps agréablement, et elle avait conscience qu'en disant cela elle n'inventait rien. Elle ne désirait du reste pas trop analyser ce bonheur de lecture qu'elle n'éprouvait, hélas, pas toujours car, dans sa position, on pouvait le deviner, elle se trouvait naturellement amenée à lire certains livres fastidieux.

Mais la contessa se ravisa soudain, consciente du fait que ses quatre invités pouvaient respectivement se sentir visés par cette remarque, et elle ajouta en riant qu'en l'occurrence, sous ce rapport, elle avait eu dernièrement beaucoup de chance.

– Ouf! vous nous avez fait peur, Silvina, lança John. Vous avez dû sentir planer la crainte dans cette pièce.

– Oui, pas de plus terrible spectre pour un auteur que l'ennui qui pourrait émaner de ce qu'il écrit, dit June. En tout cas, aux États-Unis, c'est l'épouvantail qui est brandi par tous les professeurs dans les ateliers d'écriture. J'ai moi-même été traumatisée par ce problème de « la tension intérieure » du récit, mais je pense que par chez nous ce devoir de capter l'attention est devenu excessif au détriment de la fantaisie et que de ce fait l'art de la digression s'est perdu.

– À croire que les Américains n'ont jamais lu Laurence Sterne, dit John.

– Oui, c'est vrai, renchérit Emilio. Et à force de tension et d'économie c'est une autre sorte de monotonie qui s'installe : la monotonie de l'efficacité. La fantaisie si souvent relâchée du réel n'a plus cours.

– Bon, comme toujours, intervint Patrick, le débat a commencé tout de suite, et pourquoi pas. Mais je préférerais tout de même que l'on finisse le tour de parole avant, car sinon on sait d'avance ceux qui vont occuper le terrain sans laisser parler les autres, dit-il en me regardant (bien que je n'aie pourtant rien dit jusque-là). Je propose donc que nous nous efforcions à la galanterie et je décrète, en tant que président de séance, que la parole passe maintenant à June.

– Pour ma part, dit June, j'ai commencé à lire parce qu'il y avait des tonnes de livres chez moi et que, les hivers étant longs dans le Montana, j'ai très vite pris conscience qu'il n'y avait pas de plus pur délice que de se laisser emporter par une histoire bien racontée, tandis que le grand froid règne dehors, que la maison est environnée par la neige et qu'on a l'assurance qu'aussi terribles et bouleversantes que puissent être les péripéties qui nous agitent, on détient le privilège de s'en extirper à volonté pour retrouver le feu en train de ronfler dans le poêle, observer ses braises en train de rougeoyer dans la petite lucarne, puis caresser le chat enroulé dans la couverture juste à côté... Mais j'ai peur de ne faire qu'une description bien douillette de la lecture et de ne pas répondre à la question.

– Pas du tout, pas du tout, s'exclama Patrick. C'est cela qui est intéressant ! Mais dis-nous à présent comment t'est venue l'idée d'écrire à ton tour et ensuite et surtout pourquoi tu as écrit des histoires aussi sarcastiques que celles que j'ai lues sous ta plume.

– Je me suis mise à écrire très jeune, dit June. J'éprouvais une telle félicité à lire que j'ai pensé à un certain moment qu'être celui ou celle qui donnait ce plaisir devait être une jouissance encore supérieure et...

– Tu t'es rendu compte que c'était une illusion, lança John.

– Non, au contraire, j'ai découvert le bonheur de donner forme à des fantasmes, à des lambeaux de rêves informes, de créer de toutes pièces des mondes et des personnages, mais surtout, maintenant que j'y pense, de modeler moi-même mes rêves, d'en infléchir le cours plutôt que de les subir. Ce qui me semble un inestimable privilège.

– Oui, tu le dis très bien June, fis-je, le privilège de modeler ses rêves. Je ressens la même chose et, en plus, ça marche pour les rêves nocturnes eux-mêmes car on finit par savoir les diriger aussi, ce qui...

– Première tentative de la part de Denis, m'interrompit Patrick, de reprendre intempestivement la parole. Privé de gâteaux pour la prochaine tournée et obligation de se taire sur-le-champ !

– Oui, mais c'est intéressant, reprit June, car il me fait prendre conscience qu'à force d'écrire on finit par influer sur son propre imaginaire, comme si on infiltrait celui-ci subrepticement, qu'on s'introduisait dans la cabine du projectionniste avec le pouvoir d'arrêter le film, puis d'effectuer des coupes et des montages, bref, que de projectionniste on se transformait progressivement en réalisateur.

– Sans pouvoir toutefois choisir les sujets ni les acteurs, observa Roberto.

– Oui c'est vrai, on est toujours surpris, approuva June. Enfin pour ce qui est de savoir pourquoi je ne puis me départir de ce ton sarcastique, je crois que je tiens cela de ma grand-mère paternelle qui vivait avec nous dans cette maison des bois où la vie était rude et qui opposait sans cesse à l'idéalisme impénitent de mes parents – des hippies purs et durs – un âpre réalisme comique. Cela dit, je ne devrais pas être aussi négative avec l'idéologie de mes parents : c'était aussi une belle idée, bien qu'elle n'ait pas prévalu… et celles qui ont prévalu, à vrai dire, sont encore plus consternantes. Mais je m'égare, excusez-moi.

– Ah, mais c'est inévitable, dit Patrick. Et c'est sans doute un peu pour ça, pour nous égarer ensemble, que nous sommes tous réunis maintenant, n'est-ce pas ?

Un silence d'acquiescement accueillit la remarque de Patrick qui, reprenant la parole, pria Graziella de bien vouloir nous définir à son tour ce que représentait pour elle la lecture.

– Pour moi, enchaîna Graziella, au départ ce fut tout l'inverse de June. J'étouffais chez mes parents qui étaient du genre coincés et conservaient les grands classiques dans une bibliothèque vitrée que personne n'ouvrait jamais. Aussi lisais-je des livres prêtés par mes copines de classe, avant tout pour vivre des aventures qui me sortaient de mon cadre de vie ; principalement des romans d'amour, en fait. C'était une sorte de boulimie névrotique libératoire. Cependant, au fil du temps et des lectures qui s'enchaînaient les unes aux autres, j'ai commencé à devenir sensible à un style plus élaboré, à la complexité d'une intrigue racontée de façon moins linéaire, bref j'ai progressivement découvert la vraie littérature.

– Pourriez-vous alors préciser ce qu'est pour vous la vraie littérature, Graziella ? demanda Patrick.

– Oui, c'est vrai ! J'ai dit ça sans réfléchir. Pour vous répondre sérieusement il faut que je me concentre. Eh bien… La vraie littérature, pour moi, est celle qui ne fait pas que vous captiver mais qui vous aide à vivre la vie de tous les jours, qui vous console de ce que le quotidien ne vous apporte pas, mais non, ce n'est pas seulement cela, voyons, puisque s'évader vous aide aussi à vivre… Au fond, je ne sais pas vraiment. Enfin, peut-être que si, mais j'ai peur de dire quelque chose d'un peu pompeux : la vraie littérature est celle qui vous permet de contempler le monde à distance, comme au spectacle, de se sentir partie prenante et dégagé tout à la fois. Oui, c'est cela, je crois : une sorte de joie contemplative. J'espère que j'ai bien répondu, conclut Graziella, rougissant d'avoir tant parlé.

– Vous avez parfaitement répondu, dit Patrick. Nous retiendrons cela pour la discussion : une joie contemplative. Bon, je vois que le Dottore Luigi a très envie de plaisanter, accordons-lui ce qu'il désire, de peur qu'il ne devienne trop amer. La parole est à vous, Dottore.

– Non, non, pour une fois je ne voulais pas plaisanter, je voulais au contraire vous remercier de m'avoir ainsi obligé à écouter les autres. Cela me permet de constater qu'ils ont, eux aussi – même ceux qui ne parlent pas beaucoup d'habitude comme, Graziella – des choses intéressantes à dire ; et même, nettement plus intéressantes que celles dont je ne peux m'empêcher de soûler habituellement mes amis. Ah oui, c'est une découverte. Merci à vous de m'avoir invité, je vous en serai infiniment reconnaissant, c'est pour moi, le début d'une nouvelle vie. Si vous le voulez June, je suis prêt à vous suivre jusque dans le Montana et à passer le reste de ma vie à vous écouter. Qu'en dites-vous ?

– J'en dis, répliqua June en riant, que vous n'avez pas la moindre idée de ce qu'est le Montana !

– Bon, maintenant que vous avez pris la parole Dottore, dit Patrick, ne pourriez-vous pas tenter de nous séduire, nous aussi, en nous parlant de votre relation à la lecture ?

– Je veux bien essayer, dit Luigi, mais malheureusement je suis un lecteur un peu particulier : je ne lis que des journaux intimes, des Mémoires, des chroniques et des confessions, presque rien d'autre. J'ai une prévention contre la fiction, c'est sans doute le médecin en moi qui veut cela. J'ai besoin de tabler sur ce qui s'est réellement passé, de rester en contact avec le réel…

À cet instant, Roberto, resté calme jusque-là, leva la main en gesticulant. Impressionné, comme nous l'étions tous, par le physique du colosse, Patrick interrompit le Dottore, pour demander :

– Que vous arrive-t-il cher ami ? Si vous voulez savoir s'il vous est possible de quitter précipitamment les lieux pour un besoin urgent, c'est accordé, sans problème ! Mais peut-être est-ce autre chose ?

– C'est-à-dire, indiqua Roberto, que j'aimerais proposer à l'assemblée, par l'intermédiaire du président de séance, bien entendu, de modifier encore une fois les statuts du débat car, pour ma part, je ne possède qu'une mémoire fugitive et si je dois attendre trop longtemps pour rectifier ce qui vient d'être proféré si légèrement par le Dottore, je risque d'oublier, et cette intervention décisive sera perdue pour tout le monde, et vraiment, je ne puis laisser passer cela sans réagir avec la dernière énergie…

– Bon, fit Patrick, je crois que vous avez marqué un point, il est sûrement plus vivant de réagir lorsque c'est encore le moment, à la « discrétion » de chacun. Simplement, cher Roberto, je préférerais, vu votre constitution, que lorsque vous évoquez l'éventualité de rectifier quelqu'un, il ne soit fait allusion qu'à un combat purement rhétorique, si vous voyez ce que je veux dire ?

– Rassurez-vous, dit Roberto, j'ai abandonné la rhétorique coercitive en même temps que le catch, il y a bien des années. Non, j'ai bondi parce que je voulais faire remarquer au Dottore qu'il y a bien de la naïveté à croire que la fiction aborde le réel de manière moins exacte que le récit proprement dit ou le soi-disant compte rendu fidèle, car dès lors qu'il y a narration, le fictif s'introduit aussitôt, ne serait-ce que par le choix des mots, du point de vue et surtout par la mémoire qui a obligatoirement opéré une sélection. De surcroît, à l'écrit, c'est plus élaboré encore qu'à l'oral. Dès qu'il y a recomposition ultérieure des faits, le fictif s'insinue et s'impose, c'est fatal et inéluctable. Si ceux qui désormais veulent raconter leur vie au plus près et sans rien omettre, puisque c'est la mode, ont pourtant la prudence de nommer cet exercice « autofiction », c'est bien qu'ils ont conscience que dès qu'on se mêle de narrer quoi que ce soit, on ne peut que « fictionner ». Il n'y a pas plus de réel dans un journal intime ou un compte rendu, aussi sec soit-il, que dans une galéjade délibérée et parfois même plutôt moins, car l'exagération et l'outrance imitent le mouvement naturel de la vie vivante qui, en essayant de fuir l'ennui, en fait toujours trop…

Je vis que la faconde de Roberto époustouflait tout autant l'assemblée que je l'avais été moi-même la première fois.

– Oui, oui, c'est tout à fait vrai, acquiesça alors Luigi, vous avez parfaitement raison, j'ai parlé avec légèreté, seulement je continue à croire – du moins si vous demeurez dans l'excellente disposition de ne me « rectifier » que verbalement – qu'il y a une chose qui fait une certaine différence et qui est, je crois, l'effort vers l'objectivité, car si je dois vous accorder, au risque de me montrer obtus, que l'objectivité totale est un mythe absurde, et même dangereux, il me semble que chercher à se dégager de notre appréciation subjective maintient une possibilité d'entente entre les points de vue divergents. La médecine et l'observation scientifique elles-mêmes, si elles étaient bien comprises – et il est vrai qu'elles ne le sont généralement pas –, ne devraient jamais oublier, certes, qu'elles ne font que participer à un vœu pieu et utopique, cependant vous devez bien admettre que cette tentative, toute approximative qu'elle puisse être, de nous rapprocher les uns des autres dans un espace dégagé des préjugés personnels, représente une louable entreprise, non ?

– Si vous le prenez comme ça, dit Roberto, je ne puis que m'incliner et m'efforcer de vous rejoindre – aussi douloureux cela soit-il pour des Italiens de s'accorder entre eux. Et donc n'ayez aucune crainte, si je dois rectifier prochainement quoi que ce soit, ce ne sera que mon propre point de vue.

– Bon, eh bien voilà une passionnante question momentanément résolue, dit Patrick. À présent je vais passer la parole, voyons voir, oui, je vais tirer au sort : am stram gram, pic et pic et colégram, hop, à toi John !

– Hélas, fit celui-ci, vu la pertinence de ce qui vient d'être dit, je ne sais si je puis apporter quelque élément nouveau. Je ne ferai donc que raconter de façon autofictionnelle, et très consciente de l'être, rassurez-vous Roberto, comment ont débuté mes rapports avec la lecture puis avec l'écriture. Très jeune j'ai été navré de devoir constater à quel point la plupart de mes camarades se jetaient tête baissée dans les imbroglios de l'existence comme des piliers de rugby dans la mêlée (et vous savez qu'en Grande-Bretagne ce n'est pas une métaphore), n'accordant que très peu d'attention au monde extérieur, à l'éventuelle beauté des détails, aux multiples variations qui créent les savoureuses différences. J'avais toujours l'impression qu'ils voulaient les ignorer, comme s'ils en avaient peur – ce que je continue de penser, au demeurant –, tandis que moi, c'était au contraire tout ce qui m'intéressait. Or assez vite, je me suis aperçu que je ne pouvais retrouver cette attention au monde naturel extérieur (le ciel, l'herbe verte, les arbres, la rivière, les nuages et les animaux) ainsi que pour les sentiments dissimulés des êtres humains, nulle part ailleurs que dans les livres. Oui, au départ ce n'est point la forme littéraire par elle-même qui m'a entraîné à passer des heures plongé dans les livres, mais plutôt ce sentiment de fraternité sensible avec ceux qui les écrivaient. En réalité, je m'en aperçois, je participe davantage d'une sensibilité poétique que romanesque. Cela dit, et ceux qui ont lu mon unique livre à ce jour le savent, j'ai tenté ensuite d'introduire cette poésie dans une trame romanesque et...

– Et vous y avez parfaitement réussi, l'interrompit Silvina, puisque votre livre est un best-seller en Angleterre.

– Oui, cela m'a fort surpris, une agréable surprise notez bien, et dont je m'accommode le mieux du monde, je ne vais pas bouder le succès, mais tout de même, je ne me serais pas attendu à intéresser tant de monde avec le récit lyrique des événements d'une seule journée pluvieuse dans une unique rue de Londres. Je ne sais trop qu'en penser.

– Il faut croire, dit Emilio, que ceux qui ne paraissent pas sensibles à la poésie sous-jacente des choses ordinaires le sont malgré tout dans une part brimée d'eux-mêmes, et qu'une fois libérés du fardeau de leurs obligations, à la faveur d'une lecture tranquille, ils sont capables de retrouver, eux aussi, certaines émotions enfouies sous la surface.

– Ce doit être ça, dit John. C'est à la fois rassurant et désolant;

cela veut dire que beaucoup d'entre nous n'ont pas les moyens de savourer le sel de la vie sur le moment même, mais seulement en différé.

– Je vous rappelle, intervins-je, que selon Marcel Proust, nous ne vivons vraiment qu'en développant après coup les « instantanés » que notre conscience a pris sur le vif.

– Et selon Proust, donc, ce serait inhérent à notre constitution mentale, pas moyen de faire autrement ? me demanda June.

– Pour lui, oui, mais personnellement je vois les choses différemment car…

– C'est bien possible, m'interrompit encore une fois Patrick, mais tu développeras ton instantané plus tard. Je dois te rappeler que pour l'instant tu n'as pas la parole et nous savons tous qu'avec toi le développement risque de prendre un certain temps. Alors, un peu de patience et de discipline, mon cher Denis. John, en as-tu terminé ou veux-tu ajouter quelque chose ?

– Je voudrais juste encore dire que je suis très heureux d'avoir pu recréer ici un thé anglais comme chez mes parents, à cette différence près qu'on n'abordait jamais de tels sujets. Merci aussi à Silvina qui nous permet à tous d'être ici.

– Tu es incroyablement sentimental pour un Anglais, dit Patrick. Mais réservons les effusions pour plus tard.

– Avec lui, tout est toujours pour plus tard, si je comprends bien, grommela Roberto. Mais quand commencerons-nous à rigoler un peu ?

– On attend que toi pour ça, s'exclama Emilio. Après tout, c'est ton rôle.

– Oui, acquiesça Patrick, et la transition est toute trouvée. Nous vous écoutons donc Roberto, faites-nous rire.

– Alors là, mes petits amis, ne comptez pas sur moi ! Je suis enchanté d'être ici parmi vous mais, pour une raison qui m'échappe, je suis triste, triste à mourir aujourd'hui. Et puis je suis d'accord avec John, rien de plus sinistre que de vouloir faire rire à tout prix. Ça vient ou ça ne vient pas et je sens qu'aujourd'hui ça ne viendra pas. Mais puisque c'est mon tour de parler, je tiens à préciser que je ne suis qu'un homme de théâtre raté et un montreur de marionnettes, sans doute génial, mais plutôt discret puisque je ne réalise de spectacles que pour mes amis. Et puis, il n'est pas question de tenter de changer quoi que ce soit à cet état de fait. D'autant qu'elles ne me le pardonneraient pas.

– Qui ça, elles ? demanda Patrick.

– Eh bien, mes marionnettes, pardi ! Même si c'est moi qui les actionne avec des fils, ce sont elles qui me mènent par le bout du nez, vous savez. Je les fabrique d'après des modèles traditionnels, parfois j'en invente un nouveau, enfin, plus exactement, c'est lui qui s'impose à moi, car ça se fait presque sans moi : j'obéis, c'est tout. Cela dit, ça n'est pas une sinécure, vous pouvez me croire : elles m'en font voir. Capricieuses en diable qu'elles sont ! Et envieuses les unes des autres, en plus ! Jalouses, cancanières, perverses, souvent méchantes. Et moi obligé de faire la police pour régler les litiges de préséance. Quant aux dialogues, eh bien, ce sont elles qui les inventent. Je n'ai pas mon mot à dire. Je me contente de noter sous la dictée. En outre, à peine ai-je terminé d'en fabriquer une qu'elle se met instantanément à revendiquer : elle veut avoir la meilleure place, alors les autres bondissent hors de leurs boîtes, trépignent et font des scènes, chacune leur tour, pour rabattre le caquet de la nouvelle recrue. C'est infernal ! Tenez *(Roberto se leva et alla se placer au centre de la pièce avec une surprenante agilité de mime)*, prenons par exemple un nouveau modèle de gandin tout frais émoulu de mon atelier, transpirant encore la colle, dont le vêtement vient à peine d'être cousu, et que j'ai nommé Giacomo : ne voilà-t-il pas qu'il se dresse sur la scène comme ça *(il prit une pose d'arrogant se dressant sur ses ergots)* et tient un discours de ce genre : « Bon alors, Roberto, penses-tu que j'ai assez belle apparence pour aller faire ma cour à Giacinta, ne crois-tu pas que ma jaquette est un peu trop longue ? Tu sais, ça fait un bout de temps que ce n'est plus la mode de les porter aussi longues à Florence, et mon col, tu es sûr de ton coup ? Parce que si c'est ton idée de me faire apparaître sur scène pour mieux me ridiculiser par la suite, ne compte pas sur moi ! » Euh… (C'est ce que je lui réponds à ce moment-là, précisa Roberto), j'ai suivi trait pour trait le modèle traditionnel proposé par l'*Almanach de Venise* en 1747 et je puis t'assurer que les jaquettes se portaient ainsi à l'époque où se situe la pièce, quant à te ridiculiser… bien sûr un petit peu puisque c'est ton rôle, mais tu sais nous ne sommes qu'au théâtre et n'importe quel rôle – et le tien est essentiel – est aussi prestigieux qu'un autre. *(Roberto s'adressant à nous en aparté :)* Je suis très flagorneur avec mes créatures car elles ne diffèrent en rien des acteurs ordinaires et on ne peut les amadouer que par la flatterie. Alors Giacomo réplique, dit Roberto, reprenant la pose et le ton de voix précédents : « Ah, eh bien, justement, parlons du moment où j'apparais : est-ce que je dois vraiment attendre tout ce temps pour venir moucher ce prétentieux de Leonardo et pourquoi est-ce qu'il a, lui, le privilège de parler aussi longtemps avec Giacinta ? » À cet instant-là, dit Roberto, il est inévitable que Giacinta surgisse comme un démon et m'interpelle à son tour *(il prit une pose minaudière incroyablement féminine pour sa corpulence)* : « Mais comment peux-tu le laisser te parler sur ce ton et ne pas lui préciser, en outre, que je n'ai aucune inclination pour lui ! Qu'il commence par se débarbouiller et se débarrasser de cette puanteur de colle. N'espère pas, en tout cas, me faire jouer une scène de séduction avec ce crétin prétentieux et dans cette atmosphère irrespirable ! » Je réponds alors : « Calme-toi ma belle, ce ne sont que des essais, des projets, je ne sais pas encore qui te donnera la réplique. » Giacomo, poursuivit Roberto, devient alors fou de rage et commence à lacérer mon travail, en se démantibulant lui-même, hurlant : « Puisque c'est ainsi, je préfère encore ne pas exister du tout, et voilà *(Roberto mima le geste d'arracher sa propre veste et de la mettre en lambeaux)*, et voilà, comme ça tu es content ! Tu as gagné ! Tu auras travaillé toute la nuit pour rien ! Moi, je m'en démets ! Adieu. » *(Et là Roberto, en vrai catcheur, se laissa tomber d'un seul coup comme inanimé sur le plancher et ne bougea plus, pendant que nos rires fusaient, puis, en comique consommé qu'il était aussi, il rouvrit un œil tout en restant allongé et reprenant la voix de Giacomo :)* « N'y a-t-il personne qui veuille me ressusciter ? » *(Sautant sur ses deux pieds de nouveau, il reprit la pose de Giacinta et sur un ton de fausset, battant des mains comme une petite fille surexcitée :)* « Non ! Non ! Personne, imbécile ! Reste donc où tu es ! Ne l'aide surtout pas Roberto ! Et ne reviens plus nous importuner ; de toute manière, je ne t'aurais jamais aimé, tu es trop vaniteux et trop niais ! » *(Mimant alors Giacomo sautant de nouveau sur ses pieds :)* « Mais pour qui te prends-tu, espèce de greluche, et pourquoi penses-tu qu'il m'ait fabriqué si ce n'est pour donner un peu de piquant à tes répliques qui sont, il faut quand même que tu le saches, d'une platitude navrante, et puis tes caprices ne font plus rire personne ! Bien sûr, lui *(Roberto se désignant)*, il ne te le dira jamais, lâche comme il est, il a beau jouer les costauds, ce n'est qu'une chiffe molle, et puis évidemment il a un faible pour toi parce que ça fait des années que tu es sa seule Colombine, mais tu vieillis comme tout le monde, sache-le, et ça ne m'étonnerait pas qu'il mijote de te remplacer par une nouvelle, il m'a d'ailleurs semblé apercevoir une esquisse dans l'atelier qui... » Et Giacinta rétorque : « Espèce de corniaud, roi des bouffons, avorton dégénéré, tu ne mérites qu'une bonne rossée. » *(Roberto s'appliqua à lui-même une volée de gifles avec ses deux mains, puis mima Giacomo tentant de se protéger tout en répondant lui-même par des petits coups maladroits, assénés sans force de haut en bas avec les poings, ce qui formait une sorte de gigue endiablée, dansée par Roberto devant un public aux anges.)* Alors, dit Roberto reprenant sa propre voix, je suis bien obligé de m'interposer et c'est moi qui m'en prends plein la figure ! Je les ai du reste souvent soupçonnées d'avoir plaisir à ainsi me fondre dessus de concert, sachant parfaitement que je n'oserai jamais attenter à un seul de leurs cheveux que j'ai mis tant de temps et de soin à leur confectionner. Ah, comprenez donc à quel point ma vie n'a rien d'une douce villégiature dans les collines de Florence. Bon, voilà ce que j'avais à dire, c'est assez hors sujet mais…

– Pas du tout, pas du tout, s'exclama Patrick, riant encore. Et puis, nous ne sommes pas à un colloque universitaire. Bon, désormais, il ne reste guère qu'Emilio et Denis qui n'aient rien dit. Pour ce qui est de Denis, nous le réservons pour la fin car nous savons tous qu'il a *énormément* de choses à dire, et puis comme ça, ceux qui seront fatigués pourront somnoler pendant qu'il nous fera son exposé didactique en dix points.

– Euh, fit Luigi, j'ai l'impression de ne pas avoir assez plaisanté ni de m'être vraiment exprimé non plus, bien que je n'aie rien à dire précisément sur ce sujet…

– Bon, eh bien, cher Luigi, dissertez donc sur ce rien, ça peut être très instructif.

– Au fond, oui, vous avez raison, dit Luigi. C'est le rien qui me fascine et plus exactement les petits riens qui forment une journée entière et qu'on trouve relatés minutieusement dans les meilleurs journaux ou les meilleurs carnets, lesquels s'efforcent de coller aux mini-événements de la vie réelle.

– Il recommence, tonna Roberto. Laissez donc le réel en dehors de tout ça, sinon je ne serai plus en mesure de tenir ma promesse et devrai vous rectifier proprement dans mon atelier, à coups de colle et de ciseaux.

– Pitié, tout sauf ça, s'écria Luigi. Un de mes pires cauchemars d'enfance était justement celui où je me retrouvais propulsé malgré moi sur une scène de théâtre parmi des acteurs qui me balançaient des saillies d'une méchanceté inouïe, tandis qu'il semblait qu'aucune réplique n'ait été prévue pour moi et que le public s'esclaffait, me huait et me lançait des tomates (à l'époque ça se faisait encore), alors pensez, surtout pas ça, Roberto, je vous en prie !

– Va pour cette fois, dit Roberto, mais arrêtez de nous bassiner avec vos obsessions réalistes, trouvez un autre mot.

– D'accord, d'accord, cher Roberto, gémit Luigi, j'avais oublié. Ce que je voulais dire, c'est que ce qui me passionne en littérature, c'est le minimalisme. Ce que certains ont nommé *le dieu des petits riens*. J'aime à lire les journaux où l'auteur consigne les moindres bribes mentales qui lui traversent l'esprit. Le journal de Samuel Pepys en est un exemple célèbre, mais sans doute n'est-ce pas là exactement de la littérature. Encore que Pepys possède un don exceptionnel pour choisir les détails significatifs. Bon, mais pour que ça devienne vraiment de la littérature, alors peut-être faut-il se tourner vers des auteurs comme l'Américain Raymond Carver, qui est un véritable génie de l'assemblage de détails à signification retardée, si je puis dire...

– À signification retardée ? s'enquit June.

– Oui, reprit-il, quand vous lisez une nouvelle de Carver, il n'est pas rare qu'à la fin vous soyez désorienté et bien en peine de savoir ce qui fait que vous demeurez sombrement envoûté (car il faut avouer qu'en général ça n'est pas très gai). Puis les jours suivants, en y repensant, peu à peu le sens fait surface, vous comprenez enfin pourquoi non seulement votre attention a été à ce point retenue, mais aussi la raison du délai qu'il vous a fallu pour saisir l'intention cachée de l'auteur, laquelle, à mon avis, est tout simplement que ça se passe comme dans la réa… comme dans la vie, disons, hein ? En fait, des dizaines de détails entravent notre vision de l'essence des choses et pour la bonne raison qu'elle est diluée de façon infinitésimale dans chacun d'entre eux ; or celle-ci ne peut être perçue qu'une fois ces détails décantés dans notre mémoire, et c'est précisément ce que permettent les comptes-rendus scrupuleux et en même temps synthétiques de Carver.

Luigi s'arrêta soudain, s'ébrouant comme au sortir d'une légère transe.

– Alors là, chapeau bas, Dottore ! s'exclama June. J'ai été à des tas de cours de littérature où des profs patentés n'étaient pas foutus d'expliquer Carver avec autant de talent.

– Oui, dit Roberto, je regrette de vous avoir interrompu Dottore, si j'avais su que vous alliez aussi bien parler, je me serais tu, humblement. C'est vrai que, pour le coup, ce que vous venez de dire me paraît tout à fait réaliste.

– Oui, remarquable, dit Patrick, cela valait le coup de vous redonner la parole.

– C'est un peu grâce à vous, convint Luigi. Je ne me croyais pas capable d'exprimer tout cela, mais après avoir assisté au numéro de Roberto, j'ai osé laisser parler en moi la marionnette pertinente, celle qu'en fait je rabroue toujours par excès de positivisme, n'oubliez pas que j'ai reçu une formation de médecin.

À cet instant, les nuages qui, depuis un bon moment, avaient commencé à s'accumuler au-dessus de la mer d'arbres s'étendant au pied de notre belvédère, obscurcirent l'espace, plongeant le studio dans une atmosphère fantastique. Au sein de cette pénombre, les masques africains accrochés au mur parurent s'être subitement réinvestis de leurs anciens pouvoirs. Le Dottore s'interrompit et tout le monde se tut, comme si une menace pesait sur l'assemblée. Quelques-uns se levèrent et allèrent jusqu'à la baie pour mieux scruter l'approche de la tempête, bientôt suivis par les autres ; ce qui fit que nous nous retrouvâmes tous alignés à observer les ondulations du vent courant à la surface des frondaisons. Enfin, les premières giclées de giboulée vinrent frapper la vitre, des éclairs zébrèrent l'espace, et la teinte cobalt du ciel s'intensifia vers le bleu le plus sombre, tandis que le tonnerre retentissait dans les hauteurs. Nous demeurions silencieux et il me sembla que chacun ressentait ce coup d'éclat atmosphérique comme la sacralisation de notre petit concile improvisé.

John dit sur un ton ironique :

– Est-ce notre conversation qui a déclenché cette sainte colère ?

Puis, alors que l'orage s'apaisait, il alla refaire du thé et rapporta de quoi grignoter. Nous nous rassîmes tous aux mêmes places – comme si elles étaient déjà devenues les nôtres – et chacun se mit à boire à petits coups, en attente.

Patrick reprit :

– Eh bien, il ne nous reste plus qu'à écouter Emilio et Denis.

– Et toi aussi, fit John, tu n'y couperas pas, désolé, ce serait trop facile !

– D'accord, dit Patrick, puisque vous vous en êtes aperçus… Bon, mais Emilio d'abord.

Emilio, qui n'avait presque pas ouvert la bouche jusqu'ici, parut fort intimidé de devoir prendre la parole devant tout le monde et, après s'être raclé la gorge, dit d'une voix peu assurée :

– En ce qui me concerne, je suis un lecteur assidu mais désordonné et éclectique. C'est-à-dire que j'ai besoin de ma dose quotidienne d'imprimé, sous une forme ou une autre. Je lis un peu tout et n'importe quoi : ce qui me tombe sous la main et retient mon attention. Par contre, je suis incapable de poursuivre aussitôt que ça m'ennuie et je devine qu'il y a des moments où il faut tout de même se forcer un peu, non ? Aussi, j'ai dû manquer pas mal de choses. En réalité, j'ai collectionné au long des années des bouts de phrases et des passages au gré des livres les plus divers. Il y a un côté terriblement autodidacte dans ma culture littéraire, rien de très cohérent, des bribes rassemblées. Je vois donc mal comment je pourrais m'exprimer sur la littérature en général : je ne dispose que d'un bric-à-brac de textes étranges, certains très beaux, les autres juste bizarres.

– Pourrait-on en savoir plus ? questionna Patrick. N'avez-vous pas un carnet sur vous ou peut-être connaissez-vous certains morceaux par cœur ?

– Oui, j'en connais un certain nombre par cœur, je me les récite souvent pour me donner du courage, mais là justement, j'ai mon carnet de croquis où je note des textes aussi.

– Y en a-t-il un que vous pourriez nous lire ?

– Ah, vous voulez ? Attendez... Celui-ci, peut-être, que j'ai noté hier, c'est un extrait du poète florentin Mario Luzi :

> ... ce n'est plus moi, ce sont les arbres heureux
> qui parlent, et les robes et les eaux vives
> dans les chutes, et les villes
> sublimes où montent les sentiers.
> Et cette heure éternellement propice
> qui reste à vivre, dans le soleil,
> haute et toujours future.

– Oui, toujours future... répéta rêveusement Luigi. C'est bien cela et c'est d'autant plus poignant de savoir que celui qui a écrit cela vient juste de se résorber lui-même dans ce futur indéfini et, je l'espère, propice à ses songeries métapsychiques.

– Métapsychique ? dit Patrick. C'est joli. Eh bien, il reste désormais à décider qui de Denis ou de moi va prendre son tour, mais il vaut mieux, comme j'ai dit, laisser Denis conclure tout à son aise. Je me bornerai donc à dire que la littérature représente la seule façon pour moi de vivre plus intensément, d'approfondir ma vision de la vie, d'en rehausser le niveau banal, une façon aussi de l'enrichir de commentaires qui, en quelque sorte, l'enluminent dans les marges, comme un vieux livre d'heures. Je ne suis pas doué pour l'aventure réelle. Or cette sorte de littérature que je pratique, avec son attention portée aux mouvements minuscules…

– Aux mouvements infimes, dis-je.

– Oui, si tu préfères… enfin bref, aussitôt qu'on se glisse dans ce que tu appelais si bien l'autre jour, Denis, le vieux petit temps, où précisément perdurent les mouvements infimes, on se réveille chaque matin passionnément curieux d'observer les fines métamorphoses qui vont enchanter la journée la plus anodine : les moindres oscillations de nos sensations, de nos idées, les variations de tons d'une même couleur selon la lumière changeante, les minuscules différences qui séparent les apparences dans la nature (celles des animaux, des insectes, des plantes, des pierres ou des nuages) ; bref, si l'on se rend attentif au kaléidoscope en perpétuel mouvement du spectacle de l'univers, on n'a plus besoin de se déplacer : tout est sans cesse sous nos yeux à la verticale de nos pieds et, pour moi, je le répète, la pratique de la littérature, qu'elle soit réceptive ou active, est la meilleure gymnastique, la meilleure manière d'entretenir cette salutaire vigilance. En fait, c'est une ascèse minimaliste. Voilà, j'ai fini. Reprenons des biscuits et du thé pour tenir le choc avec les digressions de Denis.

– J'aimerais bien, intervint June, que Denis précise ce qu'il avait commencé à dire tout à l'heure lorsque tu l'as coupé, il semblait vouloir émettre des doutes sur la tactique proustienne de la remémoration.

– C'est-à-dire que je n'émets pas des doutes sur la méthode elle-même, dis-je, mais je ne crois pas du tout que, par rapport à notre besoin de retenir l'essence du temps, ce soit la seule ou la meilleure des tactiques. D'ailleurs, Patrick m'a offert une transition facile. Je crois comme lui, en effet, que cette attention aux détails, cette intégration dans la trame de l'infinitésimal quotidien permet de dilater prodigieusement le temps de nos instants. Pour donner un exemple : nous avons tous dû faire, je pense, cette constatation que le temps que nous vivons à l'âge adulte passe bien plus vite que celui de notre jeunesse, et a fortiori que celui de notre enfance. J'irais même jusqu'à dire qu'une heure d'enfance équivaut grosso modo à un mois d'âge adulte.

– Tant que ça ? Et tu penses qu'il en est ainsi pour tout le monde ? demanda June.

– En fait, cela dépend de notre organisation mentale personnelle, mais, plus on demeure attentif aux variations les plus fines, plus notre temps est long. En revanche, plus nous nous efforçons à la conceptualisation, comme on nous incite sans arrêt à le faire aujourd'hui, plus notre temps va passer vite, car la conceptualisation veut aller à l'essence utile et productive des choses. Or, à l'époque ultra-activiste qui est la nôtre, notre temps mental risque de s'accélérer de minute en minute jusqu'au vertige ! D'où, sans doute, cette pathétique fuite en avant de nos contemporains, perpétuellement en train de vouloir gagner du temps et le dilapidant d'autant plus qu'ils le poursuivent éperdument…

– Tentes-tu de nous faire une démonstration par l'absurde, lança Patrick ? En tout cas, ton exposé gagnerait à être plus accessible au commun des mortels.

– Pardon, si je ne suis pas clair. Disons plus simplement que pour moi la lecture consiste à essayer de ralentir le temps en aiguisant notre perception des choses les plus immédiates. Cette perception, beaucoup ne la connaissent, comme l'a écrit Baudelaire à la suite de Thomas de Quincey, qu'à travers des hallucinations artificielles qui sont naturelles à l'enfant et au poète véritable – lequel serait celui qui parvient à préserver son âme enfantine au sein de l'âge adulte.

– Selon vous, donc, intervint Roberto, la plupart d'entre nous, ici même (mais je ne voudrais offenser personne), auraient donc réussi à tirer leur épingle du jeu ?

– Oui, tout à fait. Et pour continuer sur ce que je disais...

– Oh, oui, oui, excuse-nous, ricana Patrick.

– Pour continuer, donc, puisque c'est *enfin* mon tour de parler, je dirais que cette opération de ralentissement du temps est un des résultats majeurs de l'ascèse pratiquée par le bouddhisme chan et, d'après ce que j'ai cru comprendre, la maîtrise de cette discipline permet même, au bout d'un moment, de vivre la vie de tous les jours dans cet état de temporalité ralentie.

– Ainsi, fit John, les maîtres n'ont pas besoin de s'agiter de façon frénétique pour avoir l'impression de vivre pleinement, c'est pourquoi, par exemple, on les rencontre rarement dans les courses de Formule 1.

– Pas sûr, rétorquai-je, car beaucoup de grands sportifs connaissent de manière naturelle, sauvage disons, cette donnée psychique, et cela leur permet, même à très grande vitesse objective, de voir les choses arriver à travers une sorte de calme presque onirique, ils passent dans ce qu'ils appellent la zone...

– Ils ne se différencieraient pas des poètes, alors ? lança Silvina.

– Tu pousses le bouchon un peu loin avec ton goût des paradoxes, s'exclama Patrick. Car les poètes, généralement, détestent le vacarme et l'agitation stérile et peut-on faire plus stérile et plus bruyant que ce désir de tourner en rond pour le simple plaisir douteux de la performance chronométrique ?

– Oui, c'est probable, fis-je, mais je hasarderais qu'ils sont peut-être des poètes dévoyés et qu'au cœur même de la littérature la même ambivalence se retrouve : d'une part, il y a ceux qui écrivent pour approfondir et partager leur bonheur, d'autre part, ceux qui ne le font que dans une optique de valorisation d'eux-mêmes, retombant par ce biais dans le monde de la performance ; et les deux espèces sont toujours en danger de se laisser prendre dans le maelström de la création activiste…

– Ça, c'est sûr ! confirma John. Dès le premier prix littéraire, il faut commencer à sacrément ruser pour ne pas se laisser happer par le système…

– Oui, mais vous êtes quand même bien contents de les obtenir ces prix, non ? dit Silvina.

– C'est vrai, dit John, il nous faut bien survivre, nous adapter tant bien que mal à notre époque. Les héros sont une espèce en voie de disparition et, pour ma part, je suis bien trop hédoniste pour en être un.

– Les Chinois anciens, auxquels je faisais allusion tout à l'heure, poursuivis-je afin de ne pas laisser mon temps de parole être dissous dans la conversation générale, pensaient que pour lutter efficacement contre un ennemi trop puissant, il vaut mieux se fluidifier et tenter de l'infléchir de l'intérieur.

– Belle idée, dit Emilio. Mais je doute que l'art ou la littérature puissent jamais influer sur l'orientation du monde actuel…

– Moi aussi, acquiesça June. Encore moins aux États-Unis.

– Il y a peu de chances, en effet… admis-je. Mais peut-être s'agit-il alors de lutter pour la seule gloire de rester soi-même. Pour le panache existentiel !

– Le panache participe-t-il des mouvements infimes ? demanda Graziella.

– Euh… non, non, je me suis laissé emporter par le démon de la métaphore, vous avez raison, Graziella, encore que, en observant certains insectes relativement minuscules, on puisse être étonné de leur volonté tenace à défendre leurs couleurs, pourrait-on dire. Certains scarabées, par exemple, arborent des parures tellement ostentatoires qu'on a vraiment l'impression qu'ils mettent un point d'honneur à nous épater, non ? Et lorsqu'on avance l'explication de la parade sexuelle, on n'a certainement pas tout dit, ne croyez-vous pas ? Certaines fleurs aussi, même parmi les plus sauvages ou les plus discrètes, si on prend la peine de les regarder…

– Et avec leur corollaire, les papillons, lança Emilio.

– Bon, nous nous égarons dans le naturalisme, intervint Patrick. Veux-tu bien nous dire maintenant quel est le rapport entre ce ralentissement du temps et ta pratique littéraire ?

– Eh bien, je me suis toujours servi de la lecture pour essayer d'affiner ma vision poétique du monde, pour résister à l'embrigadement par le travail, à l'esclavagisme crypto-industriel dans lequel on voulait m'enrôler dès l'école. J'ai passé mon temps d'études secondaires à lire à la bibliothèque du lycée – essentiellement l'intégralité des nouvelles de Tchekhov et les auteurs russes – et cela m'a permis de conserver un certain contact avec l'esprit d'enfance.

– Et l'écriture alors ? demanda Patrick.

– Avant tout, dis-je, ça a été ce besoin irrépressible, je crois, de partager mes découvertes – littéraires ou autres – avec autrui, et comme je me suis vite aperçu que c'était très difficile de le faire de façon immédiate, j'ai décidé de les consigner dans un carnet, avec la vague idée de m'adresser un jour, via une éventuelle publication – longuement retardée, il faut l'admettre – aux nombreux amis futurs que je n'ai jamais douté d'avoir, et je pensais bien puisque, aujourd'hui même, le destin en a réuni huit qui m'écoutent ici avec bienveillance…

– Oui, mais prends garde à ne pas les lasser, prévint Patrick.

– Tu as raison, mais je termine. J'ai donc éprouvé ce besoin de partager, non seulement avec mes amis inconnus disséminés de par le vaste monde, mais aussi avec ceux du passé et de l'avenir, car pour moi écrire a toujours été une tentative de m'insérer dans la longue chaîne des générations passées et à-venir, de recueillir ce qui méritait d'être sauvé des mains de mes prédécesseurs pour le transmettre à mes successeurs, pour que se perpétue la représentation du monde qui nous rassemblait. Et puisque Emilio a ouvert la voie dans ce sens, je vais, moi aussi, pour conclure, vous réciter un petit poème qui me paraît illustrer mon propos. Il est d'une poétesse française tombée dans l'oubli, au style désuet peut-être, mais singulièrement expressif. Il s'intitule « Appel » et a été écrit par Anna de Noailles :

Vous qu'étant morte j'aimerai
jeunes gens des saisons futures,
lorsque mêlée à la nature
je serai son vivant secret,
j'ai mérité d'être choisie
– perpétuité des humains ! –
par votre tendre fantaisie,
car lorsque sur tous les chemins,
je défaillais de frénésie,
je tremblais d'amour et de fièvre,
j'ai soulevé entre mes mains
une amphore de poésie
et je l'ai portée à vos lèvres !

– C'est une belle définition du projet littéraire, dit June. Car aussi vaniteux que nous puissions être, nous autres écrivains ou écrivailleurs de toutes extractions, nous sommes tous portés par ce besoin de transmettre et de promulguer la joie intime de nos meilleurs instants.

Un silence à la fois respectueux et gêné accueillit l'exclamation enthousiaste de June. Tout le monde semblait un peu embarrassé de devoir être confronté à cet aveu lyrique si peu en accord avec le cynisme désabusé auquel paraissait vouloir nous contraindre le nouveau millénaire commençant. Pourtant, au bout d'une longue minute, ce fut Patrick qui rompit le silence en murmurant :

– Voilà, me semble-t-il, une parfaite conclusion à notre décisif colloque de cette après-midi, ne croyez-vous pas ?

Et, comme si effectivement notre colloque informel avait atteint son achèvement naturel, nous nous levâmes tous presque en même temps et sortîmes sur la terrasse. La pluie avait cessé et un fin brouillard flottait au-dessus des arbres, telle la condensation vaporeuse de nos propos de l'après-midi.

18

Le prince Ernesto Guidarelli nous ayant invités dans sa propriété près de Grosseto pour le week-end, j'avais été prié de ne pas oublier ma raquette car le prince, grand amateur de tennis, m'avait-on dit, et ayant même atteint un très honorable niveau dans sa jeunesse, s'obstinait à taper la balle quotidiennement sur son court privé.

En suivant l'allée bordée de cyprès qui menait au palazzo, nous comprîmes que nous pénétrions dans l'un de ces endroits préservés dont la vieille Italie a le secret. C'était un parc immense et vallonné dont les différentes parties avaient été composées dans des styles variés. Ici un jardin à l'anglaise, là un jardin japonais, plus loin un parc à la française ou encore une amorce de forêt climacique. On pouvait remarquer cependant que le tout n'était pas parfaitement entretenu, ce qui conférait d'ailleurs un charme décadent à cette « folie » du XVIIIe. Débouchant enfin sur le terre-plein devant la demeure, nous pûmes apercevoir un peu plus loin, enserré dans un bosquet d'arbres et non loin d'un grand bassin agrémenté de statues à moitié en ruine et de jets d'eau hors d'usage, le tennis en terre battue qui semblait, pour sa part, en parfait état.

Après qu'une vieille gouvernante boiteuse et volubile nous eut montré nos chambres, je me rendis sur le court. J'y trouvai le prince en train de vérifier la hauteur du filet avec une sorte de fil à plomb qu'il prétendit par la suite avoir acheté tout spécialement à Wimbledon. Il était en compagnie de deux autres joueurs en grande tenue qu'il me présenta, l'un comme étant son cousin, Ottavio, un grand blond à l'allure mélancolique, et l'autre son majordome et néanmoins partenaire, Nono, un brun râblé au sourire chafouin – dont le surnom de compétiteur me fut immédiatement révélé : Il vampiro del campo !

Pour l'heure, une discussion s'était élevée entre les trois à propos de la hauteur des piquets de simple que Nono prétendait avoir été de tout temps trop hauts et qu'il s'efforçait de faire changer au prince : il suffisait d'en commander de nouveaux au menuisier du village et on les aurait le lendemain. Mais ni le prince ni le cousin ne l'entendaient de cette oreille.

– C'est la même comédie chaque année, me dit Ernesto. Il veut faire changer les piquets. Il se peut bien qu'ils aient été taillés un peu haut par l'homme à tout faire de mon grand-père, c'est entendu, mais cela fait quarante ans qu'on joue avec et je ne vois pas de raison vraiment fondamentale de les changer aujourd'hui, d'autant plus qu'ils sont d'époque, en ébène, et d'une solidité à toute épreuve.

– Nono veut changer les poteaux, dit alors Ottavio, parce que c'est un « passeur » et évidemment ça l'arrangerait de baisser un peu le filet sur les côtés pour mieux nous humilier lorsque nous montons superbement au filet, nous, alors que lui nous attend en embuscade au fond du court sans jamais prendre le moindre risque. Que voulez-vous, me dit-il en français pour que Nono ne puisse comprendre, c'est un des aspects déplaisants des revendications populaires d'aujourd'hui.

– Oui, Excellence, vous avez raison, rétorqua Nono au prince, mais tout de même cinq centimètres, c'est beaucoup. Le jeu s'est démocratisé de nos jours et nous avons le droit, jusque dans le parc de Leurs Seigneuries, que les filets soient placés à la hauteur réglementaire. Ça fait partie des droits de l'homme, ça aussi !

– D'abord, répliqua Ernesto, il faudrait que tu prouves que tu es véritablement un homme. Nous, nous connaissons une espèce de monstre infatigable et sournois nommé « Il vampiro » qui reste planqué en fond de court et profite lâchement de la moindre défaillance dans notre élégant système de jeu pour marquer mesquinement des points dans un style exécrable qu'on peut difficilement qualifier d'humain.

– Oui, ricana Ottavio, lorsqu'il joue, nous sommes obligés d'interdire aux enfants et aux femmes de s'approcher du court, tellement c'est affreux à voir !

– Mais c'est que moi, je n'ai pas appris à jouer avec un grand professeur de Milan, se défendit Nono. J'ai appris tout seul en face du mur et comment voulez-vous monter au filet contre un mur ?

Il y eut un silence marqué, puis le prince finit par me dire :

– Le problème avec lui, c'est qu'il n'est pas seulement un redoutable crocodile au tennis, il est aussi capable de déployer une logique imparable.

– Et de discuter les balles sur les lignes pendant des heures, ajouta Ottavio. Avec lui les parties de tennis peuvent facilement tourner à l'argumentation juridique détaillée.

– Mais Leurs Seigneuries ne voudraient tout de même pas que je les laisse gagner seulement pour leur faire plaisir, Son Excellence me l'a assez répété : ce serait la pire injure à lui faire !

– Voyez, dit Ottavio, c'est comme au tennis, il a réponse à tout.

– De là à empocher toutes les balles litigieuses, dit Ernesto, il y a une marge tout de même.

– Que voulez-vous, dit alors Nono d'un air contrit, nous autres, pauvres malheureux, nous grappillons tout ce que nous pouvons : il est vrai que si je peux prendre un point, je le prends, honnêtement ou non, un point est un point.

– Ce qu'il a de très fort, commenta Ottavio à mon intention, c'est qu'il est capable d'avouer honnêtement sa malhonnêteté. Puis, s'adressant à Nono : Où as-tu appris à argumenter aussi intelligemment ?

– À l'école de la vie, Votre Excellence, à l'école de la vie !

– Comme si nous ne vivions pas nous aussi, remarqua le prince.

– C'est-à-dire que vous, votre vie ne vous oblige pas à mentir ni à rester en fond de court, nous, on fait avec ce qu'on a, voyez-vous.

– Oui, tu as raison, une fois de plus, concéda Ernesto. N'empêche que je préférerais n'être pas obligé de surveiller constamment les lignes. Avec toi, je n'arrive plus à m'amuser tu comprends ?

– Là, tu es de mauvaise foi, Ernesto, s'exclama Ottavio. Tu sais très bien que tu ne t'es jamais amusé au tennis, loin de là même : c'est pour toi une passion dévorante.

– Oui, c'est vrai, je dois admettre, dit-il en se tournant vers moi d'un air un peu las, que je me suis pris d'addiction pour ce jeu. C'est terrible ! Je n'en dors pas la nuit lorsque je perds des balles de match faciles, comme l'autre jour au tournoi de Sienne. 5/3 40-15 pour moi sur mon service, et je trouve le moyen de me faire flanquer deux retours gagnants le long de la ligne sur le coup droit de ce crétin qui n'avait aucun revers. C'est insupportable !

– J'avais pourtant fait signe à Son Excellence de servir sur le revers.

– Oui, oui, je sais, dit Ernesto, j'aurais dû t'écouter, mais j'ai cru qu'il allait penser que je servirais précisément sur son point faible et qu'il fallait donc mieux essayer de le surprendre.

– D'accord, Excellence, mais deux fois de suite !

– Bah, la seconde fois j'ai cru qu'il allait penser que je n'oserais pas recommencer. Ah, mais je m'en veux, je m'en veux ! Si tu savais comme je m'en veux !

– Je suis certain que si nous nous préparons correctement, dit Nono, nous nous rattraperons au tournoi de San Geminiano, la semaine prochaine, d'autant plus que les courts sont bien secs et que votre service y sera très efficace.

– Mon service, mon service… Parlons-en, je ne sais pas ce qui m'arrive, je n'en passe plus un depuis un mois, j'ai perdu mon geste. Enzo (C'est mon entraîneur de Grosseto, me dit-il) m'avait pourtant bien montré comment faire, mais j'ai dû modifier le geste inconsciemment depuis, et en plus il est à présent parti en voyage. Ah, mais au fait, mon cher Denis, Silvina m'a dit que vous avez longtemps enseigné le tennis, vous êtes providentiel : vous allez pouvoir me corriger ce satané service défectueux.

– Bien sûr, si je peux.

– Bon, eh bien, parfait. Commençons par un petit set de double, tous les quatre, je me mettrai avec Denis pour qu'il puisse observer mon service. Et puis comme ça, on verra bien s'ils arrivent à nous passer ; on m'a dit que vous étiez un joueur de volée, non ? Allez vite vous changer !

Pendant que les trois autres commençaient à s'échauffer, je remontai me mettre en tenue et lorsque je revins, nous entamâmes le set. Sur mon service, Ernesto se plaçait au filet en prenant une attitude exagérément concentrée, les jambes beaucoup trop écartées, et c'était donc un jeu d'enfant pour Nono de le lober en retour, ce qui fait que, devant lober à mon tour sur la relance et dans le dos de mon partenaire, nous devions ensuite essuyer les smashes impeccables d'Ottavio, venu se placer au filet. À la fin du set que nous perdîmes sans coup férir et voyant qu'il en était affecté, j'en fis la remarque au prince qui, prenant un air navré, me répondit :

– Enzo me l'a déjà dit cent fois, mais le problème est que je n'arrive pas à m'en souvenir et aussitôt que je suis dans l'action, je reviens à mes mauvaises habitudes. Comment pourrais-je procéder à votre avis, Denis ?

– Tu es aussi assez têtu, il faut bien le dire, lança Ottavio.

– C'est vrai, je suis têtu comme ma mère, reconnut Ernesto, mais j'aimerais tellement m'améliorer quand même.

– Il y a un moment, dis-je, où il faut accepter de perdre des points pour changer ses habitudes.

– Il n'en est pas question ! s'écria Ernesto. Plutôt mourir que d'abandonner un point délibérément.

– Mais tu ne progresseras jamais, alors, dit Ottavio. Regarde pour mon smash, tu te rappelles que je n'osais pas en essayer un seul, il y a encore deux ans, et maintenant tu vois, c'est parfait ! Eh bien, si tu savais combien j'ai pu en manquer au début, mais je me suis obstiné et le résultat est là.

– Tu veux dire que sur une balle de match pour toi, contre un adversaire antipathique et en étant très peu sûr de réussir ton nouveau coup, tu aurais été capable de le tenter coûte que coûte ?

– Exactement. Et je peux même te dire que j'ai perdu plus d'un match comme ça, au début.

– Ah, mais c'est ça, c'est tout à fait ça. Je ne pourrai jamais progresser, je suis incapable de raisonner ainsi contre un adversaire antipathique.

– Si je puis me permettre, Excellence… dit Nono.

– Je t'en prie, Nono, accable-moi !

– Nullement, nullement, Votre Excellence. Je voudrais simplement vous faire remarquer qu'au tennis, à partir d'un certain moment, au cours d'un match disputé, n'importe quel adversaire devient terriblement antipathique.

– Une fois de plus, tu as raison, Nono, que ferais-je sans toi ? Il faut que je me raisonne et que j'apprenne à reculer pour mieux sauter.

– Et en l'occurrence, ce que te dit Denis, c'est que tu ne peux smasher au filet sur les lobs parce que, avec les jambes aussi écartées, tu ne peux te relever à temps pour sauter.

– Oui, oui, j'ai compris. Pas besoin d'insister à ce point. Je suis têtu, c'est entendu, mais je peux comprendre la théorie. Enfin nous verrons bien. Maintenant trêve de palabres, allons-y. Je vais essayer loyalement votre système, aussi déstabilisant puisse-t-il être pour une vieille baderne comme moi.

Nous reprîmes le jeu et cette fois-ci, voulant bien faire, Ernesto se plaça au filet beaucoup trop près, tout à fait droit, les yeux au ciel en prévision du lob, et il fut facile à Nono et Ottavio de jouer directement sur lui pour l'empêcher de se dégager, ce qui fait qu'à chaque fois la balle vint le frapper en plein ventre sans qu'il ait pu esquisser le moindre geste. Au bout de la six ou septième fois, il se tourna vers moi et me lança sur un ton de reproche :

– Voyez, ça ne marche pas !

– C'est-à-dire que vous passez d'un extrême à l'autre. D'abord il faut ne pas vous placer ventre au filet, et ensuite vous relever un peu pour être dispos sur vos jambes et pouvoir parer à la fois à l'éventualité du lob et à celle de la balle directe. Il faut donc choisir un moyen terme.

– Ah oui. Vous faites là une remarque cruciale, cher Denis, je ne suis effectivement pas l'homme des moyens termes, ce doit être pour cela que j'ai tant de mal au tennis, parce qu'il faut sans cesse faire des compromis et que c'est presque impossible pour moi. J'aimerais tant cependant…

– Pourtant à force de jouer avec Nono, tu devrais avoir acquis un peu plus de souplesse mentale, dit Ottavio.

– Ah, c'est sûr. Mais vois-tu sa façon de jouer me révulse tellement : toutes ces balles travaillées, ces lifts, ça va tellement à l'encontre de mon éthique ! Moi, je veux gagner en jouant à plat, des balles bien franches, avec de belles trajectoires, du grand art, pas du traficotage avec des coups vicieux… Pousser l'adversaire à la faute ne m'intéresse pas, ce que je veux, moi, c'est le soumettre en gagnant les points au filet, avec maestria, comprends-tu ?

– Il y a loin de la coupe aux lèvres, murmura Ottavio comme pour lui-même.

– Justement, c'est ça qui est amusant, dis-je à mon tour. Ce défi de devoir imposer son style impeccable à un style déviant.

– Tu ne voudrais tout de même pas que tout le monde joue de la même façon, renchérit Ottavio à l'adresse de son cousin. Ce serait d'un ennui !

– Oui, mais toi, tu en parles à ton aise parce que tu le bats régulièrement, mais mets-toi à ma place, je ne gagne jamais un set contre lui, j'ai beau m'entraîner avec Enzo : rien à faire.

– Je vous laisserais bien gagner de temps en temps, Excellence, mais vous m'avez bien expliqué que ce serait la pire des choses à faire, alors…

– Ah, ça, c'est sûr ! Si je devais jamais soupçonner que tu fais ça, je te congédierais sur-le-champ, tu le sais !

– Oui, oui, je le sais, marmonna Nono.

Je pris conscience que la situation ne pouvait évoluer car Nono, qui n'était pas un professionnel, ne possédait pas une technique suffisante pour donner le change à son adversaire en le laissant gagner sans qu'il s'en aperçût. En outre, le lui suggérer en catimini risquait au contraire, l'obligeant peut-être à mal dissimuler, de faire empirer les choses. Je décidai donc – ainsi que le recommandent les maîtres orientaux dans les situations délicates – de renoncer à intervenir et de laisser les choses aller leur train coutumier. Nous perdîmes donc le set suivant tout aussi résolument que le précédent car Ernesto, trop concentré sur son smash éventuel, alla même jusqu'à manquer les volées les plus évidentes qu'Ottavio, visiblement habilité, lui, à être charitable avec son cousin, lui donna dans la raquette.

– Voilà, c'est toujours comme ça, soupira Ernesto. Aussitôt que je cherche à réfléchir sur mon jeu, c'est pire encore ! En plus j'ai bien vu que tu me donnais la balle, Ottavio, ce qui est encore plus humiliant pour moi. Je suis véritablement désespéré, je ne sais que faire.

– Il faudrait, dit Ottavio, que tu prennes le tennis moins au sérieux et peut-être alors commenceras-tu à te détendre et à progresser insensiblement.

– Même ça, ça ne marche pas, j'ai essayé et ça n'a pas marché ! Et puis comment veux-tu que je fasse avec ma mère qui me met la pression depuis que j'ai douze ans, il n'y a que ça qui compte pour elle. Mon diplôme de l'École polytechnique de Paris, celui de l'École supérieure d'administration, ma gestion de la société familiale, mes succès féminins, mon mariage et mes enfants, enfin tout ce que j'ai pu réussir dans la vie ne compte pas pour elle, en comparaison du tennis. C'est à elle qu'il faut que tu dises ça. Elle m'a contaminé et je n'arrive pas à me sortir de ça. À quatre-vingt-quinze ans, dit-il en se tournant vers moi, Amalia se lève la nuit à quatre heures du matin pour regarder les Internationaux d'Australie ou d'Amérique. Et vous savez, Denis, ce que sont, hélas, les mères pour nous, ici, en Italie où, de plus, la psychanalyse est presque inexistante… C'est infernal !

– Il est vrai qu'Amalia est une vraie mordue, attesta Ottavio. Mais à cinquante-quatre ans, tu devrais tout de même être capable de prendre de la distance et de lui résister.

– Mais demande à Nono, lorsque je pars en tournoi, elle me téléphone deux fois par jour pour connaître mes résultats contre des joueurs minables, en simple, en double… et même en mixte, lorsque c'est le cas.

Nono acquiesça de la tête puis ajouta :

– Nous sommes parfois obligés de mentir à la mère de Son

Excellence en cas de trop mauvais résultats, car c'est une très vieille dame et il faut ménager son cœur.

– Oui, vous voyez, dit Ernesto, il n'y a aucun moyen de s'en sortir, mais enfin je vais cesser de me plaindre, il existe des situations pires que celle-ci. Et puis, de toutes les façons, je suis devenu philosophe, j'ai résolu de n'être qu'un éternel apprenti. Dès lundi prochain, j'attaque un nouveau geste de revers qu'Enzo a promis de m'enseigner à son retour, dit-il avec une flamme d'exaltation dans le regard. Je compte beaucoup là-dessus et alors, nous verrons ce que nous verrons, et toi-même, Nono, il faudra que tu te tiennes à carreau, après ça.

– Mais rien ne me ferait plus plaisir, Excellence, assura Nono.

– Tu veux dire que tu t'ennuies à jouer avec moi, n'est-ce pas ? C'est ça, dis-le !

– Absolument pas, au contraire, Excellence, si vous saviez quelle chance ça peut être pour moi de battre Son Excellence à chaque fois, un seigneur comme lui ! Toute ma famille en est fière ; chaque soir, je leur raconte nos matches et c'est un grand honneur pour nous.

– Oui, oui, très bien, j'en suis heureux pour toi et les tiens, Nono, mais sache qu'aussitôt que j'aurai ce nouveau revers, ta famille risque de déchanter.

– Oh, mais détrompez-vous : ils en seraient ravis et puis moi, je ne joue que pour faire plaisir à Son Excellence, parce que le tennis, vous le savez, ce n'est pas un sport que j'aime tant que ça.

– Oui, tu préfères le foot, n'est-ce pas ?

– Tout à fait, Excellence, tout à fait. Le foot, c'est ma vie et je suis prêt à mourir pour voir la Fiorentina gagner le championnat.

– Je sais. D'ailleurs tu joues au tennis comme un arrière central, tu fais le catenaccio, tu ne laisses rien passer.

– Oui, oui, on est comme ça, nous autres : on ne laisse rien passer.

– Bon, eh bien, espérons que je parviendrai un jour à imposer mon style de jeu malgré ce verrou implacable.

– Quoi qu'il en soit, ironisa Ottavio, l'important c'est la part du rêve, non ?

– Pas pour moi, répliqua fermement Ernesto, pas pour moi. Je suis un réaliste.

– Mais peut-être est-il plus réaliste de croire en nos rêves, laissai-je échapper.

– Comment ? Je n'ai pas saisi ce que vous venez de dire.

– Pardonnez-moi, je me parlais à moi-même.

– Ah bon, je préfère. Mais il est l'heure d'aller déjeuner, mère doit s'impatienter.

Nous allâmes donc déjeuner et je fus placé – à la grande table dressée sous la véranda – en face de la vieille Amalia. Celle-ci avait fait son apparition soutenue par deux gouvernantes qui l'avaient ensuite aidée à s'asseoir. En dépit de sa difficulté à se déplacer, la vieille dame, comme je pus le constater, n'avait rien perdu de son agilité mentale et nous passâmes le repas entier (Ernesto s'étant placé à côté de sa mère pour participer à notre conversation, tandis que le reste de la tablée parlait littérature et édition) à nous entretenir des champions du passé, qu'elle avait tous vus jouer et dont elle conservait des souvenirs d'une précision étonnante.

– Ah, le beau Nicola, s'exclama-t-elle, en parlant de Pietrangeli, quel revers ! N'est-ce pas ? Le plus beau de l'époque. Personne ne pouvait le battre sur une terre battue un peu lourde, parce que son passing de revers, pris au dernier moment et négocié avec l'ultime coup de poignet inattendu, était tout simplement génial ; c'était sa lenteur et sa précision qui prenaient l'adversaire à contre-pied. Ah oui, c'était du grand art italien, l'égal d'un Léonard de Vinci ou d'un Michel-Ange, voyez-vous.

– Oui, vous dites vrai, acquiesçai-je. Je l'ai d'ailleurs vu battre Emerson en trois sets sévères, à Roland-Garros, précisément parce que, alors qu'il n'avait a priori que très peu de chances, ils sont entrés sur le court juste après un orage. Et à l'époque, on ne bâchait pas.

– Ah oui, je m'en souviens. Et Beppe Merlo ? Ce petit bonhomme pas du tout athlétique qui jouait avec des raquettes complètement détendues et utilisait un des premiers revers à deux mains du tennis : il pouvait passer dans toutes les positions, non ? Fausto Gardini, « Il vampiro del Porro Lambertenghi », vous souvenez-vous de lui ? Imbattable sur son court du TC Bonacossa, encore que lui évidemment c'était le début du tennis démocratique que je n'apprécie pas trop – des gestes affreux –, mais je dois m'incliner devant son courage, sa ténacité et son coup d'œil. Oui, c'est étonnant. Et vous savez que c'est pour cette raison que nous appelons le majordome de mon fils « Il vampiro ». Enfin, il faut admettre que les classes populaires en Italie ont des qualités remarquables ; regardez par exemple : n'ont-elles pas la meilleure cuisine possible ?

– Si, approuvai-je, c'est tout à fait mon avis, le plus petit restaurant ici sert une cuisine supérieure à n'importe quel restaurant moyen dans le reste du monde.

– Accessoirement, je voulais justement vous dire, murmura la princesse en se penchant vers moi, puisque Antonella a fait des spaghettis que vous avez l'air de beaucoup apprécier, Dieu merci, et que vous avez cru plus poli de saisir la cuillère à potage pour les rouler, que selon les usages du monde, en Italie, on ne fait pas du tout ainsi.

– Ah bon, et comment fait-on, donc ?

– Eh bien, on laisse les pâtes pendre en dehors de la bouche et on les coupe d'un coup de dents sec pour les laisser retomber dans l'assiette, tout naturellement, voyez-vous. La cuillère, c'est bon pour les restaurants italiens petits-bourgeois en France. Mais revenons-en à notre sujet : les avez-vous vus jouer tous ceux dont je vous ai parlé ?

– Merci pour la leçon, d'abord, fis-je. Et bien entendu, je les ai vus jouer ; c'étaient de vrais phénomènes. Vous avez souvent eu des joueurs atypiques en Italie…

– Oui, c'est vrai. Vous savez, mon mari était président de la ligue de Toscane et dans les années cinquante, nous allions à tous les grands tournois d'Italie et même d'Europe. J'ai suivi tous les matches importants. Nous étions de vrais fanatiques, Giorgio et moi. Notre grand espoir était qu'Ernesto devienne un champion, lui aussi. Hélas, après une excellente carrière en juniors – il a été champion de Toscane, vous savez –, eh bien, il a laissé tomber le tennis pour les études. Oui, dit-elle d'un seul coup songeuse, ça a été une grande déception pour nous, voyez-vous.

– Ça n'intéresse pas Denis, que vous lui parliez de cela, mère, et puis vous savez bien que je ne me suis tourné vers les études que parce que j'étais trop nerveux et pas assez athlétique pour une grande carrière tennistique.

– Oui, mais tu aurais dû t'obstiner un peu plus, tu as renoncé trop tôt, enfin heureusement, maintenant tu as compris et tu es revenu dans le droit chemin. J'aimerais tant que tu gagnes le championnat des plus de cinquante ans, Ernesto ! Tu le sais, rien ne pourrait me faire plus plaisir avant de mourir.

– Je sais, mère, je sais, et je m'y efforce, dit Ernesto, bizarrement ému, en lui prenant la main. Je compte beaucoup sur ce nouveau revers dont m'a parlé Enzo.

Il y eut un silence où ils se regardèrent avec tendresse, puis la vieille dame reprit :

– Mais justement, à ce propos, mon fils m'a dit que vous aviez abandonné le tennis pour la littérature, est-ce Dieu possible ?

– Hélas, oui, madame, j'ai fait cette bêtise, mais il fallait bien changer un peu de divertissement.

– De divertissement ! s'exclama Amalia en riant. Parce que vous croyez que pour nous, les Guidarelli, le tennis est un divertissement ? (Et je n'aurais su dire si elle plaisantait ou non à cet instant.) Pour nous le tennis est toute la vie et plus que la vie : un art suprême dans lequel nous plaçons notre bonheur et notre honneur familial. Savez-vous, puisque Ernesto m'a dit que vous étiez joueur de paume, que mes aïeux furent les meilleurs joueurs de paume d'Italie sur le court de Padoue et même que l'un d'entre eux a été tué d'une balle reçue en pleine tête ? Or nous avons toujours considéré – j'entends encore mon père le déclarer à cette table même – que cette mort était plus glorieuse que celle de tous ceux tombés au combat car, au moins, c'était une mort utile démontrant l'importance primordiale du jeu ; tandis que les morts pour le roi ou pis, pour la patrie, n'étaient que des sacrifices désespérément gratuits.

– Il faut que vous nous expliquiez ce paradoxe, madame, dit Patrick qui, placé non loin, avait tendu l'oreille à nos propos.

– Eh bien, tout simplement parce que les héros guerriers tombent au nom d'idées prétendument supérieures dont nous devrions leur être redevables, mais les pauvres, hélas, ne sont que les dupes, à chaque fois, d'imbroglios absurdes entre les gouvernants du moment, voire des caprices des grands de ce monde (et la démocratie et leurs prétendues lois économiques n'y ont rien changé), car lorsqu'on examine les choses d'un peu près, ce sont toujours des raisons fortuites et extravagantes qui poussent les peuples à la guerre et, de surcroît, à peine une décennie plus tard, les enfants de ces prétendus héros ont complètement renié les valeurs pour lesquelles s'étaient sacrifiés leurs aînés. La guerre de 14-18 est exemplaire à ce titre, n'est-ce pas ? À quoi ont donc servi tous ces morts, voulez-vous me le dire ? À édifier dans tous les villages de beaux monuments funéraires auxquels personne ne prête plus guère attention ! Alors que ceux qui meurent en jouant, en se démenant comme de beaux diables pour simplement rattraper une petite balle, savent parfaitement qu'ils ne font qu'être soumis aux caprices des faux rebonds, et cela, tout de même, a plus de sens et surtout beaucoup plus d'allure, non ?

– À moins de considérer, ma tante, dit Ottavio, que la guerre elle-même n'est qu'une sorte de jeu absurde et arbitraire, et tout aussi gratuit que le reste.

– Peut-être, répliqua la princesse, mais le grand inconvénient est que les règles n'en sont pas claires et rarement respectées, et qu'il n'y a aucun fair-play de la part des adversaires en présence ; de plus, la logique industrielle du chiffre prédomine, qui occasionne des boucheries innommables, et la logistique déployée pour en arriver au plaisir éventuel du jeu (si tant est qu'il puisse résister à une telle gabegie) est d'une lourdeur, d'un ennui laborieux, d'une cruauté inutile et surtout d'un mauvais goût terriblement choquant, j'en ai peur… Non, les jeux de balle demeurent légers, pleins de grâce et de charmants imprévus, ils sont un symbole de la belle gratuité de l'existence ici-bas, il s'agit de jouer comme on danse sa vie, sans s'encombrer de toute cette rhétorique ridicule et nauséabonde sur le sacrifice pour la patrie. Mais je deviens lyrique, pardonnez-moi.

– Vous en parlez à votre aise, mère, remarqua Ernesto, parce que vous n'avez pas à subir les passings sournois de Nono.

– Mais, bonté divine, s'impatienta sa mère (et là je vis qu'elle ne plaisantait ni ne philosophait plus), je t'ai seriné cent fois que tu montais toujours sur son revers, quand c'est son meilleur coup !

– Oui, c'est vrai, mais je n'arrive pas à monter sur un coup droit, c'est plus fort que moi, c'est une inhibition, je ne vois guère qu'une psychothérapie pour…

– Mais quelle horreur ! Cesse de proférer des insanités, Ernesto. Une psychothérapie pour guérir de la trouille de monter sur le coup droit de ce pauvre Nono ! Parfois, Ernesto, je me demande si tous tes diplômes ne t'ont pas ôté le sens commun.

– Cela dit, ma tante, intervint vivement Ottavio afin de faire diversion, pour en revenir à votre appréciation des jeux de balle, vous n'y incluez pas, j'espère, le football de l'équipe nationale italienne qui n'a plus rien de léger ni de gracieux, croyez-moi.

– Peut-être, mes enfants, peut-être, je n'arrive pas à me passionner vraiment pour le foot. Surtout avec cette satanée règle du hors-jeu à laquelle je n'arrive pas à m'habituer. Encore le basket, le rugby, le hand-ball, le volley, le tennis de table sur Eurosport, je ne dis pas. Bon et puis, Ernesto, nous étudierons tes insuffisances techniques plus tard, je voudrais savoir pourquoi notre ami français a abandonné le tennis. Alors, dites-moi ?

– Eh bien, à vrai dire, je n'ai jamais complètement abandonné, je continue de jouer pour le plaisir ; j'ai seulement arrêté la compétition…

– Mais la compétition, s'écria la princesse, c'est l'âme de la vie ! Je veux dire la vie qui en vaut la peine, la vie amusante, et si les règles du savoir-vivre y président, il n'y a rien de plus nécessaire. Vraiment vous me décevez beaucoup, cher ami. Quelle erreur ! Et tout ça pour écrire des livres. Mais que comptez-vous obtenir avec toutes ces belles paroles imprimées que tout le monde aura oubliées, une fois le livre refermé ? Rester cloîtré des journées entières à remplir des cahiers pour un résultat hypothétique, alors que le soleil brille et que la vraie gloire vous tend les bras sur un beau court de terre battue où vous pourriez avoir le plaisir immédiat d'exécuter une splendide volée basse croisée intouchable pour l'adversaire, dont vous pourriez ensuite rêver pendant des heures, avec la satisfaction du beau geste accompli. Ça, c'est du solide, du vrai bonheur de vivre. Mais la littérature, vraiment, excusez-moi, quelle énergie dépensée en pure perte.

Il y eut un moment de silence après cette profession de foi à laquelle la tablée – interloquée dans son ensemble – avait fini par prêter l'oreille, puis la princesse reprit en s'adressant à moi :

– J'espère au moins que vous écrivez des choses aussi drôles que notre ami Gianni Clerici. Lui, il me fait rire. S'il faut écrire, c'est comme il le fait et pas autrement. Lui, c'est un artiste de la plume, comme il en fut un avec sa raquette. Saviez-vous qu'il a été un des meilleurs joueurs d'Italie, il a même gagné un double national avec Fausto Gardini ? Ah, si Ernesto pouvait monter à la volée comme le faisait Gianni.

Je vis que les propos de la princesse sur l'inutilité de la littérature avaient tellement estomaqué Patrick qu'il en demeurait coi, la bouche entr'ouverte de stupéfaction, mais qu'un brin d'admiration filtrait cependant à travers son regard. Il finit par dire :

– Mais si je comprends bien, chère madame, vous n'accordez aucune valeur à la solidarité humaine, vous défendez des idées presque anarchistes ?

– Anarchistes ? C'est un mot un peu fort, non ? Nous autres aristocrates, en Italie, avons toujours été très indépendants, nous avons toujours lutté ardemment pour des valeurs familiales, régionales, mais au-delà, le royaume, l'État, ça ne nous a jamais trop intéressés – l'unité italienne est très récente, comme vous le savez. Je vous passe l'intermède déplorable de ce sinistre bouffon prénommé Benito…

– Pourtant, l'interrompit Patrick, il prônait la régénération par le sport, lui aussi.

– Oui, le sport utilitaire et martial, le culte de l'énergie et du volontarisme, rien à voir avec le sport ludique et le beau geste comme pour nous, voyez-vous. Et donc, comme je le disais, nous avons toujours eu, dans l'aristocratie, des principes à respecter pour ne pas nous dévaloriser à nos propres yeux ; certaines choses sont interdites par un code d'honneur et ce code constitue une valeur commune, il est le ciment d'une solidarité implicite entre nous. Ce n'est donc pas l'individualisme qui prévaut dans notre monde, même si chacun défend ce code à sa manière, comprenez-vous ?

– Et quelle est donc cette valeur suprême révérée par tous ? demandai-je.

– Eh bien, avant tout, la maestria, bien sûr !

– Un peu l'équivalent du panache à la française ?

– Non, c'est différent, parce que dans le panache il y a une certaine raideur un peu pompeuse, tandis que la maestria, c'est la vivacité alliée à l'aisance, avec un zest d'intelligence tactique typiquement italienne : la combinazione.

– Je vois bien, dis-je, et pour ce qui est du tennis, je vois encore mieux.

– Oui, c'est cela, vous avez raison, revenons au tennis et arrêtons de parler si sérieusement.

– Mais c'est vous, mère, qui avez développé votre philosophie du jeu, remarqua Ernesto.

– Si tu étais un bon fils, Ernesto, tu me rappellerais à l'ordre aussitôt que je commence à théoriser. Mais tu es un bon fils tout de même, car tu t'es remis sérieusement au tennis pour faire honneur à ta mère et à feu ton père, et maintenant nous n'espérons plus qu'une chose : que tu sois champion d'Italie des plus de cinquante ans ! Oh, mais, je parle, je parle et j'oublie l'heure… Quelle heure est-il, Leonora ? demanda-t-elle à sa gouvernante, l'air un peu affolé. Comment ? Trois heures, déjà ! Veuillez m'excuser, mes petits enfants, mais je ne veux pas rater la rediffusion de la finale de l'Open d'Australie à Melbourne, je l'ai manquée cette nuit en direct, malheureusement. Pensez, Federer contre Safin, hein ! Là, il y a de la maestria, n'est-ce pas, mon cher Denis. Ernesto, tu devrais venir avec moi, cela t'inspirerait pour monter au filet correctement, tu sais…

– J'aimerais bien, mais je ne peux quitter nos invités ainsi, mère. Puis, voyant que celle-ci s'était éloignée, il ajouta pour nous, sur un ton plaintif : Voyez comment elle est. Que puis-je faire, à son âge en plus ?

– Il n'y a rien à faire. Devenons ce que nous sommes, conclut Ottavio.

Le lendemain, Ernesto nous ayant tous invités pour une excursion assortie d'un déjeuner dans une île qui se trouvait au large de la côte la plus proche de Grosseto, nous partîmes très tôt, dans deux voitures, et rejoignîmes sa vedette amarrée dans le petit port de Santo Stefano, puis nous nous laissâmes bercer par la houle pendant une bonne heure, jusqu'à la rade de l'île, où nous accostâmes. Depuis le minuscule port, nous aperçûmes la terrasse surplombante de l'unique restaurant local, coiffée de sa vigne en tonnelle, et remontâmes en discutant deux par deux jusqu'à l'endroit où nous attendaient deux tables préparées pour l'occasion. Ce restaurant était une ferme-auberge à l'ancienne, située non loin d'une basse-cour traditionnelle avec la volaille, les chiens, quelques chèvres et des lapins dans des clapiers. Deux jeunes garçons nous regardaient, silencieusement appuyés à la barrière qui séparait la cour de ferme de la terrasse du restaurant. Nous étions pour eux un spectacle de choix.

En montant le sentier, écoutant d'une oreille distraite Silvina me vanter la fortune des Guidarelli, j'eus le temps d'observer les quelques collines environnantes plantées d'oliviers, puis les bois qui couvraient la partie nord de l'île dont la pointe s'avançait dans la mer – étincelante à cette heure – comme la proue d'un navire végétal indolent. Je sentis l'atmosphère d'isolement de cette île s'insinuer en moi comme un subtil relâchement des nerfs, une influence lénitive se distillant doucement dans mes veines. Laissant les autres s'attabler pour l'apéritif, je vins m'accouder à la rambarde pour contempler l'étendue marine striée de courants aux teintes plus claires qui paraissaient évoluer avec une lenteur cosmique. Un léger vent apportait des effluves d'iode et d'algues pourrissantes. Le soleil illuminait par intermittence les feuillages argentés des oliviers. Je retrouvais le fin bonheur qui a toujours émané pour moi de l'atmosphère méditerranéenne.

John vint s'accouder à mes côtés et, après un moment, me déclara :

– Chaque fois que je me retrouve dans cette ambiance, j'ai l'impression d'émerger du rêve un peu triste de mon enfance anglaise parmi les brumes et la morosité obligatoires. Je crois que la plupart des Nordiques ont cette impression au contact des pays du Sud, et en fait ce n'est peut-être qu'un beau mirage. Peut-être ne ressentons-nous cela avec tant de force que par contraste. Ne crois-tu pas ? J'aimerais savoir, par exemple, si les gens d'ici ressentent un enthousiasme comparable lorsqu'ils aperçoivent nos verts pâturages et nos sombres forêts.

– En tout cas, je peux te dire qu'à chaque fois que j'ai vécu un peu longtemps dans un pays du Sud, j'ai fait des rêves de pluie et de brume, de nuages et de frimas et, bien sûr, tu le devines, de bibliothèques bien chauffées derrière les vitres desquelles on peut observer tomber la neige, pour mieux se replonger, bien entendu, dans un énorme in-folio merveilleusement interminable de philosophie métaphysique, par exemple.

– Je te suis parfaitement ; moi aussi, j'éprouve assez vite le besoin de retrouver les brumes et les longues pluies du Nord pour y déployer ma confortable névrose britannique.

– Pour ma part, repris-je, j'aime la grisaille parisienne. C'est difficile à expliquer mais certains jours, à Paris, quand le temps est gris-bleu (au bord de la pluie, mais on sait qu'il ne pleuvra pas), remonter le long des quais à vélo en observant les péniches qui ronronnent sur la Seine, les mouettes qui virevoltent et font des loopings, les amoureux qui s'étreignent sur un banc, les innombrables terrasses de café emplies d'une foule apparemment insouciante, on en arrive à oublier la rage imbécile des automobiles tout autour et si, en outre, on a un rendez-vous avec une éventuelle nouvelle conquête dans un musée pour une exposition Bonnard, et rien d'autre à faire pour le reste de la journée que de fureter dans les librairies, lire ou participer à quelques parties d'échecs au jardin du Luxembourg, puis baguenauder dans les rues sans but bien précis, alors la névrose occidentale prend des allures de plaisir raffiné, ne crois-tu pas ?

– Si, répondit John en baissant la voix. Mais n'en parlons pas trop fort, car si les autres commençaient à le soupçonner, cela pourrait nous attirer des ennuis. Nous sommes de tels privilégiés ! Tous ces malheureux partout qui ont besoin d'excitants sophistiqués pour se sentir exister. J'ai connu, également, dans Londres, des moments comme ceux que tu décris, et je me sentais coupable par rapport à tous ces êtres soucieux, stressés, pris par leurs urgences. J'avais l'impression que, comme dans les contes, un magicien m'avait rendu dépositaire d'un secret qu'il fallait que je ne divulgue à personne sous peine de voir tout s'interrompre subitement.

– J'ai pensé comme toi pendant un temps. Je me sentais coupable, moi aussi, puis je me suis aperçu que l'humanité est d'une telle diversité que ce bonheur qui est le nôtre n'est pas accessible à tous. Même s'ils peuvent parfois l'imaginer, la plupart de nos contemporains sont incapables de le vivre. Ils ont besoin de l'effort, de l'héroïsme, du sang et de la violence, ils ne peuvent apprécier les plaisirs simples, ce pourquoi ils sont dangereux pour les gens comme nous car ils sont toujours prêts à bouleverser l'état des choses, et partant notre simple bonheur, pour tenter de ressentir leur incertaine petite secousse orgasmique, comme des drogués accrochés aux sensations fortes et incapables d'éprouver la beauté des mouvements infimes que nous évoquions l'autre jour.

– Ce que tu dis me fait penser à un film que j'ai vu dernièrement, un film français d'ailleurs, où des policiers proches de la retraite, prenant conscience de ce que sera leur maigre train de vie dans les années à venir en comparaison de celui des truands qu'ils ont passé leur temps à pourchasser laborieusement – et en vain –, décident de subtiliser une grosse livraison d'héroïne pour la revendre eux-mêmes et s'assurer ainsi une fin de vie plus confortable. Évidemment, ils se retrouvent tout de suite en butte aux gros trafiquants de la Mafia qui veulent leur régler leur compte. Or le parrain mafieux, victime de ce vol, persuade ses acolytes de renoncer à pourchasser les policiers ; il se déclare convaincu que ces derniers vont spontanément leur rendre la marchandise. Et devant l'incompréhension stupéfaite de ses sbires, il a cette explication mémorable : « Ils ne sont pas comme nous, ils ne sauraient pas en profiter, ils ont besoin de la sueur ! »

– Oui, c'est un peu ça, sauf que dans cette histoire, ni les uns ni les autres ne peuvent éprouver les bonheurs infimes.

– C'est vrai, mais je voulais seulement souligner notre incapacité à nous extraire de nos cadres mentaux habituels.

– Je comprends ; en ce sens je suis d'accord. Je me souviens que dans un de ses livres, Restif de La Bretonne explique très sérieusement qu'à son avis les artisans, les manufacturiers, les paysans, bref les « travailleurs », ne devraient pas avoir de loisirs, que vouloir leur octroyer et leur aménager des loisirs est une idée d'aristocrates condescendants qui envisagent la condition des gens du peuple à l'aune de leur propre sensibilité et que cette idée risque de ruiner le bonheur qu'ils ont précisément à travailler, à produire et à exécuter du *bel ouvrage*, en leur instillant des besoins artificiels qui leur sont étrangers et probablement nocifs. Je ne sais trop quoi penser de cette allégation mais elle m'a frappé par son originalité, à notre époque de démagogie galopante.

– C'est-à-dire que cette idée reste elle-même une conception d'aristocrates, dirait-on, parce qu'il y a toujours eu des divertissements populaires mais plus mêlés à la vie de tous les jours ; et puis la conception progressiste industrielle est venue et le besoin de rendement a commencé à dissocier le travail du plaisir. Pourtant, beaucoup de métiers anciens étaient effectués avec le plaisir de faire de son mieux. On nous répète sans cesse que les gens des classes inférieures étaient esclavagisés, mais lorsqu'on se penche vraiment sur la question et que l'on examine les quelques témoignages qui nous sont restés, on s'aperçoit qu'il y a beaucoup d'idéologie dans cette vision du prétendu servage et du malheur des exploités. À mon avis, les choses se compensaient, comme toujours. Il fit une pause, me regarda pour voir si j'étais choqué par ses propos, puis reprit : Cette vie rude qui était alors leur lot – je parle des soi-disant exploités –, s'ils avaient, par une sorte de retour en arrière magique, c'est-à-dire en toute connaissance de cause et sans le lavage de cerveau de l'idéologie actuelle, la possibilité de la comparer objectivement avec la condition des travailleurs d'aujourd'hui et de faire un choix, je demeure persuadé qu'ils n'hésiteraient pas un instant à choisir l'ancienne. Cependant, entre-temps, on les a endoctrinés avec de belles paroles sur l'égalité, la fraternité et la justice au sein d'un monde meilleur... Enfin tout le baratin habituel ! C'est pourquoi actuellement ils se contentent de perroqueter les idées toutes faites que les écoles modernes leur ont seriné durant toute leur enfance. Rien n'est moins évident pourtant que cette amélioration du sort des classes populaires : elles paraissent plutôt être passées d'un état de sujétion à un autre, le second étant beaucoup plus dissimulé et indirect, mais pas moins tyrannique que le premier…

– J'ai souvent cette impression, moi aussi, mais le consensus prétendument démocratique – je dis prétendument parce qu'à mon sens il ne l'est nullement – est tellement puissant à l'heure actuelle que par simple hédonisme – pourquoi se fâcher avec ses amis ? – j'ose à peine l'envisager par la pensée de peur d'être considéré comme un monstre réactionnaire, quant à en parler de vive voix… Gardons cette conversation secrète comme tu le proposes, d'autant plus qu'il est bien difficile d'avoir des certitudes dans ces domaines, après tout.

– Oui, allons donc déjeuner avec notre prince tennisman angoissé par la faiblesse de son revers ! Quel scandale pour des démocrates revendicateurs si jamais ils l'apprenaient, ne crois-tu pas ?

– Si, mais nous n'en parlerons à personne.

Le déjeuner sous la tonnelle, dans cette atmosphère insulaire flottante, prit des allures XIXe tardif. Nous aurions facilement pu croire, tandis que les grillades de poissons et les fruits de mer agrémentés d'un délicieux vin rosé se succédaient, être devenus partie intégrante de l'une de ces gravures anciennes montrant des convives en train de festoyer dans un relais campagnard, à une époque où il était encore loisible de s'attarder en chemin. Ernesto lui-même, délivré de sa mère et des dures contraintes de la compétition, semblait goûter à un bonheur moins complexe. Pour finir, les glaces servies en dessert portèrent l'ambiance festive à son comble et le groupe entier (de Silvina à Patrick en passant par June, Graziella, John et nos hôtes, Ernesto, Ottavio et Nono, sans compter les deux jeunes garçons et les chiens de la ferme qui s'étaient mêlés à nous) parut saisi d'une joyeuse insouciance, les rires fusant de toutes parts. Mentalement, je pris un instantané à la Lartigue pour Elvire. Puis, voyant que les conversations alanguies de la digestion allaient commencer et sachant que notre retour n'était pas prévu avant trois bonnes heures, je décidai de faire une petite excursion dans l'île.

Empruntant un sentier qui, à partir de la terrasse, s'enfonçait dans un tunnel de verdure vers le nord, je marchai pendant un peu plus d'un kilomètre, d'abord au cœur d'un bois de chênes-lièges (les découpures d'écorces étaient entassées sur les bords du chemin), puis à travers une lande d'herbes hautes parsemée d'arbrisseaux aux feuilles pointues et luisantes. Je débouchai enfin sur une falaise surplombant la mer d'une quinzaine de mètres. Il me sembla que celle-ci, comme accrochée au rivage, me regardait fixement de ses grands yeux verts hypnotiques, exhalant une odeur presque fauve. Au large, un voilier se balançait sur la houle qui s'était renforcée et le vent paraissait balayer l'atmosphère comme pour la nettoyer des miasmes vaporeux qui stagnaient au bord de l'horizon. Je m'assis sur un rocher et me laissai gagner par un bien-être sans pensée où seul le bruit des vagues et du vent sans attaches prenait place. Au loin, de fines craquelures se dessinaient à la surface de l'eau. La scène, triste et vive à la fois, était enveloppée d'un voile d'irréalité qui me faisait cligner des yeux. C'était un paysage mythique qui se dressait dans la clarté fumeuse du soleil et des embruns, sur cette île errant dans l'abîme bleu du ciel. En bas probablement, quelque part parmi les rochers et les algues, des tritons et des sirènes s'ébattaient en toute liberté.

Je descendis jusqu'au rivage en m'accrochant aux racines des arbustes qui poussaient à même la falaise. Or, sautant sur les galets de la crique, quelle ne fut pas ma surprise, en fait de divinités marines, d'y découvrir un pêcheur à casquette assis sur un rocher, lançant dans les ondes, à intervalles réguliers, sa ligne, munie d'un leurre. Ne m'ayant nullement entendu venir, il se retourna un peu surpris et m'adressa la parole dans un italien plutôt âpre. Lui répondant comme je le pouvais, la conversation s'engagea tant bien que mal.

Il entreprit alors un récit dont je crus retirer ceci : désormais à la retraite, il était le père du restaurateur de l'île et avait longtemps travaillé comme domestique chez la princesse Amalia à Grosseto. Il aimait à venir ici, bien qu'il ne pêchât presque rien. C'était, me déclara-t-il, sa façon à lui d'imiter la manière de vivre de ses anciens maîtres qui l'avait beaucoup impressionné : ces gens ne vivaient que pour le plaisir, et après tout n'étaient-ils pas fort avisés lorsqu'on voyait l'évolution du monde d'aujourd'hui ? En tout cas, ils n'étaient pas aussi nuisibles que tous ceux qui prétendaient se pencher sur le sort des miséreux. Miséreux, lui l'avait été dans son enfance lorsque son père était pêcheur ici, sur l'île. Sans doute sa famille et lui vivaient-ils de pas grand-chose à cette époque, on pouvait le deviner, ils n'arrêtaient pas de travailler du matin jusqu'au soir pour une maigre subsistance, et puis il y avait les longs mois d'hiver sans pouvoir sortir en mer et le danger des tempêtes, mais malgré tout ça, il y avait souvent pensé dernièrement, eh bien, ses parents avaient eu une vie bien plus heureuse et surtout plus digne que celle qui avait été proposée par la suite à ses frères et que, eux, dans leur naïveté, avaient pris pour une amélioration de leur sort : être ouvrier chez Fiat et croupir dans des villes insalubres. Peut-être sans crever de faim, c'était sûr – encore fallait-il voir de quel genre de nourriture ils étaient rassasiés –, mais loin de la mer et de la nature, et au prix de tant d'ennuis, d'humiliations et de faux désirs pour quantité de choses dont ils n'avaient pas vraiment l'utilité. Lui, encore, Alberto, il avait eu la chance de trouver une place comme domestique chez des gens qui lui avaient beaucoup appris…

(Intérieurement, tandis que je faisais un effort pour décrypter ce qu'il me disait à moitié en italien à moitié en dialecte toscan, je m'émerveillais de cette apparente loi des séries qui faisait que ce monologue reprenait, à peine quelques heures plus tard, les thèmes de la conversation que nous venions d'avoir John et moi.)

.. oui, ces gens lui avaient beaucoup appris car, comme d'éternels enfants, ils ne considéraient que l'amusement dans la vie. Ils étaient pourtant réalistes à leur manière et s'étaient, en outre – cela forçait le respect – toujours montrés habiles à maintenir ce privilège en dépit de ces pisse-froid de calotins qui voulaient envers et contre tout faire de la vie une chose sérieuse, pleine de devoirs, enfin tout le bazar ! Il n'avait pas besoin de me faire un dessin, j'étais assez grand pour me représenter les choses par moi-même. Oui, c'est cela que lui avaient appris les Guidarelli à force de les côtoyer : il y avait plus de profondeur et de sagesse dans les enfantillages de ces gens-là qui ne songeaient qu'au plaisir que dans les discours des prêtres et des politiciens de tous poils sur la charité, la justice et le progrès. Et l'égoïsme que ses frères reprochaient aux aristos, ça, c'était le comble ! Eux, tels qu'il les connaissait, placés dans cette situation, n'auraient même pas sauvé les apparences.

(Je compris, à écouter ce monologue, qu'Alberto, qui avait depuis longtemps, tout en parlant, replié sa canne, était du genre intarissable, mais j'étais fasciné par l'inattendu de son discours. Était-ce qu'en Italie fleurissaient ainsi – *à tout bout d'île* – des philosophes populaires aussi robustes ou étais-je la proie d'un sortilège ? Toujours est-il qu'il sembla comprendre que je n'étais pas lassé de l'entendre et il reprit sa diatribe.)

… Lui, comme il me l'avait expliqué, il avait eu beaucoup de chance d'être entré au service de Leurs Seigneuries, et il avait eu le privilège de participer à une vie qui avait de l'allure, beaucoup d'allure. Il fallait voir ce qu'était une réception à l'époque chez les Guidarelli : ah oui, vraiment, ça valait le coup d'être là et de se tuer au travail pour un tel résultat. Bien sûr, on y rigolait pas autant qu'à une noce de village dans une ferme, mais c'était du grand théâtre, et c'était beau, ça vous remplissait les yeux de beauté : tous ces costumes magnifiques, ces robes, c'était inoubliable. Enfin tout ça était fini, bien fini désormais, mais qu'on n'aille pas lui raconter que les rapports des maîtres et des serviteurs étaient d'une injustice insupportable, comme le pensait un de ses neveux qui avait des idées réformatrices très radicales. Ça, il ne pouvait l'accepter, car lui, il avait pu mesurer à quel point dans tout ça il y avait eu, en fait, un échange et une éducation dispensée par les maîtres. Ils lui avaient appris que des gens étaient prêts à tout sacrifier pour des apparences extérieures et le plus amusant, c'est qu'eux, les paysans, les pêcheurs, eh bien, ils n'en seraient jamais capables, tout simplement parce qu'ils avaient eu une éducation différente qui leur permettait d'apprécier des choses plus simples, plus terrestres. Mais au bout du compte, à bien tout observer, il n'était pas évident de savoir où se trouvait la meilleure part, non, pas du tout évident. Est-ce que le fils de la princesse, Ernesto, était plus heureux en gagnant un match de tennis que lui lorsqu'il prenait une belle daurade ? Qui pouvait le dire ? Non tout ça était très compliqué. En tout cas, ce dont il était certain, c'est que les gens dans le genre de son neveu, les révolutionnaires qui voulaient à tout prix faire le bonheur de l'humanité malgré elle et sans jamais lui demander son avis – ah, ils en auraient des surprises si par quelque miracle de télépathie ils avaient connaissance des vrais désirs de tous ceux qu'ils voulaient sauver de ce qu'ils s'imaginaient être leur malheur –, oui, ce dont il était sûr, c'est que le seul résultat auquel parviendraient ces exaltés en tentant d'établir à toute force la justice sur terre, c'est qu'au lieu d'une poignée d'hommes heureux – du moins apparemment, si je l'avais suivi – eh bien tout le monde, c'était cynique, serait très malheureux, voilà tout ! Comme ça, ça serait effectivement plus équitable, non ? N'était-ce pas ce qui était en voie de réalisation ? Est-ce qu'il exagérait ? Je pouvais lui répondre franchement...

Au lieu d'être tout à fait franc, j'arguai du fait qu'en dépit du plaisir et de l'intérêt que j'avais eu à l'écouter, il me fallait désormais revenir vers les autres qui devaient m'attendre pour rentrer. Aussitôt que j'eus prononcé ces paroles dans mon italien hésitant, son visage s'illumina d'un sourire enfantin, tout à fait charmant, à l'instar de celui d'un jeune garçon qui après s'être livré à un jeu passionnant est conscient que l'heure est maintenant venue de ranger les jouets dans leur placard, et j'eus le soupçon, comme tant de fois auparavant dans ce pays, qu'Alberto m'avait parlé comme on se livre à une comédie, pour passer le temps, s'amuser aux dépens d'un inconnu, épater l'interlocuteur et observer en cachette ses réactions. Quant à déterminer ce qu'il y avait de sincère dans ce genre de discours, sans doute fallait-il être natif des lieux pour le savoir.

Il se proposa alors de me raccompagner par un minuscule sentier moins périlleux que celui que j'avais emprunté à l'aller. Et, confirmant mes précédents soupçons, changeant du tout au tout sa façon de parler, Alberto ne cessa de me poser une foule de questions me concernant, comme avide d'un seul coup d'en savoir plus sur moi, et comme si sa méthode précédente ne lui avait pas donné entière satisfaction. Lorsque nous parvînmes à la terrasse, Ottavio vint à notre rencontre et m'annonça qu'ils m'avaient cherché partout car il était temps de repartir si nous voulions être de retour avant la nuit, puis, désignant Alberto, il ajouta en souriant (et en français) qu'il comprenait les raisons de mon retard : j'étais tombé sur le philosophe vernaculaire. J'avais probablement eu droit à sa séance de lecture psychique. Oui, Alberto possédait un don : il lisait dans l'esprit de son interlocuteur et pouvait lui dire tout ce qu'il avait envie d'entendre. C'était un redoutable séducteur et un vrai phénomène. Beaucoup s'y étaient laissé prendre.

Bien que je l'eus vaguement subodoré sur le chemin du retour, cette révélation me dépita tant j'avais espéré rencontrer enfin un sage selon mes vœux ; toutefois, à bien y réfléchir, cette séance avait été une profitable leçon et les gens de l'espèce d'Alberto vous démontraient plaisamment le pouvoir de la projection, vous contraignant à une certaine circonspection vis-à-vis des visions surprenantes que la réalité paraissait offrir au détour du chemin. Cependant, je ne me promis nulle prudence de ce type à l'avenir : c'eût été à la fois néfaste (le pouvoir d'enchantement des voyages en eût été gravement compromis) et superflu puisque je n'avais qu'une seule hâte : l'oublier pour mieux me laisser berner la fois suivante.

Nous embarquâmes sur la vedette pilotée par Ernesto qui s'était pour l'occasion (par dérision ou non, il était difficile de le dire) coiffé d'une casquette de capitaine, et nous sortîmes lentement de la rade, laissant se replier sur sa solitude et ses sortilèges cette discrète ébauche de paradis. Quand nous fûmes à une certaine distance de l'île, qui semblait, à mesure que nous nous éloignions, s'enfoncer lentement sous l'horizon comme un gros animal aquatique réintégrant son milieu d'origine, je repensai au vieil Alberto et me fis la réflexion qu'aussitôt franchies les frontières du monde quadrillé de la civilisation actuelle, les rencontres mythologiques pouvaient survenir sous des formes inattendues – Alberto n'était-il pas, après tout, une émanation plus ou moins magique de ce minuscule coin de terre isolé échappant encore aux diktats du conformisme mental d'aujourd'hui ?

Le bateau, tanguant bravement sur une houle nettement plus puissante qu'à l'aller, progressait vers le large et une chose me titillait : l'impression que nous avions pris un cap opposé à celui qui aurait dû nous ramener à terre. Toutefois, ignorant les lois de la navigation, je me retins de tout commentaire. Cependant, au bout de trois quarts d'heure environ, l'embarcation étant secouée de plus en plus violemment, des nuages sombres s'amoncelant sur l'horizon désert, un certain malaise s'installa dans le groupe frileusement rassemblé sous la coupée. Silvina finit tout de même par s'enhardir à demander à Ernesto s'il était normal de ne pas voir la terre après environ une heure de navigation et celui-ci répliqua que le temps était brumeux et que nous allions sans doute apercevoir Santo Stefano d'ici quelques minutes. Ces quelques minutes dépassées, Ottavio lui-même fit une remarque quant à la non-apparition du rivage espéré et Ernesto lui répondit, le prenant de haut, de ne pas oublier que son père ayant été président du Yacht-club d'Italie, il avait su tenir un cap dès son plus jeune âge. Simplement un vent contraire s'était levé, il y avait de la brume et cela nous retardait un tout petit peu, le bateau n'était pas un autobus !

Dix minutes plus tard, le bateau se dandinant de plus belle, l'inquiétude générale commença d'être palpable, sans que personne ose demander davantage de précisions au fils de l'ancien président du Yacht-club d'Italie, et certains accusèrent les premiers symptômes du mal de mer. Ce fut à cet instant que Nono, sortant enfin de sa réserve, se permit de dire :

– Pardonnez-moi, Excellence, mais il me semble qu'une erreur a dû se glisser dans vos calculs. Je crois en effet que nous n'avons pas pris le bon cap.

– Ah, tu crois ? s'étonna Ernesto avec une certaine agitation. Si c'est toi qui le dis, alors il faut que je refasse le point.

Il abandonna la barre à Nono et fit une rapide opération sur un petit carnet, puis s'exclama sur un ton délibérément dégagé, suivi d'un petit rire forcé :

– Autant pour moi ! Effectivement je me suis trompé. Nous avançons vers le grand large, figurez-vous, vers la Sardaigne ! Bon, eh bien, demi-tour Nono.

Ce disant, sans même en prendre conscience, me parut-il, il arracha sa casquette et la jeta rageusement dans un coin du bateau.

Ottavio se pencha vers moi et me confia en catimini :

– Pour les opérations élémentaires, pas de plus mauvais calculateur qu'un polytechnicien et de plus, j'ai observé au cours de ma vie que des études mathématiques trop poussées amputaient totalement du simple sens de l'orientation. Bizarre, non ?

Poussés par une houle désormais favorable et pilotés par Nono qui ne fit plus aucun commentaire, nous rejoignîmes la terre en une demi-heure tandis qu'Ernesto développait à la cantonade une longue explication mathématico-météorologique que personne ne prit la peine d'écouter. Deux heures plus tard, nous avions réintégré nos chambres dans la propriété de Grosseto.

19

Je prenais mon petit déjeuner dans la cuisine de la tour, à Santa Donatella, lorsque le téléphone sonna. C'était Roberto qui m'informait qu'il nous invitait tous, samedi prochain, à un spectacle de marionnettes de sa composition ; un spectacle qu'il avait écrit spécialement en français pour contenter tout le monde et pour lequel, en outre, il avait imaginé et fabriqué de toutes pièces quelques personnages nouveaux. La séance aurait lieu dans l'ancien théâtre désaffecté du palais des Lungharini, les parents d'Emilio. Pouvais-je prévenir les autres et savoir si la date leur convenait ? Auquel cas, nous avions tous rendez-vous devant la cabane d'Emilio à huit heures du soir, pour ensuite remonter jusqu'au palais qui n'était pas facile d'accès. Par ailleurs, je pouvais amener qui je voulais, excepté des gens trop attachés aux dures lois du réel, ainsi que j'avais dû le comprendre, conclut-il en riant.

Le samedi suivant, nous étions une petite troupe assez excitée par cet événement insolite, assemblée dans le jardinet d'Emilio : Silvina, en train de commenter ses anciennes relations avec la famille Lungharini, les trois autres écrivains, Graziella, le Dottore Luigi, docilement disposé à remiser son « réel » en coulisses, Stella que j'avais réussi à prévenir, Mario le voisin, accompagné de deux de ses fils et de sa fille, et Emilio, bien sûr, qui avait fait venir trois de ses neveux et nièces, plus quelques-uns de ses autres voisins qu'il nous présenta. En tout, nous étions une vingtaine à bavarder devant le cabanon d'Emilio, lequel s'activait à rassembler diverses lampes, indispensables, nous répéta-t-il, pour circuler dans le palais privé d'électricité où Roberto nous attendait en compagnie de ses élèves qui allaient participer au spectacle.

Lorsque Emilio eut amassé suffisamment de lampes électriques et de lampes à pétrole (Mario et l'un de ses fils transportaient, pour leur part, une caisse de grands cierges d'église), nous commençâmes, environnés des ombres du crépuscule, de remonter une allée encombrée de branches basses et d'herbes folles où nous dûmes tant bien que mal nous frayer un passage. Cette allée, longue de plus de cinq cents mètres, traversait l'ancien parc retourné à l'état semi-sauvage. On apercevait tour à tour de grands arbres écroulés et pourrissants, des vestiges d'allées envahies d'orties menant aux ruines de kiosques mouchetés de lichens et, disséminées çà et là, diverses statues rongées par les intempéries. Enfin nous débouchâmes sur une esplanade réinvestie par la végétation où l'on devinait la présence d'une ancienne allée conduisant à un bassin empli d'une eau verdâtre à moitié recouverte d'un tapis de lentilles d'eau. De grands roseaux indolents avaient poussé sur les bords, se balançant dans la brise du soir. Au centre de ce bassin, une déesse en partie dénudée, juchée sur un char tiré par un groupe de chevaux moussus, s'élançait avec fougue vers de nobles idéaux. Nous restâmes quelques minutes à contempler ce vestige de l'ancienne splendeur des princes Lungharini, puis nous nous avançâmes vers la masse imposante du palazzo déjà plongé dans l'ombre. Contournant le monumental escalier central menant à une haute porte délabrée et obturée par des planches clouées en croix, nous arrivâmes devant une autre porte, bien plus petite, ouvrant sur la cage d'un autre escalier où Emilio nous fit pénétrer à la queue leu leu, nous recommandant d'allumer nos lampes et nos bougies respectives. Il s'agissait, nous précisa-t-il, de l'escalier de service réservé jadis aux théâtreux se produisant au palais. Nous montâmes précautionneusement trois étages, parmi les toiles d'araignées et les crottes de chauves-souris couvrant les marches, un long et étroit escalier en colimaçon, et parvînmes enfin à un imposant vestibule flanqué de petites loges où s'entassaient des monceaux de vieilleries déchirées, poussiéreuses et mangées par les mites : anciens costumes de scène, masques et accessoires divers.

Une fois la petite troupe rassemblée, Emilio, sa lampe torche à la main, poussa une porte branlante et nous pénétrâmes par un des côtés dans le parterre d'une salle de théâtre aux proportions moyennes où avaient été disposées des banquettes voisinant avec d'antiques fauteuils XVIIIe dépenaillés. Projetant son faisceau de lumière en cercle autour de la salle, Emilio éclaira d'abord la scène puis les murs décrépis et lézardés et, dans les hauteurs, un invraisemblable fatras de vieux rideaux et de cordes entremêlés parmi lesquels tournoyaient des dizaines de chauves-souris affolées. À mi-hauteur au-dessus de la scène, nous pûmes, au passage du faisceau lumineux, entrevoir aussi une plate-forme partiellement masquée par des tissus d'apparence plus récente et dans le plancher de laquelle avaient été ménagées de petites trappes : vraisemblablement des ouvertures pour les fils des pupazzi. Par celles-ci, on entrevoyait les lueurs de lampes et de bougies mouvantes : Roberto et ses élèves s'affairaient là-haut.

Emilio nous aida à nous installer sur les sièges (Stella à ma gauche et John à ma droite), puis nous demanda d'éteindre nos lampes respectives car le spectacle allait commencer.

Nous fûmes plongés dans l'obscurité un certain temps, puis, lentement, deux lanternes apparurent de part et d'autre de la scène, portées par des ombres, et furent déposées sur ce qui nous sembla être des tonneaux. L'opération fut renouvelée plusieurs fois de suite – en y incluant de hauts cierges d'église –, jusqu'à ce que la scène fût suffisamment éclairée pour nous permettre de distinguer une dizaine de caisses en bois fermées par des couvercles et rangées côte à côte en bon ordre, face à nous. Nul autre décor, hormis le mur du fond avec les coulures de l'humidité et les innombrables corrosions du temps. S'ensuivit un assez long silence uniquement interrompu par les rires en catimini et les chuchotis du public. Soudain retentirent les trois coups traditionnels et, après un nouveau silence où la seule animation fut dispensée par le passage des chauves-souris devant les lumières de la scène (John me murmura : « Les chauves-souris sont épatantes ! »), nous entendîmes un craquement et le couvercle de l'une des boîtes se souleva puis fut renversé à terre, tandis qu'une marionnette – dont nous apercevions assez distinctement bouger les fils venus d'en haut – s'asseyait dans la paille qui garnissait le fond de sa caisse, et la magie de la suggestion fit que nous perçûmes à la perfection l'ahurissement du personnage en train de s'éveiller d'un très long songe.

C'était un personnage masculin que nous identifiâmes aussitôt comme étant le double de Roberto lui-même. D'ailleurs, sans avoir encore proféré la moindre parole, le personnage athlétique effectua avec souplesse un saut périlleux avant pour s'extirper de son écrin et se retrouva de plain-pied sur la scène à la façon d'un acrobate, s'exclamant :

Robertino, *avec la voix de Roberto – légèrement plus haut perchée que d'ordinaire – descendant des cintres.* – Ah, mais ça alors, où sommes-nous donc ? Ne serait-ce pas le palais Lungharini ? Me serais-je endormi ici par mégarde ? On dirait bien que oui, ma foi ! Ça doit faire un bout de temps, vu l'état des lieux. Mais commençons par le commencement : voyons tout d'abord si j'ai conservé ma forme olympique. *(La marionnette exécute un salto avant, puis un salto arrière.)* Hop, hop ! Parfait ! Et maintenant, hop, hop, hop ! *(Trois sauts de mains jusque sur le bord de la scène.)* Parfait ! Parfait ! Sauf que tout cela est un peu triste sans musique. Où est donc passé Beppe ? Qu'il me joue un peu de son violon. Ah ! Il doit être par ici… *(Robertino s'approche des boîtes et lit les noms inscrits sur les couvercles.)* Ah, ah ! Voyons voir… Tous les camarades sont là, Dieu merci : Giacomo, Luchino, Isidoro, Ludmilla, eh bien, voici Beppe, réveillons-le. *(Il tapote sur la boîte.)* Holà ! Holà ! Beppe, réveille-toi, j'ai besoin de toi, viens me jouer une tarentelle, j'aimerais me dégourdir les jambes ! *(On entend, assourdi, un son de violon venu de la boîte.)* Ah ! Sors donc de là, fainéant ! Viens jouer ici ! *(Il entreprend d'ouvrir le couvercle et y réussit ; on aperçoit Beppe, son chapeau sur la tête en train de jouer, allongé dans sa caisse, Roberto le tire de là et l'autre saute sur la scène et commence immédiatement à jouer une gigue endiablée tandis que Robertino danse comme un fou en virevoltant sur la scène.)* La, la, la ! La, la, la ! Que c'est bon, mais que c'est bon de revivre ! *(Tandis qu'il danse, deux autres boîtes s'ouvrent et apparaissent dans l'une une jolie poupée tout attifée de fanfreluches et dans l'autre un vieillard renfrogné habillé de façon guindée.)* Ah ! Giacinta, Pantalone ! Mes amis! Venez donc me rejoindre et dansons. La providence nous accorde une rémission.

(Giacinta, après un salto avant, s'élance et danse avec Robertino, tandis que Pantalone, après s'être extirpé péniblement de sa boîte, vient essayer de se placer auprès d'eux mais ne parvient pas à suivre le rythme.)

PANTALONE, *s'adressant à Beppe et l'on entend distinctement le son émaner des cintres où les machinistes contrefont les voix.* – Joue donc moins vite, que je puisse suivre !

BEPPE. – Pas question, messire Pantalone ! Vous suivez ou vous ne suivez pas, moi je joue comme il faut jouer !

(Robertino entraîne les autres près des boîtes et oblige Beppe à jouer tout contre les couvercles)

ROBERTINO. – Allez ! Allez ! Isidoro, Ludmilla, Luchino, Zeppo, Barbara, Giacomo ! Réveillez-vous c'est la fête! Vous avez assez dormi, non ? Combien donc ? *(Il compte sur ses doigts, longuement.)* Quatre-vingt-deux ans que nous n'avons pas dansé sur cette scène, pensez !

(Les boîtes s'ouvrent progressivement, sauf une, et les autres marionnettes observent la scène, assises dans leurs caisses, l'air étonné, puis une à une entrent dans la danse, faisant une ronde en se tenant par la main, alors que l'une d'elles demeure assise à l'écart.)

ROBERTINO. – Eh bien, Professore Isidoro, vous ne vous joignez pas à nous ?

ISIDORO. – Comme si j'avais le temps de me prêter à de tels enfantillages, il faut que je réfléchisse sérieusement et méthodiquement à ce qui nous advient. Voyons, voyons, raisonnons selon les principes ! En quelle année sommes-nous pour commencer ?

(À ces mots, Beppe cesse de jouer et les autres de danser, et tous font cercle autour d'Isidoro assis qui réfléchit.)

ISIDORO. – Toi, Robertino, qui est notre directeur, tu dois nous informer de ce qui se passe réellement dans le reste du monde où tu es le seul a avoir accès.

ROBERTINO. – Moi ? Mais je ne suis que la marionnette de Roberto. Il m'a placé là, vous le savez bien, parce qu'il ne peut renoncer à se produire sur scène : il est trop cabotin, il veut participer d'une manière ou d'une autre, pas uniquement nous manipuler à sa guise. Oui, il m'a créé pour se donner des sensations par procuration, mais moi je ne sais pas grand-chose, c'est à lui que vous devez poser vos questions *(il désigne les cintres).* Il se cache là-haut !

LES MARIONNETTES ENSEMBLE. – Roberto ! Roberto ! Encore cette histoire à dormir debout !

PANTALONE. – Mais qui croit encore à l'existence de ce Roberto ?

GIACINTA. – Eh bien, moi j'y crois, et je lui ai même souvent parlé.

GIACOMO. – Moi aussi !

LUDMILLA. – Ces deux-là, ils sont prêts à tout pour se rendre intéressants.

ZEPPO. – Cesse de nous faire languir, Robertino, et dis-nous ce que tu sais. Il est paresseux comme une couleuvre, celui-là ! Il ne veut pas se fatiguer, un point c'est tout !

LES MARIONNETTES ENSEMBLE, *faisant cercle autour de Robertino.* – Allons, cesse de nous énerver, parle donc !

ROBERTINO. – Bon, d'accord ! Eh bien voici ce que j'ai compris, mais c'est une longue histoire, tout à fait invraisemblable et embrouillée, très triste par bien des côtés et encore plus difficile à croire. Il semblerait que depuis notre dernière fabuleuse prestation ici même sur cette scène – vous en souvenez-vous ? – dans la soirée du 13 avril 1922…

LES MARIONNETTES ENSEMBLE. – Bien sûr que nous nous en souvenons !

GIACOMO. – Surtout moi, car j'avais fait un triomphe, ce soir-là !

GIACINTA. – Ah, parce que moi, je comptais pour du beurre, peut-être ?

BARBARA. – Et moi donc ! Je me souviens des regards du prince sur moi, et si je n'avais été une marionnette…

PANTALONE. – Il me semble, effectivement, que ce soir-là, moi aussi, les jeunes filles me regardaient avec des yeux brillants.

LUCHINO. – Nous vivons tous dans nos rêves !

ISIDORO. – Ce qui est sûr, c'est que j'avais obtenu un beau triomphe lorsque j'avais exposé ma théorie du progressisme infini au cœur de la logique intemporelle et...

LUDMILLA. – Bon, bon, disons que chacun a eu sa part et laissez donc Robertino nous raconter ce qui s'est passé dans le reste du monde depuis ce jour de triomphe collectif.

ROBERTINO. – Eh bien, mes amis, depuis ce jour triomphal qui fut paradoxalement aussi celui de notre mise à l'écart, il se trouve que le monde a été bouleversé de façon radicale. Des événements inouïs sont survenus, figurez-vous !

PANTALONE. – D'avance, je n'y crois pas. Non, rien de nouveau, jamais, sous le soleil et puis de toutes les façons, je m'en fiche complètement !

LUDMILLA. – Tais-toi donc, vieux grincheux ! Tes états d'âme ne nous intéressent pas ! Alors Robertino, que s'est-il donc passé d'aussi incroyable pendant tout ce temps où nous avons dormi ?

ROBERTINO. – La vérité est si invraisemblable que je ne sais par où commencer, et en plus, je pense que vous n'allez pas me croire. Il faut dire que ça a toutes les apparences d'un rêve échevelé et même vers la fin d'un cauchemar atroce !

BARBARA. – Tu nous fais languir Robertino, comme tous les bons conteurs, et cela ajoute à ta séduction, tu le sais.

ROBERTINO. – Peut-être et j'en suis flatté, Barbara, surtout venant d'une beauté comme toi, mais quand tu auras entendu mon histoire, tu comprendras pourquoi j'hésite à la raconter et d'ailleurs, il y a de fortes chances après cela pour que tu n'aies plus le goût, hélas, à batifoler !

ZEPPO. – Bon, eh bien, fidèle à ma philosophie, je crois que je préfère ne pas entendre cette histoire, ou alors *(en aparté)* parce que je suis malgré tout très curieux, d'une oreille distraite.

(Il s'éloigne et va s'allonger dans sa caisse.)

ROBERTINO. – Il se trouve, voyez-vous, mes amis, que depuis notre dernière prestation ici même, le monde des hommes, dont nous sommes bienheureusement préservés mais qui nous concerne tout de même – ils ont tant besoin de nous les pauvres ! – a plus changé que durant les vingt siècles qui ont précédé.

ISIDORO. – Impossible ! Tout à fait absurde ! Les lois de la simple logique ne peuvent le permettre !

PANTALONE. – À mon avis, logique ou pas, c'est tout à fait possible, mais qu'est-ce que ça peut faire ?

BARBARA. – Laissez donc parler Robertino !

GIACINTA. – De toute manière, nous adorons les histoires, surtout celles qui font peur…

ROBERTINO. – Dans ce cas, vous allez être servis ! Non seulement la façon que les hommes d'aujourd'hui ont de se déplacer, mais aussi celle de communiquer ou même d'effectuer leurs travaux, a complètement changé. Rien ne se fait plus comme avant. Figurez-vous que les hommes sont désormais secondés si ce n'est totalement remplacés dans leurs activités par des machines ultraperfectionnées qui, au moyen de l'électricité généralisée, fonctionnent pratiquement toutes seules et en permanence.

ISIDORO. – Magnifique ! Magnifique ! Quel merveilleux progrès !

ROBERTINO. – Oui, si ce n'est que ces machines en sont venues à être si puissantes et si autonomes qu'elles prolifèrent d'elles-mêmes en tournant à vide et les hommes en sont arrivés à tellement les adorer qu'ils sont prêts à tous les sacrifices en leur faveur – même celui de leur bien-être. Ce sont les machines qui, censées les aider, les ont entraînés dans leur rythme. Certains pensent qu'elles sont l'émanation d'une maladie psychique…

ISIDORO. – Absurde ! Ce ne sont sans doute que des problèmes momentanés, de simples réglages qui seront vite résolus.

LUCHINO. – Oui, oui, comme toujours : dans cinq cents ans les choses s'arrangeront.

ZEPPO. – Je n'écoute pas, mais ce que j'entends me conforte dans l'opinion que j'ai toujours eue de nos prétendus maîtres : des marionnettes supérieures !

ROBERTINO. – Mais attendez, laissez-moi continuer ! Vous souvenez-vous des premières machines volantes, des aéroplanes, des premières automobiles ? Eh bien, tout cela a été tellement perfectionné que la terre entière est envahie de routes et le ciel de gigantesques avions-fusées qui transportent en quelques heures jusqu'à cinq cents passagers de Tokyo à New York, de plus leurs téléphones les relient, sans fil et instantanément, d'un bout de la terre à l'autre par l'intermédiaire de minuscules planètes artificielles de leur invention qu'ils ont placées dans le ciel et qui servent de relais, de la même façon ils peuvent transmettre leurs paroles, des images mouvantes d'eux-mêmes à l'autre bout de la terre en les faisant circuler dans l'atmosphère grâce à des ondes qui traversent même les murs, qu'ils reçoivent sur des écrans personnels qu'ils tiennent dans leurs mains et peuvent transporter partout ; de gigantesques cerveaux électroniques effectuent pour eux tous les calculs nécessaires et leurs machines fonctionnent donc hors de leur contrôle ; ils peuvent placer les malades dans un état de mort momentanée, le temps de les soigner et de leur éviter de souffrir, et même remplacer les organes défaillants par d'autres prélevés aux morts récents – y compris le cœur ! Et je ne vous parle même pas du reste car ce serait quasiment impossible à comprendre pour de petites cervelles de bois comme les vôtres !

LUDMILLA. – Robertino a toujours eu une imagination fantastique… Tu devrais écrire des romans de science-fiction, Robertino, tu ferais fortune !

ISIDORO. – Oui, il a toujours été un prodigieux galéjeur, bravo tout de même pour l'inspiration !

PANTALONE. – Moi, je pense que c'est bien possible, mais que ça n'a pas la moindre importance, le monde suit son cours.

ZEPPO. – Tu veux dire, sa folie éternelle ! Mais je suis de ton avis, quelle importance ? Ce qui compte, c'est que nous soyons tous réunis et réveillés, là, maintenant, et qu'on nous laisse le loisir de nous amuser entre nous quelques instants de plus avant la nouvelle remise en boîte, profitons-en ! Allons, Beppe, toi qui ne dis rien, joue-nous donc une bonne gigue pour nous dégourdir les jambes.

BARBARA. – Zeppo a raison, dansons et séduisons-nous les uns les autres avant de nous rendormir !

LUCHINO. – En tant que philosophe, je tiens tout de même à vous avertir qu'il n'existe pas d'attitude plus déprimante que celle du « carpe diem », car le présent est le plus volatil des fantômes inventés par l'esprit tortueux de nos maîtres humains : si nous cherchons à le saisir, nos mains se referment sur du vide. Nous ne pouvons vivre que dans les projets, dans la projection de nos futurs plaisirs et pour cela, bien sûr, il est nécessaire de cultiver nos souvenirs. L'avenir ne peut s'appuyer que sur le passé.

(Beppe commence à jouer du violon.)

LUDMILLA. – Il faudra que tu nous expliques cela plus clairement un autre jour, cher Luchino, à présent nous allons, ne t'en déplaise, nous dépenser un peu dans le vide, par simple exubérance vois-tu, et tu es même invité à te joindre à nous !

(Elle commence à danser.)

BARBARA. – Excuse-nous, Robertino, il est bien possible que tout ce que tu nous racontes soit vrai, mais en quoi cela nous concerne-t-il ? Et puis notre vocation est précisément d'être insouciants, nous avons été créées dans ce but *(elle se tourne alors vers le public, mettant sa main en visière comme pour essayer d'apercevoir les spectateurs)*, et si quelques-uns d'entre eux sont là à nous écouter, mais je ne vois rien, pourtant…

(Beppe s'arrête de jouer et toutes les marionnettes, interloquées, se penchent vers le public pour essayer de l'apercevoir.)

GIACOMO. – Robertino, toi qui es dans le secret des dieux, peux-tu nous dire s'il y a quelqu'un au-delà de ce mur d'ombre qui nous enferme ? Sont-ils quelques-uns à nous regarder ?

GIACINTA. – Et à nous admirer, je l'espère…

ROBERTINO. – On m'a dit qu'ils étaient une vingtaine ce soir, mais, vous le savez bien : il nous est interdit de les voir et de les entendre, car nous devons mimer du mieux que nous le pouvons leur propre entêtement ; aussi devons-nous nous enfoncer dans nos destins de poupées manipulées avec le même aveuglement qu'eux quand ils se croient libres de leurs mouvements…

ZEPPO, *l'interrompant et s'adressant au public dans le vague*. – Quoi qu'il en soit, bonjour à vous si vous êtes là et merci d'être venus ! Bon spectacle à tous !

Depuis le public, Mario et ses enfants crièrent en réponse :
– Buongiorno Pupazzi, dai, dai, avanti la commedia !

GIACOMO. – Il me semble avoir entendu quelque chose. C'était lointain, mais tout de même…

GIACINTA. – Il est réconfortant de penser qu'ils sont là, peut-être, à nous regarder et nous applaudir.

PANTALONE. – Quelle naïveté ! Nous les laissons probablement aussi indifférents qu'ils m'indiffèrent, croyez-moi ! Car, autant vous le dire, ils ne m'intéressent nullement ces pauvres pantins humanoïdes, qui sont sûrement encore plus inconséquents que nous autres…

ISIDORO. – Tais-toi donc, ignare égocentrique, il est quand même essentiel de savoir s'il existe un au-delà à cette scène ou non, c'est une question métaphysique !

PANTALONE. – Méta-phy-sique ! Pfeuh, tout de suite les grands mots ! Ne comptez pas m'impressionner à si bon compte.

LUCHINO. – De toutes les façons, tout ceci n'est que conjectures, Professore, et par ailleurs la loi du théâtre – où nous occupons une place de choix, ne l'oublions pas – est l'illusion suprême, il est donc fatal que nous en soyons les premières victimes consentantes, non ? Alors, Zeppo a raison : dansons et profitons de ce fantomatique instant présent pour nous réjouir entre nous et chanter notre hymne favori ! Pour le reste, advienne que pourra *(puis se tournant vers Beppe)*, andiamo maestro !

(Beppe se met à jouer un refrain et les marionnettes se tenant par la main commencent à chanter, avançant et reculant en cadence sur l'avant-scène.)

LES MARIONNETTES ENSEMBLE. – Nous ne sommes que de petites
mario-mario –marionnett-ttes
Toutes bêtt-ttes, toutes simplett-ttes
Nous sommes aussi guillerettes que de petites trotti-trotti-trotti-nettes
Aussi fraîches que des savo-savo-savonett-ttes
Nous adorons agiter nos gambettes
Raconter des sornettes
Jouer avec les allumettes
Courir sans chaussettes
Mais ce que nous aimons par-dessus tout
Ouvrez donc toutes grandes vos oreillettes
Chères petites âmes sœurettes
C'est bien sûr
faire des galipettes
Ainsi que toutes sortes d'entourlou-entourlou-entourloupett-ttes
sans tambour ni trompette !

ZEPPO. – Allez ! Refrain !

LES MARIONNETTES ENSEMBLE. – Nous ne sommes que des mario-mario…

(Soudain, on entend des coups et tous s'arrêtent.)

LUDMILLA. – On dirait bien que ça vient de la boîte qui est là. Comment se fait-il que nous l'ayons oubliée, mais qui est là-dedans, au fait ?

(Tous s'approchent de la boîte et Robertino se penche pour lire le nom qui est marqué dessus.)

ROBERTINO. – C'est un dénommé Buffo !

ZEPPO. – Inconnu au bataillon !

PANTALONE. – Mais on s'en fiche ! Continuons donc de chanter !

(Les coups redoublent.)

ISIDORO. – Aidons-le à sortir de sa boîte, c'est un petit nouveau.

(Ils s'activent à ouvrir le couvercle et, une fois celui-ci ôté, s'assoit dans la caisse un gros ours brun tout à fait ahuri qui bougonne et grogne.)

BUFFO. – Ah, mais ça n'est pas trop tôt ! Vous m'avez réveillé avec tout ce boucan ! Qu'est-ce qui vous prend ?

GIACOMO. – Nous nous amusons, cher ami, mais venez donc vous joindre à nous, il paraît que les ours sont d'excellents danseurs !

BARBARA. – Oui, venez donc nous montrer vos talents, cher Buffo !

BUFFO. – Je suis bien sûr un excellent danseur, mais je suis avant tout un lutteur et j'ai été délégué ici au départ, avant de m'assoupir, pour me mesurer avec Robertino le catcheur.

GIACINTA. – Oui, oui, organisons un combat et le vainqueur aura droit à mes faveurs !

BARBARA. – Aux miennes aussi, nous, les femmes, adorons les vainqueurs !

PANTALONE. – Ça ne m'intéresse pas ! La compétition ? comme c'est fastidieux : il y en a toujours un qui gagne, et après ?

ROBERTINO. – Bon d'accord, cela va me permettre de récupérer ma forme et de corriger ce gros nounours vantard. Mais attention, cher Buffo, en respectant les règles de la lutte florentine : tous les coups bas sont permis !

BUFFO. – Allons-y ! Je vous attends sans y prêter vraiment attention, povero Robertino !

GIACOMO, *en aparté à Giacinta*. – Qu'a-t-il voulu dire par « sans y prêter vraiment attention » ?

(Tout le monde fait cercle, sauf Pantalone qui va s'asseoir dans sa boîte et feint de sommeiller. Les deux adversaires se font face et commencent à tourner l'un autour de l'autre, mains en avant, s'observant… Puis, d'un seul coup, Robertino tente d'enchaîner un coup de poing et un coup de savate que Buffo esquive comme en dansant.)

BUFFO. – Bien essayé ! Mais manqué ! Ah, comme je m'amuse !

(Robertino plonge entre les jambes de Buffo qui l'évite encore de façon presque désinvolte et lui place alors une patte sur la tête pour le maintenir au sol.)

BUFFO. – Bon, écoute, tu n'as aucune chance contre moi, caro Robertino, mais je n'ai pas beaucoup de mérite, vois-tu, je suis une marionnette animale et veux-tu savoir pourquoi je te serai toujours supérieur ?

ROBERTINO, *maintenu à terre*. – Oui, j'aimerais beaucoup le savoir.

BUFFO. – Eh bien, c'est très simple : parce que je ne réfléchis jamais ! Je pare d'instinct. Mes réflexes s'adaptent à la situation et à la position de mon corps dans l'espace. Mon centre de gravité est perpétuellement placé au bon endroit. Quand on ne calcule pas, quand on n'emploie aucune stratégie, on ne fait qu'un avec les événements. Je suis venu pour vous donner une petite leçon de réalisme et de mécanique gestuelle. Je n'ai eu qu'un seul professeur :

il Dottore Luigi, de Florence ! Maître ès réalisme et grand rectificateur d'illusions devant l'Éternel !

Nous fûmes plusieurs, alors, dans le public, à nous tourner en riant vers Luigi qui riait lui aussi comme un enfant.

LUCHINO. – Peux-tu, cher Buffo, au lieu de nous assommer avec ces données pseudo-balistiques nous expliquer un peu plus précisément ta méthode réflexive non réfléchie.

ISIDORO. – Fariboles que tout cela ! Il est tout simplement plus jeune et mieux entraîné !

PANTALONE, *ouvrant un œil.* – Et puis surtout c'est très ennuyeux !

LUDMILLA. – Pas du tout, vieil égocentrique ! C'est très instructif pour nous autres marionnettes !

BUFFO. – En fait, de même que nous sommes reliés par des fils à nos manipulateurs humains, des fils psychiques me relient à Robertino et commandent simultanément mes réactions. Je suis sa marionnette inconsciente. Je suis présence et absence en même temps et c'est cette faculté ambivalente qui me confère cette efficacité merveilleuse.

LUDMILLA. – Holà ! Holà ! Du calme ! Tu restes un ours tout de même et une marionnette toi aussi, tout magiquement irréflexif que tu puisses être.

BUFFO. – Oui, c'est vrai, j'ai un peu tendance à l'oublier.

LUCHINO. – C'est le moment pour moi de vous faire remarquer que ce qui nous confère notre supériorité sur nos maîtres là-haut *(il montre les cintres)*, c'est précisément de savoir que nous sommes reliés à eux ! Cela nous octroie ce prodigieux sens de l'humour qu'ils nous envient tant et qui fait qu'ils nous adorent littéralement. *(Se tournant vers la salle.)* Comprenez-vous, amis probables : c'est quand on se sait manipulé que l'on commence à être libre.

ISIDORO. – On dirait que les philosophes ne peuvent s'exprimer que par paradoxes !

PANTALONE. – Je ne me fatigue même pas à essayer de les comprendre…

BUFFO. – En fait, pour appuyer ce que vient de dire Luchino il me semble à moi que c'est la bêtise qui conditionne l'intelligence. Toutes deux sont reliées l'une à l'autre par mille fils invisibles et nul ne saurait se prétendre intelligent s'il n'a en même temps conscience de sa propre bêtise. L'intelligence est la marionnette de la bêtise, vous saisissez

PANTALONE. – Pas du tout ! Pas un traître mot ! Et quel ennui ! Recommençons donc à chanter.

LUCHINO. – Ce que j'ai cru saisir, dans le même ordre d'esprit, du mode de fonctionnement des pantins que nous sommes est une chose presque mystique, figurez-vous ! Pour nous donner la vie, les doigts du marionnettiste doivent épouser avec exactitude les gestes de la poupée, et cela de telle façon qu'il ne soit plus possible de distinguer le manipulateur de son pantin.

ROBERTINO. – C'est bien vrai. Je ne sais plus, la plupart du temps, si j'agis en tant que Roberto ou Robertino ! C'est d'ailleurs embarrassant à la longue.

PANTALONE. – Embarrassant ? Mais ça n'a aucune importance d'être ceci plutôt que cela, du moment qu'on s'amuse et, malheureusement, là on ne s'amuse plus beaucoup !

ISIDORO. – Donc, si je comprends bien, nos manipulateurs se passionneraient pour nos histoires au point d'oublier qui ils sont ? C'est audacieux comme thèse !

LUCHINO. – Oui, et le plus troublant, je vous le répète, est que, comme dans un jeu de miroirs, ils perdent conscience par la même occasion qu'ils sont eux-mêmes manipulés depuis d'autres cintres dont ils s'évertuent d'ailleurs à nier l'existence avec la dernière énergie.

ISIDORO. – Et si je vous ai bien suivi, cher Maître, notre supériorité sur eux serait de n'oublier jamais notre propre assujettissement ?

GIACINTA. – Moi, je l'oublie tout le temps !

ZEPPO. – Moi aussi !

BARBARA. – Moi, j'adore me sentir manipulée par des mains expertes !

PANTALONE. – Moi…

LUDMILLA. – Ça t'est complètement égal ! On finira par le savoir !

PANTALONE. – Et pourquoi serais-je le seul à ne pas pouvoir radoter ? Au moins, je le fais brièvement, contrairement à d'autres…

BUFFO. – Moi, je ne sais pas et je n'ai pas à le savoir, puisque je ne suis ici qu'en tant que faire-valoir.

ZEPPO. – Mais nous sommes tous des faire-valoir !

LUCHINO. – La vérité, si vous me permettez maintenant d'exprimer mon opinion…

ZEPPO. – Dieu du ciel ! Parce que jusqu'à maintenant ce n'était pas votre opinion ?

ISIDORO. – Non, il se contentait dans un premier temps, comme tous les philosophes, de nous récapituler les tenants et les aboutissants du problème, n'est-ce pas, Luchino ?

LUCHINO. – Oui, c'est à peu près ça. Donc, pour vous faire part à présent de mon sentiment personnel, je dirai que toutes ces prises de conscience entre manipulateurs et manipulés me semblent participer d'une vaste chorégraphie assez mystérieuse dont il est impératif, afin que se poursuive le spectacle, que nous l'oubliions juste après nous en être avisés. Autrement dit : de même que dans la nature – ce dont nous sommes, Dieu merci, préservés – prévaut la loi du chasseur-chassé, dans le monde du spectacle sévit celle du manipulateur-manipulé.

ISIDORO. – Tout ceci me paraît fort improbable…

BUFFO. – Ce qui est improbable a toutes les chances d'être réel, non ? Euh… excusez-moi, cela m'a échappé, je ne sais pas pourquoi j'ai dit ça !

LUCHINO. – Mais ne t'excuse pas, Buffo, tu as parlé d'or, le charme de tout spectacle, et à bien des égards de celui dans lequel nous évoluons présentement, provient de son improbabilité manifeste.

PANTALONE. – Je n'y comprends absolument rien, ils sont tous devenus fous ! Je devrais aller me rendormir pour me réveiller un peu plus tard dans un monde moins compliqué, avec des gens sensés et de vraies jeunes femmes prêtes à m'apprécier à ma juste valeur…

LUDMILLA. – Tu risques de dormir longtemps !

BUFFO. – Il me semble que pour se réconcilier avec les animaux, il faudrait que les humains s'abstiennent de réfléchir trop fort en notre présence, car nous avons encore plus peur de la pensée consciente que de la mort…

ISIDORO. – Comment ça ? Il faut que tu nous expliques ça, ours somnambule !

BUFFO. – Eh bien, je vous livre ce que j'ai conçu depuis longtemps, sans même…

ZEPPO. – Sans même y réfléchir… Nous avons compris !

BUFFO. – Oui, c'est cela. Ce que je crois avoir deviné, c'est que nous autres, les animaux, avons, dans un passé très ancien, instinctivement décidé de ne point développer notre conscience de façon à ne pas trop nous individualiser et de ce fait à atténuer la souffrance et l'angoisse de la mort. La mort est-elle si tragique si l'on n'anticipe pas le passage d'un état à un autre et souffre-t-on aussi cruellement lorsque la souffrance n'est pas réverbérée par la conscience ?

GIACINTA. – Mon Dieu que c'est compliqué !

ZEPPO. – Oui et en même temps, il prétend qu'il refuse d'être intelligent, c'est assez comique !

BUFFO. – C'est-à-dire que je ne sais pas vraiment ce que je dis, ça parle en moi et je ne fais que répéter ce qui me traverse. Vous trouvez que je dis des bêtises ?

PANTALONE. – Mais tu viens de nous expliquer que c'était ton choix que d'être bête, non ?

LUCHINO. – Un des philosophes humains du passé, un certain Jean-Jacques Rousseau, a pensé que tout savoir était vain et que la conscience claire éloignait du bonheur. Lui, Buffo, au moins, sa sainte ignorance animale le maintient au paradis de l'insouciance.

BUFFO. – En fait, aussitôt que je somnole, je crois entendre murmurer en moi, tel le bruit d'un source lointaine, une voix qui me conseille de m'abandonner au mouvement, quel qu'il puisse être…

PANTALONE. – Ces discours sont ennuyeux et incompréhensibles, mais je dois admettre qu'à moi aussi, très souvent, une voix semblable paraît m'entraîner dans une douce et agréable torpeur, mais, au bout du compte, de cela aussi je n'ai que faire.

ISIDORO. – Du pur délire ! Du lyrisme poétique puéril et inconséquent qui ne peut nous mener, hommes ou fantoches, qu'à notre perte.

ROBERTINO. – Ah, celle-là c'est la meilleure ! Ce sont au contraire les prétendus réalistes dans ton genre qui mènent le monde à sa perte, car leur aveuglement ne tient aucun compte des mystères qui nous entourent. À vrai dire, mon sentiment est que, derrière tout cela, nos maîtres humains ne poursuivent inconsciemment qu'un seul but. Comme l'a si bien dit un ami français de Roberto qui est peut-être en train de nous regarder en ce moment *(il esquisse le geste de regarder vers la salle)* : leur objectif est de vérifier l'Apocalypse inscrite dans leur subconscient, et leur fameux progrès tant revendiqué n'est qu'une progression têtue vers l'abîme. Toute leur activité ne tend qu'à cette seule chose : la rédemption par l'anéantissement ! Pourquoi ? me demanderez-vous. Mais parce qu'ils se sentent irrémédiablement coupables d'exister et surtout de pouvoir être heureux tant que le monde reste imparfait, inique et désordonné. Or le monde réel ne correspond en rien à cet ordre fantasmatique où la vérité et la justice devraient prédominer. Cela, ils le sentent bien, mais ils préfèrent s'abîmer dans la catastrophe annoncée plutôt que de renoncer à leur dogmatisme…

ISIDORO. – Le pathos prophétique maintenant ! On aura tout entendu !

LUCHINO. – Cela sonne pourtant comme un discours sensé, mais évidemment pour le reconnaître, encore faut-il savoir écouter.

LUDMILLA. – Écouter quoi, maestro ?

LUCHINO. – Mais le grondement souterrain, annonciateur des cataclysmes. N'entendez-vous pas cette sourde rumeur qui s'approche, pareille au rugissement d'un fauve affamé ? Il faut dire que c'est loin d'ici, de ce vieux palais délabré d'où la vie s'est retirée depuis si longtemps, mais c'est perceptible et ça augmente ! Cela dit, une fois la représentation terminée, dûment rangées dans nos boîtes, peut-être serons-nous de nouveau épargnées ? Peut-être dormirons-nous sous la cendre du volcan afin de renaître un jour pour de nouveaux maîtres ?

GIACINTA. – Mais c'est sinistre tout cela ! On s'amusait si bien tout à l'heure ! Giacomo, ne veux-tu pas continuer à me compter fleurette ?

GIACOMO. – Si, bien sûr ! Il ne reste que cela à faire pour ne pas sombrer dans le pire désespoir…

PANTALONE. – Il suffit de n'en avoir cure, croyez-moi, et alors ça n'est pas plus sinistre qu'autre chose : c'est juste le train du monde ! Amusons-nous jusqu'au dernier moment, même au bord du gouffre !

ZEPPO. – S'il vous plaît maintenant d'écouter l'opinion d'un clown professionnel, je dirais que tenter de prévoir l'avenir est une terrible erreur puisqu'il est imprévisible. Il faut seulement essayer de se maintenir dans l'équilibre précaire du moment présent, et rien d'autre. Mais c'est à la fois facile et difficile, bien entendu, et notre rôle étant de caricaturer les émois de nos maîtres, nous ne pouvons, hélas, éviter leurs alarmes.

BARBARA. – Moi, la question que je me pose depuis si longtemps à ce propos, Zeppo, est la suivante : existe-t-il des marionnettes enfantines ?

ZEPPO. – Mais, Barbara, c'est à travers nos personnages enfantins que les hommes peuvent se souvenir qu'aucun d'entre eux n'accède jamais complètement au statut d'adulte – cet état de froid renoncement à la fantaisie. Oui, nous existons pour illustrer l'éternelle jeunesse du monde, jusqu'au bord du gouffre, qu'il nous est d'ailleurs consubstantiellement interdit d'apercevoir, seulement de deviner.

LUDMILLA. – Quel sombre tableau tu brosses là, toi aussi, Zeppo, l'amuseur public ! Tu me fait frémir !

ZEPPO. – Mais vous le savez bien : toute chose n'existe que par son contraire, c'est la grande loi du pour et du contre – l'éternel moteur du monde. Le monde n'est beau et vivable que par la constante menace qui pèse sur lui et moi, et je ne suis susceptible de vous amuser qu'en raison de mon désespoir fondamental.

GIACINTA. – Tu ne voudrais pas revenir à ton registre habituel, Zeppo ? Tout cela est trop compliqué ! Giacomo, peux-tu m'inviter à danser ? Et toi, Beppe, peux-tu nous jouer quelque chose pour égayer un peu l'atmosphère ?

(Beppe commence à jouer une sorte de lamento très mélancolique et très lent sur lequel Giacinta et Giacomo dansent enlacés, tandis que les autres s'asseyent par terre nonchalamment.)

ZEPPO. – Buffo, ne te rendors pas tout de suite et viens donc poétiser avec nous !

BUFFO. – Ah oui, où étais-je donc ? J'ai commencé à faire un drôle de rêve : je rencontrais des humains tout près d'ici et je lisais dans leurs pensées. C'était un rêve très triste et même terrifiant à certains égards.

BARBARA. – Buffo, mon cher ours, n'y pense plus et buvons à l'intemporalité marionnettique, à notre belle insouciance !

PANTALONE. – Bien dit ! Robertino, toi qui es le maître de cérémonie, tu dois bien savoir s'il n'y a pas quelques bouteilles de chianti cachées par ici.

ROBERTINO. – Bien sûr qu'il y en a ! Je vais vous les chercher !

(Il sort puis revient avec des bouteilles et des verres qu'il distribue à tous.)

LUCHINO. – Oui, vous avez raison ! Cessons de nous tourmenter. Abandonnons-nous aux mains qui nous meuvent, si c'est le cas, et tentons de persuader ceux qui sont peut-être là à nous regarder de nous imiter, afin que tout rentre dans l'ordre, pour le meilleur et pour le pire.

ISIDORO. – Pour une fois, je suis d'accord avec toi, Luchino, puissent-ils nous entendre ! *(Il se penche vers le public la main en visière et s'adresse à lui.)* Si quelquefois, amis, vous êtes en mesure de nous entendre de là où vous êtes, de grâce prenez notre faible opinion en compte et arrêtez de croire que vous êtes les maîtres du jeu ! Entrez dans la danse, un point c'est tout !

PANTALONE. – Cesse, toi le premier, de délirer en t'adressant à des fantômes ! N'use pas ta salive en vain et buvons à la santé des fantoches de tous les temps, célébrons la merveilleuse et éternelle mécanique des pantins !

ZEPPO. – Oui, buvons à notre grandeur dérisoire et à nos folies inconséquentes !

BARBARA. – Buvons à l'amour et à l'ivresse d'exister dans l'instant précaire !

GIACINTA. – Surtout à l'amour et à la séduction !

GIACOMO. – Je bois à mon intarissable vanité !

LUDMILLA. – Et moi à mon incoercible bon sens !

LUCHINO. – Santé, les amis !

BEPPE, *tout en jouant.* – Je bois à la musique et aux chansons indestructibles !

BUFFO. – Et moi à la fabuleuse sagesse de la bêtise !

ZEPPO. – Buvons aussi à l'éternelle bouffonnerie de l'Italie mélancolique.

ROBERTINO. – Comment cela ? Ah, oui, tu as sans doute raison, à la clownerie sans cesse renaissante des puppazzi de toutes extractions ! Buvons à la comédie du monde et puis, surtout, à la secrète mélancolie des marionnettes !

TOUS. – Oui, à la secrète mélancolie des marionnettes !

PANTALONE. – Je suis satisfait de voir que mon point de vue a prévalu : fichons-nous de tout !

(Beppe continue de jouer en sourdine.)

ROBERTINO. – Zeppo, toi qui connais des milliers de poèmes, peux-tu nous en réciter un qui soit de circonstance avant que nous nous rendormions, Dieu sait pour combien de temps ?

ZEPPO. – D'accord ! Voyons voir… un poème de circonstance, c'est-à-dire, pour nous marionnettes, suffisamment intemporel. Oui, peut-être celui-ci *(tous sont allongés par terre, un verre à la main)* :

Dans une ville noire entraînée par le temps
(toute maison au fil des jours s'écroule)
je rentrais, je sortais avec toutes mes ombres.
Mille soleils montaient comme du fond d'un fleuve,
mille autres descendaient, colorant les hauts murs ;
je poursuivais des mains sur le bord des balcons ;
des formes pâlissaient (la lumière est sur elle)
ou tombaient dans l'oubli (les rayons ont tourné)
les jours… les jours… Qui donc soupire et qui m'appelle,
pour quelle fête ou quel supplice ou quel pardon ?

(S'ensuit un long silence pendant lequel toutes les marionnettes paraissent comme envoûtées par un sortilège.)

LUDMILLA. – Oui, c'est cela. C'est la musique même du temps qui s'exprime dans ce poème si inspiré, mais de qui est-il ?

ZEPPO. – D'un poète humain, français en l'occurrence, nommé Jean Tardieu.

LUDMILLA. – Comme c'est étrange, on dirait qu'il n'a pas été écrit par un humain mais par un de ceux qu'ils appellent leurs dieux !

BARBARA. – Oui, un poème divin... Les jours, les jours et les heures et les minutes et les multiples secondes qui s'égrènent, qui fuient et perpétuent le monde en le métamorphosant. Cela dit, c'est sans doute triste pour les mortels mais en quoi cela nous concerne-t-il ?

LUCHINO. – Eh bien, en ce sens que nous dépendons d'eux plus qu'ils ne dépendent de nous.

ISIDORO. – Cela reste à prouver !

ROBERTINO. – Oui, Isidoro a raison, ça reste à prouver, mais pourtant cela nous concerne car nous aussi dépendons du temps qui passe et de la lassitude des spectateurs pour le spectacle de marionnettes.

PANTALONE. – Mais qu'est-ce que ça peut faire ? Rien de ce qui est beau n'est éternel.

ZEPPO. – Tu veux sans doute dire que la beauté des choses est en rapport avec leur fragilité.

PANTALONE. – Peut-être, je n'en sais rien à vrai dire.

Robertino. – Oui, c'est un peu le mot de la fin que, contre toute attente, tu viens de prononcer Pantalone. Bon ! Maintenant, afin de garantir la qualité de nos spectacles futurs, il est désormais temps de retourner dans nos boîtes. Notre temps imparti est écoulé pour cette fois-ci et si nos maîtres veulent nous réutiliser un jour, il est impératif que nous nous rendormions dans nos caisses jusqu'à la prochaine fois.

Giacomo. – Qui est prévue pour quand ?

Robertino. – Ah ! tu m'en demandes trop, Giacomo, et je crois d'ailleurs que Roberto lui-même l'ignore…

Giacinta. – Donc, c'est déjà fini, et Giacomo, une fois de plus, ne s'est pas déclaré. Sans doute, ne suis-je pas près de me marier.

Giacomo. – D'autant plus que ce n'est pas dans ton rôle !

Isidoro. – Comme c'est triste, Luchino, car en dépit du fait que nous ayons pour fonction de n'être jamais d'accord, je puis te confesser que je prends plaisir à nos controverses : tu vas me manquer, vieil adversaire !

Luchino. – Toi aussi, tu me manqueras, vieille baderne raisonneuse, mais nous ne ferons que dormir et ce sera l'occasion de fourbir nos argumentations respectives.

Zeppo. – Au revoir, improbable Buffo, et bon retour à toi au plus profond de l'universel compagnonnage.

Buffo. – Ah, oui, je retourne au sein de mon bienheureux engourdissement anonyme, si reposant. Je conserverai toutefois un souvenir ému de cet accès impromptu à l'individualité, sans plus d'ailleurs, car je dois avouer que je vous l'abandonne volontiers.

(Toutes les marionnettes se dirigent lentement vers leurs boîtes respectives et commencent de s'y allonger tandis que Beppe continue de jouer une valse lente.)

LUDMILLA. – Au revoir Giacinta et Barbara, mes sœurs, puissions-nous nous retrouver bientôt pour bavarder en toute liberté, loin des ratiocinations masculines.

BARBARA. – Hélas, mon amie, je crains bien qu'il ne s'agisse là d'une utopie, prenons-en notre parti.

GIACINTA. – Personnellement, cela m'amuse, et j'ai beau faire semblant de m'en impatienter, ces discussions me divertissent car ces mâles sont de sacrés comédiens. Je les soupçonne de ne pas croire un mot de ce qu'ils professent !

LUDMILLA. – Oui, tu as peut-être raison : tout est agencé dans le but de perpétuer le spectacle et de justifier ces excitantes intrigues qui font battre le cœur.

BARBARA. – Le cœur, dis-tu ?

LUDMILLA. – Je parle du cœur des hommes dont les pulsations nous animent.

BARBARA. – Espérons donc qu'il batte encore un petit bout de temps.

LUDMILLA. – Oui, espérons-le…

(Toutes les marionnettes sont maintenant allongées dans leurs boîtes, certaines ferment déjà les yeux. Des ombres à taille humaine entrent sur scène et viennent éteindre une à une les bougies.)

GIACINTA. – Robertino ?

ROBERTINO. – Oui ?

GIACINTA. – Crois-tu qu'un jour nous pourrons sortir et voir le monde ? J'aimerais tant, vois-tu, contempler, ne serait-ce qu'une seule fois, la mer, le ciel, les nuages, les plantes et les animaux et, par-dessus tout, les étoiles dans la nuit…

ROBERTINO. – Hélas, Giacinta, je crains que ce ne soit jamais possible. Endors-toi, ma belle, sans te tourmenter pour d'aussi improbables éventualités : à chacun son destin en ce monde plein d'iniquités. Le nôtre est de divertir tout en nous divertissant nous-mêmes, n'est-ce pas déjà bien suffisant ?

GIACINTA. – Tu as sans doute raison, Robertino, il faut accepter son sort, chacun à sa place, j'espère simplement apercevoir toutes ces merveilles, un jour, en rêve.

LUCHINO. – Ce qui est le lot de ceux que tu envies, car eux-mêmes, d'après ce que j'en sais, ne voient les choses qu'à travers la brume de leurs songes et de leurs encombrantes pensées. Bon, assez philosophé, bonne nuit à tous et à bientôt peut-être, sous d'autres cintres célestes.

PANTALONE. – Ça ou autre chose, ici ou ailleurs, qu'est-ce que ça peut faire ?

ZEPPO. – Bonne nuit les amis ! Puis bonne chance à vous tous aussi, *(Il désigne la salle.)* si vous êtes là ! Et une fois rentrés chez vous, tâchez de temps à autre d'avoir une pensée gentille pour nous…

Le violon de Beppe se fit entendre quelques instants encore pendant que chacun des protagonistes refermait son couvercle sur lui-même. Puis, les dernières bougies ayant été soufflées, la scène se retrouva d'un coup plongée dans l'obscurité et le silence. Il y eut un long moment de flottement indécis dans la salle, jusqu'à ce que les applaudissements crépitent et que Stella, se penchant vers moi, me dise :

– Sentez-vous les fils qui soulèvent nos mains pour applaudir ?

Les premiers commentaires à voix basse commençant de s'élever, je pus constater que le spectacle avait fait forte impression. Enfin, dès qu'Emilio eut rallumé sa torche, donnant le signal du départ, l'assemblée s'ébroua, les lampes électriques s'allumèrent et, en file indienne, nous nous dirigeâmes vers l'escalier en colimaçon. Une fois dehors, tous rassemblés sur le terre-plein qui faisait face au palais, les bavardages allèrent bon train. Enfin, Roberto vint nous rejoindre accompagné de ses élèves, tous de très jeunes gens. Aux nombreuses félicitations, il répondit, conservant son expression mi-goguenarde mi-défiante :

– C'est Robertino qu'il faut remercier, c'est lui qui a tout manigancé, croyez-moi ! Nous n'avons fait que suivre ses indications et répéter ses paroles. Nous ne sommes que des exécutants et je sens d'ailleurs que mes pieds se mettent en marche tout seuls – merci Robertino ! – vers quelques bonnes bouteilles que notre hôte a gardées en réserve et qui vont nous permettre de boire ensemble le verre de l'amitié bouffonne.

Une grosse lune s'était levée, qui illuminait le parc, et, tout en redescendant la colline par l'allée menant à la cabane d'Emilio (en compagnie des autres spectateurs qui me semblèrent eux-mêmes – palabrant avec passion – curieusement parés de masques et de costumes de scène), j'eus le sentiment que sa clarté blafarde, jouant entre les ramures des arbres, prolongeait la féerie du spectacle, conférant à notre prétendue liberté de mouvement, dont le bien fondé venait d'être discuté par les marionnettes, une indécision à la fois comique et ironique ; comme si, encore, c'était effectivement le magnétisme de l'astre étincelant qui actionnait notre progression sur le chemin. Or ce sentiment, loin de m'inquiéter, me rasséréna, m'offrant pour quelques minutes la délicieuse illusion d'évoluer au sein de l'insouciante légèreté lunaire d'une comédie de Goldoni.

20

Cette après-midi-là, je m'étais mis en quête, dans un quartier peu fréquenté du centre de Florence, d'un libraire dont Emilio m'avait indiqué qu'il possédait une importante collection de vieux livres en français – traductions et originaux. Certains devaient être assez rares pour m'intéresser.

Après m'être fourvoyé plusieurs fois dans l'imbrication des ruelles médiévales de la ville, je parvins enfin, en bordure des quais de l'Arno, à une courette sombre aux pavés inégaux, coincée entre de hautes bâtisses. Un if monumental y avait prospéré et, au cœur silencieux de la cité antique, sa solitude ainsi protégée avait quelque chose d'éminemment méditatif. Dans l'un des coins de cette courette, près d'un escalier extérieur en pierre massive, se trouvait l'étroite vitrine, faiblement éclairée, de la minuscule librairie. Un nom était inscrit sur la porte vitrée : Giancarlo Finzi. Dans la vitrine, au milieu de gravures du vieux Florence, étaient épinglées ou grossièrement collées sur les parois – à l'instar d'une chambre d'adolescent – des portraits d'écrivains d'une autre époque (une photo en noir et blanc de la grosse tête léonine de Benedetto Croce, par exemple, voisinait avec la gravure du fin et austère visage de Giambattista Vico) et au-dessous, sur des présentoirs en bois désuets, étaient exposée une série de bouquins tout à fait démodés : une édition poussiéreuse de la *Scienza nuova* côtoyait le *Bréviaire d'esthétique* et, juste à côté, reposait un exemplaire, fort rare à ma connaissance, de *Matériaux d'une théorie du prolétariat* de Georges Sorel ; non loin, une autre gravure montrait le visage mélancolique de Leopardi surmontant une édition un peu tachée du *Zibaldone*. Je reconnus encore, dans des cadres vermoulus dont les verres protecteurs n'avaient visiblement pas été nettoyés depuis des lustres, les portraits d'écrivains italiens plus récents : Italo Svevo, Tomasi di Lampedusa, Ungaretti, Saba, Buzzati, Bassani, Rigoni Stern, Pirandello, Alberto Savinio et surtout celui de l'écrivaine que j'avais toujours considérée comme la plus étonnante de l'Italie moderne : Anna Maria Ortese.

Je compris qu'Emilio m'avait envoyé à la bonne adresse.

J'entrai en poussant la porte vitrée qui actionna un timbre carillonnant comme ceux des magasins de mon enfance. Il n'y avait personne à l'intérieur et les rayonnages éclairés par des lampes accrochées aux montants de la bibliothèque reposaient dans une tranquillité de crypte. J'aperçus alors, à hauteur de mes yeux, un chat gris qui dormait enroulé dans un panier enfoncé parmi les livres de Buzzati, cet écrivain que j'avais tant lu dans ma jeunesse et qui avait même été l'un de mes modèles, mais dont je n'avais pas rouvert un livre depuis plus de vingt-cinq ans. Je pensai que le dormeur félin ne pouvait avoir fait meilleur choix.

Un petit homme chauve, un peu voûté, aux yeux pointus, précis et néanmoins voilés d'une légère gaze de songerie rémanente, vêtu d'une veste de velours munie de coudes en cuir, portant cravate et chemise blanche sous un pull en V, s'extirpa d'une étroite porte, comme d'une armoire, et me demanda en italien ce que je désirais.

Aussitôt que j'eus mentionné quelques livres que je recherchais et décliné le nom d'Emilio Lungharini, je vis son visage, jusqu'ici un tantinet chagrin, s'éclairer et, me répondant dans un parfait français mâtiné d'accent toscan, il me dirigea vers la partie de la boutique où se trouvaient les livres se rapportant à mon domaine d'intérêt. Dans un recoin, près d'une haute fenêtre donnant sur la ramure de l'if, étaient rangées quelques centaines de livres imprimés en français. Presque aussitôt, à la manière dont j'eus anticipé un passing sur un court de tennis – tant les amateurs de livres, à la longue, développent des réflexes de ce type –, mon regard fut aimanté par un ouvrage fort rare : l'anthologie poétique que Léautaud avait rédigé en duo, dans ses années de jeunesse, avec son vieil ami Van Bever ; puis j'avisai un livre plus rare encore : l'unique recueil de nouvelles publié par Michel de Ghelderode et intitulé *Sortilèges*, dans l'édition d'origine, Maréchal. Je vis ensuite un certain nombre d'ouvrages d'auteurs européens de l'entre-deux-guerres que j'affectionnais tout particulièrement : *Le Jardin d'Épicure* d'Anatole France, *Byron* d'André Maurois, *Approximations* de Charles Du Bos, *Daphné Adéane* de Maurice Baring, l'*Histoire de Rome* en sept volumes de Guglielmo Ferrero, *Journal de voyage d'un philosophe* d'Hermann von Keyserling, et pour finir, surtout, la collection complète de *Chronique des Pasquier* de Georges Duhamel – œuvre qui avait non seulement enchanté mais sans aucun doute durablement formé mon esprit au cours de mon adolescence et jamais revisitée depuis quarante ans toutefois…

Mon furetage passionné parmi ces ouvrages semblait enchanter le bonhomme et après qu'il m'eut observé en silence pendant quelques minutes, il me convia à venir prendre le thé lorsque j'aurais terminé mon inventaire, me désignant la petite porte par où il était apparu.

Après que j'eus, comme à mon habitude, feuilleté et grappillé quelques phrases ici ou là dans les ouvrages qui m'intéressaient, les notant rapidement sur mon carnet, je frappai à la porte entr'ouverte. Une voix légèrement enrouée m'invita à entrer. Le libraire était assis, ses lunettes sur le nez, à un minuscule bureau surchargé de livres et de paperasses, éclairé – bien qu'il fît jour – par une lampe basse projetant son étroit cercle de clarté sur la page qu'il était en train de lire. Les quatre murs de la pièce exiguë étaient couverts d'étagères remplies d'autres livres et de gros dossiers sanglés. Sur la seule portion dégagée du mur trônait un portrait d'Umberto Saba. Cependant le plus marquant (qui faisait penser à l'antre du *Philosophe en méditation* de Rembrandt) était une petite fenêtre carrée qui donnait sur l'Arno dont les reflets aquatiques, en contrebas, venaient trémuler au plafond avec une effervescente régularité stroboscopique. Je demeurai un instant à contempler cette scène de genre et pris mentalement un instantané mnémographique pour Elvire, m'enchantant à la perspective de devoir lui décrire par le menu ce refuge d'un confrère florentin si similaire au sien. Puis, comme il m'y avait convié (et comme je le faisais chez Elvire aussi), je m'assis en face de lui dans un fauteuil destiné de toute évidence aux interlocuteurs de passage.

S'étant enquis de mes goûts en la matière (un goût russe ferait-il l'affaire ?), il se dirigea vers une niche encastrée dans le mur où reposaient une bouilloire électrique, une théière et quelques bols chinois, puis se mit en devoir de faire le thé. Une fois qu'il eut versé l'eau bouillante sur les feuilles et disposé les bols fumants en équilibre sur deux piles de livres, il me regarda plus attentivement et me dit :

– Ce n'est pas très pratique, je sais, mais j'aime prendre le thé au milieu des livres, je trouve que c'est une bonne combinaison.

– Oui, approuvai-je, j'ai toujours pensé ça, moi aussi, et j'ai même récemment écrit un texte à ce sujet.

– Ah, vous êtes donc, également, touché par la maladie. Vous n'êtes pas seulement un impénitent du vice de la lecture, vous aggravez votre cas par une graphomanie déclarée ?

– Oui, hélas, j'ai contracté cette manie très tôt et je n'ai jamais pu ni même souhaité m'en défaire, en dépit de son aspect contraignant.

J'ai souvent regretté, en effet, de peut-être passer à côté de la vie en restant penché ainsi sur un livre ou un cahier pendant que les autres s'ébattaient dehors… Encore que j'aie souvent eu l'impression d'être l'exact contrepoint de leur insouciance.

– Et vous avez eu bien raison de le penser, me dit-il en me glissant un regard appuyé par-dessus ses lunettes. Borges – qui représente pour nous autres lecteurs, n'est-ce pas ? l'archétype de l'éternel reclus au fond de sa bibliothèque – a dit un jour qu'il avait longtemps pensé qu'au moment même où des athlètes nageaient dans le fleuve, où des enfants hurlaient de plaisir en poursuivant un ballon, où de splendides jeunes gens vivaient leurs amours dans les jardins et au fond des alcôves, où de hardis aventuriers s'enfonçaient au fin fond des jungles les plus touffues, où les nuages déployaient leurs architectures dans l'azur au-dessus des caravanes de bédouins ou d'un voilier ivre de liberté solitaire sur l'océan, rester enfermé à lire dans une bibliothèque ou noircir des pages dans l'ombre d'un bureau n'était pas vivre vraiment, mais qu'ensuite, avec l'âge, et après avoir médité les témoignages de grands voyageurs, les biographies d'hommes d'action, et les avoir comparés à ceux des poètes sédentaires ou des fonctionnaires les plus routiniers, il était arrivé à la conclusion que tout était également vivant : la vie turbulente, les plus palpitantes tribulations aventureuses comme la vie sédentaire des oisifs, les intrigues dans les bureaux, les prières dans les cellules des monastères, les longues heures de lecture immobile, les journées passées à coller des timbres dans des albums, bref, que la vie s'immisçait partout, jusqu'au cœur des prisons les mieux verrouillées.

– Oui, j'ai fini par le penser, moi aussi, à la longue, et même que la figure du lecteur contemplatif était sans doute complémentaire de celle de l'aventurier. Un grand écrivain voyageur, Henry de Monfreid, a écrit des pages mémorables à ce sujet.

Au cours d'un épisode tout à fait crucial d'une de ses aventures (il est immergé jusqu'à la ceinture dans un marais africain où il s'est embourbé, tenant le panier de son chat à bout de bras), il se pose la question – c'est la marque des êtres suprêmement désinvoltes que de réfléchir ainsi au cœur même du danger – de savoir pourquoi, venant d'échapper de justesse à ses féroces poursuivants, il s'est finalement fichu dans un tel pétrin. Ne serait-ce pas, se demande-t-il, dans le but plus ou moins conscient de faire frémir un jour ses futurs lecteurs avec le récit qu'il en fera par la suite ? Et il va jusqu'à dire qu'il sent dans l'instant même que c'est nous, bien calés dans nos fauteuils, qui sommes en train de le propulser plus avant dans cet imbroglio périlleux !

– Il y a, c'est sûr, les aventuriers sur le terrain et les aventuriers en fauteuil, et il est probable que ce sont les seconds qui savourent le mieux toute l'essence des péripéties.

– Ne peut-on estimer aussi, comme paraît le penser Borges, que c'est l'intensité de l'émotion qui déclenche l'aventure ? Que pour les êtres sensibles – auprès de qui la représentation mentale joue un rôle primordial –, la sortie la plus banale représente une aventure tout aussi palpitante que pour des explorateurs intrépides la traversée à dos de chameau du désert de Gobi ?

– Sans doute, oui ; l'imagination joue un rôle décisif en toute circonstance et peut-être bien que l'hypocondriaque chronique ressent une joie aussi vive à sortir rassuré de chez son médecin que le risque-tout à sortir indemne d'une fusillade ou d'un duel à l'arme blanche.

– Ce sont les merveilleux paradoxes de ce monde alambiqué. Mais vous, par exemple, n'avez-vous jamais éprouvé un sentiment d'incomplétude dans votre existence ?

– À vrai dire non, jamais. J'ai toujours su que j'étais fait pour la délectation d'une longue vie monotone. Vous avouerais-je même que lorsque je me lève le matin et que je vois par la fenêtre un temps gris, mon cœur bondit de joie ? Non seulement parce que je vais pouvoir me consacrer à une journée d'étude sans être tiraillé par une vague culpabilité, mais encore parce que mon âme profonde respire mieux.

– Ah, c'est vrai, moi aussi ! m'exclamai-je.

– Et il me semble, reprit-il, que par ces journées où le ciel est couvert et l'air immobile, les vœux des morts s'exhument sans entraves, que les appels du passé et même de l'avenir deviennent perceptibles et circulent en toute liberté, nous murmurant à l'oreille de merveilleuses suggestions et de précieux conseils. Par ces journées poreuses où le passé affleure et où les défunts se rappellent à nous, j'ai le sentiment d'être parfaitement à ma place, comme enchâssé dans la plus pure tradition florentine : celle de l'étude patiente et de la réflexion détachée. Je lévite à l'instar d'un bienheureux fantôme occidental attentif. Comprenez-vous ? La vraie liberté, je crois l'avoir toujours su, ne réside que dans la dépendance consentie à ce qui, intérieurement, nous émeut.

– J'ai souvent pensé de même, je dois dire, et j'ai là – c'est ma manie de transporter partout mon carnet de notes – une citation que je peux retrouver et qui exprime cela à merveille, elle est de cet écrivain dont vous avez un ouvrage ici derrière dans les rayons, Charles Du Bos.

– Ah oui, ce vieux Charlie, certainement l'un de vos meilleurs critiques littéraires. Je vous écoute.

– Voici, c'est là, et c'est amusant parce qu'il parle justement de son amour des citations que certains lui avaient reproché, c'est tiré de son journal de 1921 : « Les références, pensais-je, c'est la générosité de l'esprit. Elles sont totalement méconnues, et il est bien qu'il en soit ainsi car la vocation de la générosité d'esprit c'est d'être méconnue. Elles impliquent ce fait incompréhensible à la plupart, à savoir que tous ceux dont nous sommes les débiteurs spirituels accompagnent notre pensée à travers toutes ses opérations : dès lors, si l'on est constitué d'une certaine façon, non seulement on ne veut pas, mais on ne peut pas éluder citations et références sans avoir le sentiment que l'on débarque avec la plus ingrate brutalité ceux-là mêmes grâce aux lointains effluves desquels nous avons abouti à la pensée même que nous sommes en train d'exprimer. Les relations avec les écrivains morts en particulier sont au nombre des relations les plus poignantes, les plus solennelles, les plus consolatrices aussi, qu'un esprit puisse entretenir : pour ma part je sais bien qu'il n'est pas de jour où plusieurs d'entre eux ne soient mêlés à ma vie avec un degré d'intimité qui mène au bord des larmes. »

Après m'avoir écouté les yeux fermés, Giancarlo Finzi resta un certain temps silencieux, comme plongé dans ses pensées, puis il dit :

– Passage remarquable ! Pourriez-vous me le photocopier ? En réalité, cette relation que nous entretenons avec les écrivains du passé et même avec nos contemporains éloignés tient de la prière, ne croyez-vous pas ?

– Si, et je pense aussi que les esthètes clandestins que nous sommes, réfugiés dans nos citadelles de papier, ont découvert le sens du vrai luxe qui est de ne vivre physiquement qu'à moitié, ainsi que le recommande la sagesse chinoise ancienne. Nous participons d'autant mieux que nous observons de loin et puis, d'une certaine manière, peut-être un peu cynique, il est plus facile d'aimer de loin. Le mépris et l'amertume qu'engendre inévitablement une trop grande familiarité nous sont épargnés.

– Le mépris, sans doute, l'amertume, c'est moins sûr…

– Oui, vous avez raison, mais dans un monde comme celui d'aujourd'hui, l'amertume protège du désespoir, lequel n'est jamais loin.

– C'est-à-dire que pour nous, Italiens du Nord, la mélancolie est une seconde nature, atavique, profonde et, à force, c'est même devenu une sorte de plaisir, une délectation morbide – ce pourquoi sans doute nous avons inventé ce mot étrange pour la désigner : la morbidezza.

– Oui, nous l'avons adopté en France en disant « morbidesse », mais que cela signifie-t-il plus précisément pour vous ?

– La morbidesse est une grâce alanguie, empreinte de mélancolie et accompagnée d'une certaine nonchalance, une mélancolie qui caresse, une tristesse voluptueuse comme amusée d'elle-même, une élégante rêverie de dilettante anémique, voyez-vous… Il est d'ailleurs amusant de remarquer que le mot italien dilettanti désigne au départ les amateurs de musique italienne et plus particulièrement, à ce que je crois, d'une musique aux accords longuement étirés, cette musique alanguie d'un Gesualdo, d'un Monteverdi, d'un Frescobaldi, ou même, pour certains passages lents, de Vivaldi.

– Je dois vous avouer que ces accents-là résonnent en permanence dans ma tête lorsque je longe l'Arno, surtout au crépuscule.

– C'est en effet une musique crépusculaire, la musique d'un monde finissant et se sachant condamné, comme l'est probablement le nôtre, à cette différence près que nous ne voulons pas l'accepter. Pourtant il y a de la beauté à se sentir au bord du désastre, en équilibre instable au bord du gouffre… Et l'instant où un fruit est mûr n'est-il pas aussi celui où il est le plus exquis ? On attribue souvent l'invention du terme de Renaissance à votre grand historien exalté, Jules Michelet – lequel avait, soit dit en passant, une forte tendance à confondre ses idées romantiques avec les faits historiques, il me semble. Cette prétendue Renaissance m'apparaît plutôt à moi comme le dernier sursaut d'un monde finissant ; aussi ai-je tendance à penser que la mélancolie que nous venons d'évoquer est plutôt une sorte de déploration sur la fin de la période médiévale. Les chantres du progressisme à tous crins ont estimé que l'époque médiévale était une époque d'obscurantisme, ce qui est peut-être vrai mais loin d'être suffisant, car l'énergie paradoxale qui mène le monde a voulu que ce soit en même temps l'un des sommets mystiques et artistiques de la civilisation occidentale. Gesualdo lui-même, par exemple, un des parangons de cette musique raffinée dont nous parlions, a fait assassiner de façon sauvage sa femme et l'amant de celle-ci. C'est presque impossible à comprendre aujourd'hui. Enfin ce que je veux dire, c'est qu'en même temps que se perpétraient les pires atrocités, non loin de là, de manière presque contrapuntique, des trésors de délicatesse étaient minutieusement ciselés, c'est étrange… Enfin, je crois que cette sensibilité médiévale a atteint son apogée au XVIIIe siècle, pour ensuite décliner progressivement et j'ai d'ailleurs ici un passage qui… Giancarlo se leva pour farfouiller dans son fatras de papier sur son bureau, puis reprit tout en cherchant : … oui, j'ai noté quelque part une citation de Nietzsche qui exprime cela admirablement, en parlant de la musique, ah oui, ça doit être par là (il feuilletait un gros cahier à spirale). Ça y est, je l'ai, voici : « Le *bon vieux temps* est passé, en Mozart il a fait entendre son dernier chant : estimons-nous heureux de ce que son rococo nous parle encore, de ce que son "bon ton", sa passion délicate, son plaisir d'enfant aux chinoiseries et aux fioritures, sa politesse qui part du cœur, son goût de la grâce, de la tendresse et de la danse, sa sensibilité proche des larmes, sa foi dans le Sud touchent encore quelque chose en nous. Hélas, un jour ou l'autre, cela aussi prendra fin. Mais qui peut douter qu'auparavant nous aurons cessé de comprendre et de goûter Beethoven, qui ne fut que la dernière expression d'une rupture et d'une transition dans le style musical et non pas, comme Mozart, l'ultime expression d'un goût européen qui avait régné avec grandeur durant des siècles. Beethoven est le produit hybride d'une vieille âme agonisante et d'une âme à venir et très jeune, qui n'en finit pas de naître ; sa musique baigne dans le clair-obscur d'un deuil éternel. »

– Apparemment nous n'avons pas encore terminé ce deuil. Mais pour en revenir à ce que vous disiez de ce sommet de la civilisation, je me suis mis à penser comme vous depuis que j'ai pris conscience du bien-être que je ressentais à séjourner au cœur d'un bourg médiéval. J'ai aussi observé la fascination de la plupart de mes contemporains pour les châteaux moyenâgeux enserrés dans leur coquille de maisons, pour cette architecture instinctive qui s'est constituée de façon quasi organique, par ajouts successifs et improvisés, comme les coraux. Je me suis dit qu'il existait presque sûrement en nous une rationalité inconsciente à laquelle les hommes de cette époque surent encore s'abandonner. Aujourd'hui l'être humain s'est déifié lui-même et se croit responsable de l'univers entier.

– C'est vrai, et il faut entendre parler ces astrophysiciens qui prétendent observer des phénomènes ayant lieu aux extrémités du firmament et qui ne se posent pas la moindre question sur leur imaginaire perceptif. Pour un vieil érudit sceptique dans mon genre, cela revêt parfois des aspects comiques. Ces intelligences virtuoses qui n'ont pas le moindre soupçon de ce que peut être la réflexion phénoménologique. Ah, ils seraient bien stupéfaits s'ils commençaient à se douter qu'il est impossible de prouver avec certitude que leurs plus puissants télescopes ne portent peut-être pas plus loin que le fin fond de leur cosmos très privé. Et puis, cette soif inextinguible d'espace prétendument infini… On a surtout l'impression qu'ils veulent s'étourdir comme de grands dadais avides de sensations !

– En principe, dis-je, ils ont tous pourtant, à un moment ou à un autre (en France, du moins, cela fait partie de nos humanités), étudié le conte de Voltaire intitulé *Micromégas*, mais pour eux, semble-t-il, cette leçon d'humilité cognitive est demeurée lettre morte. J'ai d'ailleurs remarqué une chose assez comique illustrant la vanité prétentieuse de nos sommités scientifiques : il suffit de lâcher devant eux au détour de la conversation le nom de Kurt Gödel pour qu'ils entrent dans une fureur caractérielle. Cela me fait penser à une pièce désopilante de Roger Vitrac, intitulée *Victor ou les Enfants au pouvoir*, dans laquelle l'auteur se moque des idées dominantes de la bourgeoisie de l'entre-deux-guerres. Le personnage principal est une sorte de grand enfant surdoué et désespéré, appelé Victor, qui, aussitôt qu'il a affaire au personnage représentant la respectabilité et l'autorité suprême au sein de ce milieu guindé (le général de Longségur), se débrouille pour prononcer à brûle-pourpoint le simple vocable de « Bazaine » – nom de celui qui fut longtemps considéré dans l'armée comme le symbole même de l'indignité et de la traîtrise pour avoir capitulé à Metz –, provoquant immédiatement, de manière quasi pavlovienne, une rage homérique chez le patriotique général.

– Et qui est ce Gödel exactement ?

– C'est un de ces mathématiciens fous, mais étonnamment génial sur le plan des abstractions (comme il y en eut tant parmi les juifs germaniques qui émigrèrent aux États-Unis pendant la guerre – un crypto-talmudiste en somme), qui aurait plus ou moins réussi à démontrer les limites intrinsèques de la logique mathématique en elle-même ; ami d'Einstein et d'Oppenheimer qui le considéraient comme le plus grand logicien des temps modernes, il est regardé en fait par les cartésiens purs et durs comme un traître à la cause de la rationalité occidentale éprise d'exhaustivité et de vérité intangible. Précisément, le théorème qui le rendit célèbre se nomme théorème d'incomplétude ou d'indécidabilité, ce qui résume tout. L'existence de cet homme qui consacra, de surcroît, la fin de sa vie à des études philosophiques plus ou moins démonistes (il croyait que l'extrême intellectualité représentait une sorte de pacte faustien avec le diable) constitue pour les scientistes fanatiques, comme il y en a tant, une épine dans le pied très douloureuse.

– Chesterton a dit quelque chose de très juste à propos de ce genre d'esprit : « Le fou est celui qui a tout perdu sauf la raison. »

– À cette aune, c'est notre époque entière qui a tout perdu.

– Et surtout le précieux sens commun. Mais revenons à notre marotte littéraire. Vous vous intéressez donc, vous aussi, aux écrivains que j'ai collectionnés ici ?

– Oui, je peux même dire que j'ai passé des heures, voire des années, en leur compagnie, négligeant, j'en ai peur, de me tenir informé de parutions plus récentes, et sans doute ai-je manqué quelques merveilles.

– C'est possible, mais enfin, je suis dans le même cas que vous : j'ai très peu lu mes contemporains. Cependant, je dois dire que presque à chaque fois que je m'y suis essayé, j'ai cru avoir affaire à de la simple ingéniosité rhétorique, dont le but essentiel était de surprendre le lecteur par des associations inédites, recherchées et étranges – une sorte de prolifération du bizarre aux dépens du merveilleux, voyez-vous. En fait, ces compositions ne m'ont procuré aucun plaisir véritable, sinon celui de l'étonnement – une stupéfaction superficielle produite par une foule d'images inattendues ou d'intrigues complexes. Aucune nécessité ni cohérence intime dans tout cela. Je me lassais très vite.

– Et donc, que lisez-vous actuellement ?

– Je lis, comme vous pouvez le voir, *L'Anatomie de la mélancolie* de Robert Burton, lequel est le pendant anglais de Montaigne. C'est une somme écrite au XVIIe siècle dans laquelle on picore ici et là des aperçus décisifs sur la condition mentale des gens de notre acabit. Cela a quelque chose de spirituellement vivifiant. Vous-même, que lisez-vous actuellement ?

– C'est-à-dire que, pour ma part, j'essaie plutôt d'écrire ces temps-ci, mais je lis tout de même un peu. Je lis distraitement, en anglais, un livre d'un certain David Leavitt, trouvé dans la bibliothèque de la résidence où je suis reçu, et intitulé *Florence, a delicate case* ; j'y apprends beaucoup de choses, principalement sur la période des grandes villégiatures anglaises et américaines de la fin du XIXe siècle et du début du XXe. C'est du pur Henry James à chaque ligne.

– Et qu'y avez-vous trouvé d'amusant par exemple ?

– Eh bien tenez : l'évocation de ce personnage étrange nommé Algy Patre, un riche excentrique séjournant à Florence, passant son temps à peindre de minuscules portraits sur de petites boîtes carrées et dont l'écrivain Walter Pater, qui vint le visiter, aurait dit ceci : « … painting portraits of people he had never seen, until it was time for him, too, to fold up into a box he had not painted, under a cypress tree[1]. »

– Un résumé de nous tous en quelque sorte, non ?

– C'est ce que j'ai trouvé, oui, et un exemple de la merveilleuse concision de la langue anglaise.

Giancarlo marqua une pause pour contempler le chat venu s'étaler de tout son long au beau milieu des papiers et occuper ainsi l'entière place vacante du bureau. Il se mit à le caresser et l'animal à ronronner en fermant les yeux, puis il me dit :

– Étrange cette alliance avérée de l'érudition avec l'âme féline

1. « … peignant les portraits de gens qu'il n'avait jamais vus, jusqu'à ce qu'il fût devenu temps, pour lui aussi, d'être rangé dans une boîte qu'il n'avait pas peinte, sous un simple cyprès. »

domestiquée, je suppose que vous aussi possédez un chat qui accompagne vos après-midi de lecture ?

– Bien évidemment, dis-je.

– Les chats sont à la fois nos compagnons et nos maîtres discrets dans l'art d'apprivoiser le temps, des funambules dilettantes en équilibre sur le fil du présent, et leur langueur associée à leurs réflexes foudroyants devrait nous enseigner la bonne manière de réagir aux sollicitations des événements. Au lieu de nous agiter frénétiquement (la plupart du temps en pure perte), nous devrions apprendre d'eux comment économiser notre énergie. Celui-ci s'appelle Fulvio, il est venu un matin stationner devant ma porte, de toute évidence abandonné, et puis il n'est jamais reparti. Les vrais chats de compagnie surgissent ainsi un jour dans votre vie, de façon assez décisive ; c'est troublant.

– Ils s'impatronisent et deviennent parfois tyranniques, non ?

– Oui, mais encore une fois, avec une sorte de dandysme indolent qui nous confond. Reprendrez-vous du thé et l'un de ces biscuits ?

J'acquiesçai, il me resservit, puis je bus en silence, croquant un biscuit, tandis que Giancarlo qui s'était levé furetait dans les livres derrière lui. Fulvio ouvrit un œil pour observer ce qui avait motivé ce mouvement subit et, constatant que les choses suivaient leur cours ordinaire, se replongea dans son demi-sommeil attentif. Giancarlo, un livre à la main, se rassit, puis, après avoir bu une lampée de thé et m'avoir désigné la fenêtre dans le cadre de laquelle venait miroiter le fleuve, reprit la parole :

– Voilà : ici dans cette librairie, enfoui parmi les livres, je dors mon existence en sa compagnie (il montra le chat), et dehors, à quelques pas, l'Arno coule inlassablement tel le Léthé, et je trouve que les deux flux parallèles – celui de la mémoire et celui de l'oubli – forment un esthétique contrepoint à mon existence de termite papivore. J'ai souvent l'impression de lire comme on jouerait sportivement contre le club de l'oubli, mais sans le moindre espoir de gain, bien entendu, pour l'amour du beau geste; pour le plaisir de bien passer le temps, avant qu'il ne m'emporte, moi aussi, tel un fétu surnageant à sa surface... Lui, par contre (il désigna Fulvio), ne risque rien si l'on doit en croire Schopenhauer qui pense que ce chat d'aujourd'hui est le même que celui d'il y a dix mille ans.

– Je me demande si Schopenhauer s'y connaissait tant que ça en identité féline! J'ai plutôt l'impression que non. Chaque philosophe est habité du démon de la théorie, il me semble.

– Oui, c'est aussi ce que je pense. D'ailleurs, si j'aime à me laisser emporter le temps d'une lecture par les vues philosophiques des esprits rationnels d'envergure, je ne me suis jamais laissé convaincre par aucune de leurs conclusions théoriques. Je dois même dire que je lis toujours les passages conclusifs de façon plus ou moins distraite et sarcastique, chacun son idiosyncrasie, voyez-vous.

– Excusez-moi de changer de sujet mais, sans indiscrétion, comment parvenez-vous à équilibrer votre budget en ne vendant que les livres que je vois ici, existe-t-il une clientèle suffisante?

– Eh bien, vous seriez surpris du nombre de gens qui, dans une ville comme Florence, me réclament ces ouvrages. Je me suis souvent demandé si, dans les vieilles cités, l'âme du passé refluant par capillarité dans l'inconscient de ses habitants ne creusait pas, à la longue, des poches paisiblement réfractaires au clinquant du modernisme. Cela étant dit, pour répondre à votre question, ce n'est pas suffisant pour rendre un commerce florissant et la vérité est que ma femme, Fulvio et moi ne réussissons qu'à survivre tant bien que mal. Et puis, j'ai dû aussi pactiser avec le Léviathan en me mettant en relation avec un réseau internet qui vend des vieux livres dans le monde entier. Que voulez-vous, ne serait-ce que pour mes vrais clients, ce gage donné à l'adversaire – je préfère ce terme sportif à celui d'ennemi – était inévitable.

– Je vous comprends parfaitement et cela n'a rien de déshonorant, dis-je. Lutter contre le monde actuel est devenu hautement stratégique et d'une complexité échiquéenne, d'autant plus qu'on a amplement pu constater l'inefficacité des méthodes frontales. Il faut lutter d'arrière-garde, pas à pas, avec prudence et scepticisme, savoir reculer, pactiser momentanément, sans espoir de vaincre à vrai dire, et avec pour seule consolation, peut-être, de maintenir coûte que coûte le mince panache de l'exigence esthétique.

– Il est étonnant que vous parliez ainsi car il n'y a pas deux jours j'ai eu une conversation passionnante avec l'un de mes clients, très érudit, au sujet du livre oublié de Torquato Accetto recommandé par Benedetto Croce (qui a écrit la préface à la réédition de 1928), intitulé *De l'honnête dissimulation.* Torquato Accetto est un écrivain napolitain du XVIIe siècle qui fut l'ami et le protégé du marquis Giovanni Battista Manso, le fondateur d'un mouvement littéraire et poétique nommé l'« Académie des oisifs », laquelle voulait promulguer dans la bonne société, en sus de la lecture de l'œuvre poétique du Tasse et de John Milton, l'usage d'une sorte de libertinage courtois, clandestin et dilettante. Or je trouve amusant ces anciennes corrélations entre oisiveté, libertinage et art de la dissimulation, car cela paraît nous démontrer que l'exercice du bonheur et du plaisir bien compris a toujours nécessité de pratiquer en même temps l'art de la dissimulation. On pourrait se demander si de tout temps ce que nous appellerions aujourd'hui le fascisme ordinaire n'a pas brimé ceux qui montraient des dispositions naturelles au plaisir et à la fantaisie et si donc l'honnête dissimulation – qu'Accetto, il faut le préciser, tient à distinguer à tout prix de la tromperie – n'a pas été, de longue date, le recours inévitable des hommes avides de bonheur. Il faut savoir encore que cette pratique de la clandestinité du plaisir a été revendiquée par ces quelques Napolitains durant la très austère et puritaine occupation espagnole. Un art de vivre en temps de persécution par conséquent.

– Cela évoque le vieux proverbe : « Pour vivre heureux vivons cachés ! », n'est-ce pas ? Qui donc l'a d'ailleurs prononcé la première fois, le savez-vous ?

– Eh bien, il semblerait que ce soit Voltaire qui l'ait popularisé au XVIIIe siècle, mais il le tenait d'Épicure. Cependant, juste une remarque à propos de tout à l'heure : dans l'esprit de mes prédécesseurs napolitains, il existait donc manifestement une corrélation entre culture et érotisme, et j'aimerais ajouter qu'il m'est souvent apparu en effet que la littérature, quelle qu'elle puisse être, recélait une composante érotique, car, souterrainement travaillée par les pulsions, elle module, sous des formes plus ou moins cryptées, les élans du désir. Que pensez-vous de cette formulation un peu tarabiscotée ?

– Ah, mais j'adore le rococo et puis cela me paraît à moi aussi une évidence : l'élan lyrique, et même communicatif, quel qu'il soit, comporte un mobile érotique, c'est-à-dire un assentiment au monde et à ses habitants, ainsi qu'un profond désir – libidinal – de le prolonger, de le procréer à vrai dire dans le futur. Mais dites-moi maintenant, avant que je n'oublie à mon tour de vous poser la question : pourquoi ce portrait d'Umberto Saba dans votre bureau ?

– Eh bien tout simplement parce que je le considère comme une sorte de divinité tutélaire. Tout comme moi il était juif et libraire et a passé sa vie dans sa minuscule librairie triestine à vendre des ouvrages d'érudition à la mince société de ses quelques fidèles clients ; cependant contrairement à moi – ce pourquoi je le révère d'autant plus – il a développé, presque en secret, l'œuvre poétique la plus exigeante et la plus dégagée des modes de son époque. J'ai d'ailleurs là un poème dans la traduction française (il me montra le recueil bilingue des éditions de L'Âge d'homme qu'il avait en main) qui exprime parfaitement bien notre sacerdoce, il se nomme « Autobiographie », cela vous ennuie-t-il que je vous le lise ?

– Au contraire, je vous écoute.

Giancarlo s'éclaircit la gorge et commença :

Une étrange boutique où l'on vend de vieux livres
Donne sur une rue écartée à Trieste.
Les ors variés d'anciennes reliures
Réjouissent les yeux errant sur les rayons.

C'est dans cet air que vit tranquille un poète.
Dans ce vivant tombeau des morts
Il remplit sa tâche honnête et joyeuse,
Songeant d'amour, inconnu, solitaire.

Mourir brisé d'une ferveur secrète,
Tel est son vœu ; sur les écrits aimés
Fermer ses yeux qui ont tant contemplé.
Ce qu'il n'a pas connu du temps ni de l'espace,
L'art le peignit pour lui de plus belles couleurs,
Et le chant lui donna plus de douceur encore.

– C'est très émouvant, dis-je, et il est étonnant de voir avec quelle droiture et quel courage Saba s'est tenu à l'écart de l'hermétisme, tellement en faveur à son époque.

– Oui, il a d'ailleurs été le seul de cette envergure à le faire. De plus, il est à noter que certains des « hermétistes », comme Montale – qui fut son ami et l'a même aidé au péril de sa vie au cours de la Seconde Guerre mondiale –, ont fini par être influencés par lui malgré tout.

– Cela prouve sans doute que dans le domaine littéraire la simplicité finit toujours par l'emporter sur la sophistication – la plus elliptiquement signifiante soit-elle. Je me souviens à ce propos d'une lettre envoyée par Proust à Mallarmé tendant à lui expliquer, dans un style incroyablement contourné pour le coup – ce qui est assez comique –, combien sa conception de la littérature l'éloigne de toute tournure hermétique, fût-elle nécessitée par l'obscurité même du sentiment qu'il s'agit de mettre en lumière.

– Mallarmé qui fut justement l'inspirateur de Valéry, lui-même le premier modèle de l'école hermétique italienne. Enfin tout cela tourne en rond au cœur d'un adorable cercle vicieux, n'est-ce pas ? Mais je dois avouer qu'au cours de mes longues après-midi de lectures érudites, ici auprès du fleuve en compagnie de Fulvio, je fais mon miel de ces anciennes querelles langagières entre poètes de petites chapelles opposées, entre tenants de l'avant ou de l'arrière-garde, entre philologues ou philosophes, acharnés à polémiquer entre eux, par des courriers soigneusement calligraphiés, sur le sens final ou fondamental du verbe être, le sublime prosodique, ou que sais-je encore ?

– Ce qui est amusant, dis-je, c'est que sur un mode moins philosophique, je passe de longues après-midi parisiennes, en compagnie d'une libraire qui vous ressemble, à commenter indéfiniment des sujets littéraires tout aussi vaporeusement impondérables et qui, pourtant, sur un autre plan, sont peut-être d'une importance essentielle, non ?

– Ah, vous pensez cela aussi. Il se pourrait bien, en effet, que les mises au point syntaxiques – aussi affétées qu'elles puissent paraître – soient d'une importance collective majeure. Il se pourrait qu'elles conditionnent de façon sous-jacente la qualité ultérieure des échanges humains les plus immédiats. D'ailleurs, nous autres Italiens sommes payés pour le savoir puisqu'un régime fasciste et totalitaire, tel que celui que nous avons récemment expérimenté, commence toujours par pervertir insidieusement le langage usuel. En fait, une simple réforme de l'orthographe peut parfois cacher de sourdes menées de grande envergure. Cela transparaît avec évidence dans le journal du philologue allemand Victor Klemperer écrit pendant la dernière guerre à Dresde, où il traite de ce qu'il appelait lui-même la « novlangue nazie ». On y lit, consignée au jour le jour, l'évolution de la rhétorique du Troisième Reich. Aussi, j'ai tendance à penser que ces luttes langagières sur des points que d'aucuns considèrent de détail recèlent secrètement un enjeu crucial pour la société. En bref, il me semble que lorsque le langage se dégrade, le reste suit.

– Sous ce jour, nous subissons actuellement de la part du totalitarisme consumériste un assaut peut-être plus décisif encore que par le passé, ne croyez-vous pas ?

– On le dirait ! Et par exemple, le système Berlusconi est peut-être pire encore pour la vieille âme italienne que le fascisme mussolinien lui-même. Les petites poches de résistance comme la mienne ou celle de votre amie parisienne ne sont, j'en ai bien peur, que les ultimes sursauts d'un monde suranné sur le point de sombrer.

Nous avions parlé longtemps et les reflets de lumière sur le fleuve avaient insensiblement viré du métal poli étincelant à la matité gris-bleu du plomb fondu. Fulvio s'était depuis un certain temps assis tranquillement sur le rebord de la fenêtre, nous tournant le dos à la manière philosophique d'un chat de Sempé pour savourer l'essence même du crépuscule florentin. Notre entretien demeurait comme suspendu dans l'espace assombri de la pièce et je ne savais comment rompre le long silence méditatif qui s'en était suivi, quand je m'entendis prononcer ces paroles étranges :

– Nous éprouvons sans doute, nous aussi, la secrète mélancolie des marionnettes…

– Comment ? Qu'avez-vous dit ?

– Je me parlais à moi-même, répondis-je, et je lui narrai comme je le pus le spectacle des pupazzi auquel j'avais assisté quelques jours plus tôt.

– Ah, je comprends et vous avez peut-être raison, sans doute ne sommes-nous qu'une hallucination du grand marionnettiste, ou plutôt de la grande manipulatrice universelle, la déesse Kali, dont les rêves récurrents oscillent entre les périodes catastrophiques et idylliques. Aussi est-il probablement présomptueux de prétendre pénétrer la signification du spectacle et peut-être faut-il se contenter de jouer notre rôle imparti, bref de se concentrer uniquement sur la bonne diction de nos répliques. En ce sens, je me dois de vous remercier car vous avez été assez bon, cette après-midi même, pour paraître apprécier les miennes autant que j'ai pu apprécier les vôtres. Gageons que notre conciliabule d'aujourd'hui aura une influence déterminante, n'est-ce pas, sur la survie incertaine de la lecture telle que nous aimons tous deux la pratiquer, je veux dire dans de vieux livres de papier.

– Gageons qu'il en soit ainsi, murmurai-je sans conviction.

Une fois sorti de chez Giancarlo Finzi, tandis qu'à ma droite une sorte de brume laiteuse paraissait monter de l'Arno, masquant vaguement les contours des bâtiments qui le bordent, j'entendais résonner dans ma tête les dernières paroles désabusées – *léopardiennes* et *lampédusiennes* – du libraire florentin et je me surpris alors, moitié par jeu moitié par désir de résister au désarroi qui me gagnait, à guetter un signe improbable, venu d'on ne sait où, un clin d'œil de la déesse Kali elle-même, peut-être ? Or, ainsi que cela advient souvent lorsque le vœu confine à la prière, quelque chose d'infime mais de notoire se produisit : au milieu de la sombre façade monumentale du palais qui surplombe le fleuve sur l'autre rive, une fenêtre s'alluma, solitaire !

21

Rentré à Santa Donatella, j'eus soudain l'inspiration de louer une voiture pour me rendre à Sienne que j'avais visitée une dizaine d'années auparavant et dont je gardais un souvenir ébloui.

Je trouvai à Viarello un petit garagiste auprès de qui il me parut d'une simplicité inattendue, rompu comme je l'étais aux usages parisiens, de louer une automobile pour un temps indéfini, et je partis bravement, carte en main, tâchant d'éviter du mieux que je le pouvais l'autoroute et les grands axes. Je passai presque une journée à rebondir de colline en colline parmi les champs et les bois inespérément verts de la vieille Toscane encore préservée, m'arrêtant de temps à autre sur la place d'un village ou sur une crête d'où je pouvais embrasser les étendues de vignes et les langues de terre ocre-brun aux abords des rivières. J'arrivai finalement à Sienne par un étrange crépuscule chargé de grosse pluie ruisselante.

Après avoir garé la voiture dans le nouveau parking pour touristes aménagé dans le bas de la ville, je remontai, mon sac sur le dos, jusque vers le centre, espérant vaguement y retrouver le petit hôtel bon marché où j'avais séjourné lors de ma précédente visite ; lequel, bien entendu, avait été converti en hôtel de luxe. Je me rabattis donc sur un quartier plus excentré, au sud, près de la porta San Marco, et bien m'en prit car j'y dénichai une pension de famille au style désuet correspondant avec exactitude à mes souhaits de visiteur nostalgique. Il y avait là deux autres pensionnaires, un Japonais excentrique et une Italienne assez âgée. Le premier soir, la logeuse et son mari, un couple de septuagénaires tout à fait *vieille Italie*, nous concoctèrent pour le dîner une potée à la viande bouillie accompagnée de tartines de pain bis beurrées, suivie d'un fromage de chèvre de la région, suivi lui-même d'un gâteau maison imbibé d'alkermès, le tout arrosé d'un petit vin local (sans doute un peu aigre, mais fort revigorant) qui me permit à la fois d'oublier mon long périple pluvieux et d'envisager mon séjour sous les meilleurs auspices.

Je dormis dans un lit à solides montants de bois qui me parut recadrer mes rêves nocturnes dans les limites d'un salubre bon sens sans fioritures – cela me ragaillardit quelque peu après les excès de superfluité luxueuse qui avaient été mon lot depuis mon arrivée dans les milieux huppés de la Toscane aristocratique.

Le lendemain, le plan de la ville dans ma poche d'imperméable (il continuait de pleuvoir sans interruption), mes deux appareils (mon inséparable Minox et mon gros Eos, muni de son précieux grand angle) dans mon sac en bandoulière, mon parapluie à la main, je partis à la découverte de la ville, me rendant d'abord sur la grand-place du Campo d'où je comptais ensuite dérouler le fil d'Ariane de mon errance labyrinthique, à travers les innombrables petites rues lovées en colimaçon autour du cœur historique.

Je choisis d'emblée de me diriger vers le nord dans le quartier de la Fonte Nuova où je déambulai au hasard parmi une savoureuse complication de vieux jardins aux grilles rouillées protégeant d'antiques maisons et voisinant avec des terre-pleins laissés à l'abandon. Comme c'est si souvent le cas dans les villes italiennes, même les plus visitées, le laisser-aller bon enfant paraissait l'emporter sur l'appât du gain touristique. Je pris, en me réfugiant sous les porches, quelques clichés sous la pluie, puis remontai par une série d'escaliers s'emmanchant les uns sur les autres jusqu'à la piazza San Francesco où je tournai autour de l'énorme bâtisse de l'église éponyme, flanquée de ses nombreuses dépendances. J'y croisai des groupes de touristes hébétés suivant docilement leurs guides. Sans pénétrer dans l'édifice, préférant m'attarder dehors dans les ruelles attenantes, sombres et luisantes, je photographiai systématiquement les niches en plein mur où sont enchâssés, à côté de madones en prière, les blasons héraldiques de chacune des contrades – ainsi que sont nommés les différents quartiers de Sienne.

Plus tard, je flânai par la via Rossi puis Cattana pour rejoindre la partie sud-ouest de la ville, vers la porta Laterina. J'aimais tout particulièrement, à Sienne, l'imbrication des boutiques modernes, parfois luxueuses, au sein de la structure médiévale. Cet entremêlement si esthétique figurait à mes yeux un modèle possible de transition respectueuse du passé vers le présent, démontrant que l'oblitération obstinée des traditions qui caractérise notre époque n'est pas une fatalité inéluctable. C'est pourquoi, prenant mon temps pour les clichés – l'atmosphère humide renforçant la brillance des couleurs –, j'arpentais le dédale des venelles, le long de murs de brique rouge dégoulinants, dépassant d'innombrables échoppes encastrées dans les façades comme autant de grottes s'ouvrant, avec leurs maigres éclairages, sur le spectacle d'artisans travaillant le cuir, le bois, dorant de vieux cadres, découpant d'énormes carcasses de bêtes sanguinolentes, roulant la pâte des pizzas, réparant des montres, la loupe vissée sur l'œil – tout cela, comme je l'ai dit, sous la bénédiction de madones au visage enchanteur derrière un cadre de verre, accompagnées d'une mince chandelle se consumant à côté d'un bouquet de fleurs fraîches disposé dans un petit vase retenu par sa collerette métallique.

Je montais et descendais des ruelles souvent désertes – la foule des touristes que j'avais précédemment aperçus demeurant massés sur la piazza del Campo et dans ses alentours immédiats (passant devant le Duomo, j'avais vu qu'une pancarte disait : « Pas plus de 700 à la fois»!) –, puis j'entrais dans différentes églises éloignées du centre où je trouvais invariablement, à cette approche de Pâques, des groupes de vieilles en noir, agenouillées sous les cierges et juste à l'aplomb de plafonds où des cohortes d'anges enthousiastes faisaient la ronde autour de Christ en souffrance. Je longeais d'immenses façades aveugles au milieu desquelles croissait parfois, à quinze mètres du sol, à l'abri d'une fissure, une touffe de minuscules fleurs jaunes. À d'autres moments, mon regard plongeait dans l'embrasure de lourds portails entrouverts sur d'étroites courettes sombres. Dans l'une d'elles, j'entrevis, sur la margelle d'un vieux puits, un chat qui, marchant à pas comptés, se montrait apparemment soucieux de ne pas troubler la qualité d'un silence immémorial. Plus tard encore, j'échangeai un regard circonspect avec une jeune religieuse s'extrayant timidement d'une porte exiguë. Enfin, cédant malgré tout au démon de la curiosité, je pris ma place dans la longue file d'attente où je fus le 699e à pénétrer dans le Duomo.

En dépit de la foule au coude à coude qui stagnait là dans la demi-pénombre (seulement tempérée par les lumignons nichés dans les murs), je ne pus qu'être de nouveau – à l'égal de la première fois où j'y avais été admis – sous le choc émotionnel de l'incomparable beauté intérieure de cette basilique. Les strates bleues et blanches des murs en marbre, les caissons richement historiés, le sol aux lourdes dalles polies par la ferveur piétinante de plusieurs siècles, les nombreuses peintures aux couleurs vives chatoyant dans l'ombre, mais aussi cette impression d'être recueillis – touristes harassés ou esthètes désabusés de ce XXIe siècle – comme au creux d'une arche dans cette grandiose nef de pierre, tout cela concourait à me replonger un bref instant dans mon ancienne (et si confortable) foi enfantine et j'eus une pensée émue pour le père Antonin.

Une fois dehors, marchant sous la pluie, je me donnais l'impression, sur cette lancée spirituelle, d'être en empathie avec les fantômes enclos dans les pierres dormantes de ces murs médiévaux, croyant percevoir leur discrète approbation ensommeillée. Vers la fin de l'après-midi cependant, après avoir longé l'une de ces langues de verdure – très humide en l'occurrence – qui pénètrent si profondément la ville jusqu'en son centre, et pris de nouveaux clichés de la grande tour du Campo depuis ses arrière-plans, je parvins en haut d'une colline jusqu'à une église rouge nommée (je le vis sur mon petit plan) Nostra Signora dei Servi. Une fois entré dans cette monumentale bâtisse, je dus me rendre à l'évidence que j'y étais seul. M'avançant alors au niveau du transept, je découvris une chapelle latérale où se dressait un autel orné d'une cinquantaine de cierges insérés dans des candélabres et se consumant en silence. Éberlué par cette magnificence secrète, je m'assis sur une chaise et demeurai là, immobile, à observer les moindres détails, puis, saisissant mon carnet, je commençai de les noter ; mais, peu à peu, je sentis que mon écriture se relâchait et que mon subconscient m'entraînait malgré moi (comme si l'inattendu de cette beauté solitaire, dans ce lieu sacré, avait déclenché en moi le réflexe ancestral de la prière) à évoquer les nombreux morts récents de mon existence, alors, plus graduellement encore, cette évocation confinant à la torpeur, je m'abandonnai à l'engourdissement hypnotique qui me gagnait…

… c'était la fin d'une après-midi brumeuse. Depuis la fenêtre d'un appartement situé dans les hauteurs, que je ne connaissais pas et qui pourtant m'était familier, j'observais, au fond de la triste cour d'immeuble qui était donc « la nôtre », la vieille voisine (que, de façon similaire, je connaissais depuis toujours sans l'avoir jamais vue) en train d'assembler du petit bois dans une sorte de bac en ciment. À côté d'elle, sur une petite table pliante, étaient disposés les ingrédients visiblement destinés à un

barbecue. Elle s'affairait avec application et j'avais plaisir à la regarder œuvrer. Enfin, elle plaça une allumette sous son petit échafaudage de morceaux de bois et le feu commença de crépiter dans la demi-pénombre de la cour déserte. Dépliant alors un siège, elle s'assit pour contempler tranquillement les flammes. Nous restâmes ainsi un long moment, moi l'observant d'en haut sans qu'elle le sache et elle méditant devant son feu. Une chose m'intriguait cependant : cette cour était-elle habitée et avait-on la permission d'y faire du feu ? La nuit s'épaississait et la voisine faisait maintenant griller ses saucisses dont l'odeur montait jusqu'à moi. Or à cet instant, un autre voisin descendu des étages (approximativement du même âge que la voisine, c'est-à-dire la soixantaine), que je connaissais également sans le connaître, vint se joindre à elle. Il tenait d'une main des saucisses et de l'autre un saladier en Duralex (croyais-je distinguer de si haut) contenant une dizaine de pommes de terre enveloppées dans du papier d'aluminium. L'instant d'après, il était assis à côté d'elle sur une autre chaise mystérieusement apparue, et, tous deux, les saucisses grillant et les pommes de terre cuisant, méditaient devant le feu, dans la nuit, en silence. Cependant, à un certain moment – et l'étrangeté de cette situation fit que j'entendis très distinctement ses paroles – la femme demanda à l'homme : « Alors, vous aussi, monsieur Kalebdjian, vous aimez les plaisirs simples et tranquilles ? »

Je m'éveillai alors pour me retrouver assis sous les cierges en train de se consumer, un peu déconcerté par cette séquence onirique. Puis je sortis de l'église et m'avançai sur la place. La pluie avait cessé mais une brume de vapeur d'eau restait suspendue dans l'atmosphère. Je déployai ma carte de la ville et tandis que je tentais de repérer un nouvel itinéraire parmi la complication des rues dessinées sur le plan, un petit chien débonnaire vint s'asseoir à quelques mètres de moi, me dévisageant avec intérêt. Tapant contre ma jambe, je lui fis signe d'approcher et, sans la moindre appréhension, il vint se faire caresser. Les animaux surgissant toujours sur ma route de façon providentielle, je compris qu'il se proposait d'être mon guide.

Je lui dis en italien :

– Vas-y, vas-y, je te suis !

Et je pensais en moi-même : Montre-moi où se cache mon inaccompli !

Aussitôt, visiblement ravi de cette aubaine, il commença de trottiner devant moi. Nous nous enfonçâmes derrière la basilique dans un lacis de venelles délabrées. C'était un quartier laissé pour compte du tourisme et de tout modernisme et je m'enchantais à observer les herbes folles poussant entre les pavés ainsi que les craquelures des murs décrépis dessinant de splendides abstractions. Je m'arrêtai pour en photographier quelques-unes pendant que le chien m'attendait un peu plus loin. Après un petit quart d'heure de cette déambulation erratique, nous suivîmes une rue enserrée par de hauts murs au-dessus desquels venaient se courber les ramures de grands arbres. C'était une impasse. Au fond de celle-ci se dressait un monumental portail de bois sous une arche de pierre. Fort curieux de voir où le cabot avait cru bon de me conduire avec une telle détermination, je m'approchai pour lire l'inscription gravée sur la plaque dorée qui était apposée.

Je lus : Ospedale Psichiatrico San Niccolò !

Alors que je souriais intérieurement à la probable sagacité de l'animal qui, assis sur son derrière, me fixait, une petite porte ménagée dans le grand portail s'ouvrit et une femme en sortit. Avant même de l'avoir véritablement dévisagée, saisissant au vol l'intuition d'une essence familière, je crus reconnaître sa silhouette. Je fus alors presque tenté de me pincer pour savoir si je n'étais pas demeuré assoupi dans l'église. Or la femme parut elle-même frappée de stupeur, puis elle me dit en souriant :

– Alors, cher ami, si je comprends bien, en désespoir de cause, votre thérapeute vous a envoyé jusqu'ici. Remarquez, par bien des aspects, c'est plus attrayant que Vesoul !

À ces paroles, je reconnus Anna-Livia qui, en dépit des années, avait conservé le même charme foudroyant que par le passé et je bafouillai comme je le pus :

– Vous avez mis dans le mille, chère Anna, et il m'a en outre confié à la surveillance de son adjoint, comme vous pouvez le constater, dis-je en désignant le chien.

– Oui, et celui-ci ne semble pas du tout déjanté, plein de bon sens, même.

– Plus que vous ne sauriez croire. Car lorsque je l'ai prié il y a quelques minutes de m'emmener là où mon destin m'attendait, il m'a mené directement ici, jusqu'à vous. Cependant, je continue de me demander si c'est cela qu'il visait ou bien plutôt s'il voulait me signifier qu'il était temps pour moi d'une petite cure dans ce providentiel établissement.

– Peut-être n'y a-t-il pas une telle différence : ma fréquentation ne peut que vous être thérapeutique, et avec moins d'effets secondaires, non ?

– Ça, Anna, c'est vous qui le dites et cela reste à vérifier ! Les jolies femmes peuvent avoir des effets secondaires dévastateurs sur le faible psychisme de gens comme moi.

– Oui, vous avez raison de vous méfier car, comme vous le dites, cela reste à vérifier.

Intimement je m'étonnais, et m'enchantais tout à la fois, de la facilité avec laquelle notre ancien marivaudage avait, à la seconde même, réembrayé sur le lointain mode initial – comme si les années passées n'avaient été qu'une brève parenthèse. Le chien, pour sa part, un peu ennuyé de cette soudaine mise à l'écart, paraissait nous contempler avec une résignation un tantinet perplexe : les humains ne pouvaient-ils s'empêcher, aussitôt qu'ils se rencontraient, d'échanger des discours ?

– Mon cher Denis, reprit-elle alors, cela fait combien de temps depuis notre dernière rencontre, un peu plus de vingt ans, non ?

– À peu près, me semble-t-il, oui.

– Nous n'avons aucunement changé, n'est-ce pas ? Ne dites surtout pas le contraire !

– Aucunement, et vous avez, quant à vous, merveilleusement préservé, à ce que je vois, cette disposition hitchcockienne à survenir de façon hasardeuse au cœur du scénario le plus échevelé.

– Ah oui, je me souviens ! Vous avez raison : j'ai toujours su m'échapper des contraintes imposées, c'est un précieux don naturel qui m'est échu de naissance et je me flatte de survenir invariablement au moment propice, au vingt-quatrième de seconde près, n'est-ce pas ? Mais peut-être suis-je présomptueuse : avez-vous le temps de poursuivre, dans un bar quelconque, notre fondamentale conversation interrompue, il y a si longtemps en fait, sous ce ciel étoilé, vous en souvenez-vous ?

– Bien sûr que oui, répondis-je. Et pour ce qui est d'avoir le temps, sachez que je fais profession d'être perpétuellement inoccupé, tel l'homme sans affaires, le flâneur insouciant que je me flatte de demeurer en dépit des circonstances les plus pressantes. Je m'en suis même fait une discipline, et lorsque la conjoncture ne se montre pas favorable, je force le destin pour qu'elle le devienne malgré tout.

– Et ça marche ? demanda-t-elle avec un sourire ironique.

– C'est-à-dire que ça finit par marcher, en produisant parfois des désastres ! Toutefois je persiste à y mettre un point d'honneur. En fait, plus qu'une discipline c'est en vérité, je le confesse, un sacerdoce.

– Oui, il est préférable sans doute de le formuler ainsi, cela me paraît plus réaliste, mais au moins, cher Denis, je vois qu'en effet, sur ce point, vous n'avez pas changé, vous adorez toujours autant développer des théories. Mais remontons d'abord vers des lieux plus hospitaliers et trouvons un établissement où boire un verre.

– Volontiers, mais qu'allons-nous faire de notre compagnon ? dis-je en désignant le chien qui remua de la queue en comprenant qu'on se souciait de lui.

– À mon avis, sa mission est terminée pour aujourd'hui. Comme votre Samuel d'il y a vingt ans, il a parfaitement joué son rôle d'intercesseur et je gage qu'il va nous fausser compagnie au prochain carrefour.

Nous commençâmes de remonter la rue. La pluie ayant repris, nous sortîmes tous deux nos parapluies et, nous protégeant chacun de notre côté, marchâmes en silence quelques minutes, d'un seul coup de nouveau intimidés l'un par l'autre.

J'observais discrètement sa silhouette, le profil classique de son visage, et pouvais constater que les années n'avaient fait que rehausser de quelques degrés la grâce qui avait toujours émané de sa personne. Je songeais au passage d'un poème de Montale lu quelques jours auparavant : *son apparition solaire faisait fondre le gel du cœur*. Tout à mon admiration secrète, je ne trouvai parole à prononcer et je sentis que pour quelque autre raison, il en était de même pour elle. Or ce silence un peu insolite entre personnes qui ne se connaissaient objectivement que si peu eut l'effet – à l'inverse de notre première rencontre – de nouer une sorte de lien tacite entre nous ; comme si nous craignions tous deux qu'une quelconque maladresse ne vint encore rompre le charme de ces retrouvailles inespérées.

Parvenus au carrefour, le chien s'éloigna sans plus se préoccuper de nous et disparut rapidement au détour de la rue suivante.

– Voyez, je vous l'avais dit. C'est un Mercure envoyé par les dieux farceurs du destin.

– Vous considérez notre rencontre comme une farce ?

– Non, du tout ! Ne vous offusquez pas, cher Denis, ce qui est une farce à mes yeux c'est ce long laps de temps passé sans nous voir, ce qui ne peut être, à mon sens, qu'une plaisanterie sardonique des instances « gouvernementales ». Savez-vous que j'ai souvent repensé à vous ?

– Il en est de même pour moi, Anna, et j'ai souvent déploré votre soudaine disparition.

– Je vous expliquerai tout cela d'ici quelques minutes, trouvons d'abord un café.

Comme nous débouchions sur la piazzetta Santo Spirito, nous avisâmes un café triste enfoncé sous les arcades désertes et décidâmes d'y entrer. Il n'y avait là que quelques habitués qu'on eût dit installés depuis des lustres, tels des figurants dûment appointés. Nous nous installâmes sur de confortables banquettes en cuir et commandâmes deux thés. Dehors, la pluie redoublait d'intensité, obscurcissant la ville et renforçant l'impression d'intimité qui s'était établie entre nous.

– Alors, Anna, dites-moi donc pourquoi vous avez ainsi disparu du jour au lendemain, ce fameux été-là.

– Ah, c'est un peu compliqué ! En fait, je ne me suis jamais très bien entendue avec ma mère à Paris et après une énième dispute, mon père me l'ayant proposé, j'ai décidé, sur un coup de tête, de changer d'air si ce n'est de vie, et d'essayer de m'acclimater aux États-Unis. Savez-vous que j'ai pensé à vous à ce moment-là, mais j'avais cru ressentir une certaine froideur de votre part et je n'ai pas osé vous faire signe avant de partir ; d'autant plus que cela n'aurait certainement rien changé.

– Ah, mais quel dommage ! m'exclamai-je. Ce n'était que pure maladresse de ma part et un manque d'audace, rien d'autre. Ne l'aviez-vous pas deviné ?

– Non, du tout, il faut dire que j'ai toujours été, en dépit des apparences, assez peu sûre de moi, également.

– Mon Dieu ! Comme c'est étrange d'oser se dire tout cela vingt ans plus tard. Et quels curieux détours emprunte parfois le destin.

– Oui, sans doute, mais ce n'est peut-être pas tout à fait fortuit : rien ne dit que les choses eussent été autres, cela demeure le grand mystère des occurrences. Enfin, le plus mystérieux est que nous nous retrouvions aujourd'hui de cette façon, non ? Que faites-vous ici et qu'êtes-vous devenu ? Toujours cette insolite alliance entre les rebonds « ballistiques » et l'érudition clandestine ?

– À peu près oui, sauf que, comme vous l'aviez pressenti, ma passion pour la littérature a finalement pris le dessus et je me suis décidé – seulement depuis peu, notez bien – à rassembler mes notes et à les proposer à la publication et, contre toute attente, cette initiative de la dernière chance a été couronnée d'un certain succès. Aussi, suis-je ici, en Italie, en tant qu'écrivain patenté et invité en résidence près de Florence, incroyable non ?

– Ah bon ? Oui, quel événement ! Et comment se nomme cette « publication », comme vous dites ?

– Euh, vous allez rire, chère Anna, le livre qui m'a lancé s'intitule *Petit Traité de désinvolture*…

– J'avoue que c'est très surprenant au premier abord, mais peut-être vous arrive-t-il parfois d'atteindre à la désinvolture lorsque vous vous calmez, qui sait ?

– C'est exactement cela, vous avez parfaitement deviné le processus, je ne rejoins mon existence idéale – la véritable bien entendu – que lorsque la pression du quotidien se relâche.

– C'est-à-dire jamais ! dit-elle en éclatant de rire.

– Presque jamais, c'est vrai. Enfin non, tout de même pas. Mais assez rarement pour être honnête, et avec beaucoup de difficultés, surtout quand je dois réagir en public. Cela dit, en privé, vous seriez surprise de la métamorphose.

– Encore une chose à vérifier, dit-elle de façon provocante.

– Cette fois-ci, Anna, prenez garde à ce que vous dites car je suis déterminé à saisir la balle au bond !

– À quoi devrais-je prendre garde ? demanda-t-elle, l'air faussement ingénu.

– Eh bien, aux débordements des passions tardives qui risquent de nous emporter corps et âme si nous ne nous contrôlons pas, pardi !

– Ah, mais je n'ai nullement froid aux yeux, mon cher Denis, si cela doit jamais advenir. Quoiqu'il nous faille alors régler certains détails, bien entendu…

– Oui, c'est certain, désormais les choses ne peuvent plus se faire dans l'inconséquence de la jeunesse. Cependant avant que d'envisager cette probable explosion à retardement, une question me travaille depuis tout à l'heure : qu'avez-vous donc fait depuis tout ce temps, Anna ? Vous poursuiviez des études de philosophie autant que je me souvienne.

– Oui, et j'ai continué vaillamment en Amérique, à l'université d'Amherst dans le Massachusetts. Par la suite, je me suis découragée et je me suis mise à travailler avec mon père dans sa galerie d'art et puis… Mais, une chose me vient à l'esprit comme une évidence : ne devrions-nous pas décider que nous ne dévoilerons presque rien de nos vies respectives, du moins pour le moment, car je suppose qu'à l'âge que nous avons, nous sommes tous deux engagés dans des vies bien déterminées, et si nous commençons à nous les raconter par le menu, cela va sérieusement casser l'ambiance. Aussi, cher Denis, que diriez-vous de faire de cette rencontre une merveilleuse parenthèse, de la suspendre dans le temps de cette ville qui nous facilitera d'ailleurs les choses, étant elle-même déjà suffisamment intemporelle ?

– Je suis tout à fait d'accord et, de cette façon, en outre, nous aurons la tentation de rompre ce pacte et cela ajoutera du piment à l'entreprise.

– Savez-vous une chose, Denis ? Je trouve très excitant et finalement très romantique, au rebours de ce que nous pensions il y a vingt ans, d'établir un programme, une sorte de marche à suivre de notre éventuelle relation. Même s'il devait ne rien en advenir…

Elle prononça ces dernières paroles en plongeant ses yeux brun doré dans les miens avec une gravité inattendue qui me fit frémir. Dehors la pluie martelait toujours le pavé et la nuit était définitivement tombée, accentuant l'aspect fantomatique des ombres qui se profilaient derrière les vitres embuées du café. Anna reprit :

– Avez-vous des obligations pour ce soir ? Pour ma part, je n'en ai aucune. La raison de ma présence ici à Sienne, ça je puis vous le dire sans rompre notre pacte, est de visiter une vieille tante, sœur de ma mère, qui n'a plus toute sa tête et qui est soignée à San Niccolò où vous m'avez rencontrée tout à l'heure. C'est une vieille fille à l'ancienne mode qui a habité cette ville toute sa vie, et maintenant, je suis apparemment la seule de la famille à me souvenir d'elle et à venir régler certains de ses problèmes, entre autres la vente de l'appartement où elle a vécu pendant soixante ans et où je loge ces jours-ci. Aussi, je propose, si cela vous convient et même, d'ailleurs, si cela ne vous convient pas – puisque vous vous êtes targué imprudemment d'une disponibilité permanente – de nous retrouver ce soir pour dîner. J'aimerais vous faire découvrir un restaurant local tout à fait étonnant. Car, comme vous le devinez, je connais très bien cette ville pour y avoir séjourné à de multiples reprises.

– Je ne puis me dédire, chère amie, je suis donc à votre entière disposition, mais avant cela – il n'est que sept heures du soir après tout, et nous avons encore un peu de temps pour bavarder –, dites-moi tout de même si vous avez continué de lire et de vous intéresser à la philosophie comme auparavant.

– À vrai dire plus ou moins, mais, fidèle à ma méthode dilettante, sans aucun esprit de suite. En fait, lorsque l'on me pose cette question, j'ai toujours envie de répondre par l'exclamation d'un ancien condisciple du docteur Johnson rencontré par ce dernier dans un pub, et qui lui lance (c'est rapporté par Boswell évidemment) : « Ah ! Docteur Johnson, moi aussi dans le temps j'ai essayé de devenir philosophe, mais j'ai dû renoncer, voyez-vous, car j'étais sans cesse interrompu par la gaieté ! »

– Ah oui, formidable ! À présent, fidèle moi aussi à ma méthode, il faut que je vous lise un passage que je n'ai fait que noter dans mon inséparable carnet de citations (voyez, je le porte toujours sur moi avec mes appareils photographiques). Vous allez voir, c'est étonnant comme ce passage, si je le retrouve, peut faire écho à celui que vous venez de me faire découvrir. C'est tiré du journal de Walt Whitman, je puis donc vous le lire directement en anglais, ah oui, voilà, c'est là, soyez indulgente pour la prononciation :

« Walking on the old Navy Yard Bridge, Washington, D.C., once with a companion, Mr. Marshall, from England, a great traveller and observer, as a squad of laughing young black girls pass'd us – then two copper-color'd boys, one good lookink lad of 15 or 16, barefoot running after – "What gay creatures they all appear to be" said Mr. Marshall. Then we fell talking about the general lack of buoyant animal spirits. "I think" said Mr. M., "that in all my intercourse with people of every and any class, especially the cultivated ones (the literary and fashionable folks) I have never yet come across what I should call a really Gay-Hearted man."

It was a terrible criticism – cut into me like a surgeon's lance. Made me silent the whole walk home[1]. »

1. « Je marchais un jour sur le vieux pont de la Navy Yard, dans la ville de Washington, en compagnie de Mr Marshall, un Anglais, grand voyageur et grand observateur des mœurs humaines, lorsque nous fûmes dépassés par une bande de jeunes filles noires riant aux éclats et poursuivies par deux garçons au teint cuivré courant pieds nus – dont l'un, âgé d'environ 15 ou

Une fois que j'eus achevé de lire ces lignes et refermé mon carnet, sans doute par empathie rétrospective, nous restâmes silencieux un certain temps. Puis, Anna dit :

– Voyez, nous nous sentons touchés, nous aussi, par cette « terrible critique », près d'un siècle et demi plus tard, car nous savons à quel point elle est tristement juste. Mais tentons de faire mentir ce terrible monsieur Marshall et tâchons ce soir d'être inespérément joyeux ! Devez-vous repasser par votre hôtel ou décidons-nous de nous acheminer dès maintenant ?

– Je suis dès à présent prêt à vous suivre au bout du monde, Anna !

– Ah, mais un petit peu plus loin encore, j'ose espérer ! Car, de toute évidence, nous y sommes déjà au bout du monde. Ce café n'en est-il pas une approche presque idéale ?

– Oui, et c'est ce qui confère à nos retrouvailles ce cachet romanesque indispensable.

– Je le pense aussi. Sans doute serait-il donc plus sage de rester ici jusqu'à la fin des temps, non ?

– J'aimerais tant, en fait, nous avons tous ce fantasme de suspendre le temps lors de nos meilleurs moments, n'est-ce pas ? J'ai pourtant la sale impression que le patron ne l'entendrait pas de cette oreille, on dirait même qu'il envisage de fermer et…

– C'est toujours comme ça, hélas, je l'ai bien remarqué : les plus

---

16 ans, était d'une grande beauté. "Comme ces jeunes gens paraissent joyeux !" s'exclama Mr Marshall. Et nous nous mîmes à évoquer l'absence générale de joie de vivre. "Je crois bien, dit Mr Marshall, que parmi les multiples rencontres que j'ai pu faire, toutes classes sociales confondues, mais plus particulièrement dans les couches cultivées de la population (les milieux littéraires et les gens en vue), je n'ai encore jamais eu l'occasion de croiser ce que je pourrais appeler un homme *réellement enjoué*."

C'était une terrible critique. Elle m'incisa comme un coup de bistouri, et j'en demeurai silencieux tout le chemin du retour. »

belles entreprises sont contrariées par de minuscules contingences bien triviales, c'est un cycle déprimant, ne trouvez-vous pas ?

– Si vous me le demandez sérieusement, Anna, je vous répondrais que non, car j'adore précisément cet antagonisme entre l'essentiel et l'insignifiant, je le trouve ludique, pour tout dire, mais bien sûr, pour considérer les choses sous cet angle, il faut avoir été formé à la discipline sportive.

– Ah, tiens donc, et pourquoi ça ?

– Eh bien, elle vous apprend d'une part que les moindres brindilles peuvent occasionner des empêchements majeurs, une simple ampoule au pied ou à la main peut handicaper totalement le meilleur athlète, une poussière dans l'œil vous mettre à la merci de l'adversaire ; et d'autre part, elle enseigne comment pallier éventuellement ces empêchements minimes mais cruciaux avec minutie et humour, bref elle apprend à considérer les résistances comme inéluctables et même à envisager la défaite qui peut en résulter comme le tremplin d'une fantastique revanche, encore que cela ait, me concernant, toujours dépassé mes forces, mais je ne désespère pas d'y parvenir peu après ma centième année.

– Oh, quel discours ! Je sens que vous êtes là sur votre terrain, j'avais presque oublié que vous étiez un sportif.

– Beaucoup en me voyant, il faut bien le dire, ont du mal à le croire ; ils opteraient plutôt pour le psychanalyste un peu charlatan, ce que j'aurais adoré être, notez bien ; toutes les femmes à mes pieds, des collections de tableaux fabuleux, des conférences au Collège de France, la jalousie des rivaux, la gloire auprès des gens sérieux et pour couronner le tout, le plus désirable : la croyance intime en votre propre valeur. Le bonheur parisien, quoi !

– Vous avez manqué votre vocation, si je comprends bien.

– Pas tout à fait encore, j'œuvre d'arrache-pied à rattraper le temps perdu, nous verrons ça d'ici une dizaine d'années.

À cet instant, le patron commença à empiler les chaises et nous comprîmes qu'il était temps malgré tout de quitter notre transitoire « bout du monde ». Dehors, une accalmie de la pluie nous permit d'odorer dans l'air humide d'avril de vagues senteurs de cuisine mêlées à celles de feux de bois. Nous remontâmes une ruelle aux pavés luisants, seuls à déambuler dans la ville à cette heure où les touristes avaient disparu et où les autochtones dînaient en famille. Nous fîmes un assez long périple par des rues périphériques, passant devant de nombreuses fenêtres allumées qui me parurent avoir encore approfondi leur mystère. Cette ville, officiellement dévolue au tourisme, n'était-elle pas en même temps animée d'un esprit moyenâgeux secrètement préservé ? Je fis part de cette réflexion à Anna-Livia qui, après avoir réfléchi un instant tout en marchant, me répondit :

– Vous ne croyez pas si bien dire, les traditions médiévales y sont demeurées d'une vigueur étonnante. La fameuse course du Palio, par exemple, qui attire une foule de touristes est en même temps restée fort peu connue, en fait, dans ses implications sous-jacentes. Il faut savoir que sa préparation dure une année entière et que chaque quartier y met un point d'honneur, presque mystique, qui dépasse de loin l'intérêt financier. De plus, il faut aussi savoir que personne, pas même au syndicat d'initiative, ne donnera jamais l'adresse des lieux où se réunissent régulièrement chacun des comités d'une contrada. Les habitants d'ici ont su allier leur survie moderne à la préservation d'un esprit traditionnel incroyablement archaïque. C'est d'ailleurs plus souvent le cas qu'on ne le croit, en Italie.

– Oui, j'ai cru deviner cela. Et pour ce qui concerne Sienne, je trouve que cela apparaît dans l'heureux mélange architectural de l'ancien et du moderne.

– Ah, je suis contente que vous l'ayez remarqué. Je suis assez fière de cette ville qui est un peu la mienne dans la mesure où ma famille maternelle en est originaire. Certains de mes ancêtres ont été des organisateurs du Palio, savez-vous ?

– Je suis à la fois impressionné et effrayé par cette révélation, dis-je. Et vous avez encore vos entrées dans ces milieux très fermés ?

– Pas vraiment, non. Ils se méfient de moi en tant que demi-Américaine. Mais j'ai gardé quelques amis qui me tiennent au courant des tractations annuelles entre les participants, lesquelles, vous pouvez me croire, confinent parfois au fantastique le plus délirant.

– L'Italie a toujours fonctionné avec des sociétés secrètes, je crois ?

– Oui, bien sûr, mais toutes ne sont pas mafieuses comme vous semblez vouloir l'inférer. Il faut savoir que les mafias elles-mêmes ne datent que de l'indépendance italienne. Il faudra que je vous explique ça ; j'ai un ami universitaire qui est un historien des mafias, c'est assez surprenant d'apprendre comment sont nées ces sociétés. Mais pour le moment, nous sommes arrivés là où je voulais vous emmener.

Nous étions en effet parvenus, dans la partie la plus haute de la ville, devant la devanture brillante et embuée d'une trattoria tout à fait isolée. La patronne, une grosse mamma volubile, accueillit Anna avec effusion, lui parlant dans un italien incompréhensible pour moi. Une fois qu'elle m'eut brièvement présenté, nous nous installâmes à une table près d'une fenêtre. Les autres clients, peu nombreux, paraissaient être des habitués dînant en lisant le journal ou en rêvassant, les yeux dans le vague.

– Ici, c'est un peu comme si j'étais de la famille, me dit Anna. J'y viens depuis mon enfance : c'est à deux pas de l'appartement de ma tante. Mais vous allez être surpris par la qualité de la cuisine. Bon, Denis, ce soir, c'est moi qui vous invite, si, si, j'y tiens, car je veux vous faire découvrir la cuisine familiale de Sienne. Pour commencer, nous allons prendre un vin sicilien dont vous me direz des nouvelles et pour le reste, êtes-vous d'accord pour que je compose votre menu ?

– Je m'abandonne entre vos mains.

La patronne revint, son grand tablier lui barrant le ventre, et elles s'entretinrent de nouveau toutes deux dans leur langage rapide. Puis la première repartit en traînant des pieds vers la cuisine.

– Que souhaitiez-vous me dire tout à l'heure sur les mafias italiennes ? demandai-je.

– Eh bien, cet ami dont je vous ai parlé m'a expliqué, si je me souviens bien, que les différentes mafias étaient primitivement des groupes de bandits locaux, comme il y en eut tant par le passé dans les provinces, mais que leur extension et leur légitimité, si l'on peut dire, leur furent conférées par Garibaldi lorsqu'il les enrôla dans sa lutte pour l'unification italienne. Ces groupes ne se débandèrent pas par la suite et purent au contraire croître et se perfectionner grâce à ce sérieux coup de pouce primordial. Ce que je trouve donc frappant, c'est que ces mafias, dont on connaît l'importance désormais partout dans le monde, se soient développées à l'ombre de l'idéal démocratique qui, dans sa profonde naïveté, a toujours cru pouvoir contrôler les situations et éduquer les gens en les faisant combattre pour de nobles idéaux. Or on voit le résultat aujourd'hui ! Et notez que chez nous, cela a pris une extension plus formidable encore lorsque les Américains, durant la dernière guerre, ont utilisé Lucky Luciano, un parrain de la Mafia sicilienne implanté aux États-Unis, pour préparer l'invasion de l'Italie. Je vais vous citer textuellement la conclusion de son exposé – cela m'est resté en mémoire : « Au bout du compte, l'étude des mafias montre qu'elles sont des phénomènes structurels et systémiques de la mondialisation. »

– Ah oui, c'est édifiant ! Alors si je comprends bien, par une sorte de pirouette de l'histoire, l'idéal démocratique, en voulant lutter contre l'oppression aristocratique, aurait ravivé un peu partout le grand banditisme ?

– Un peu cela, oui. En fait, j'évite d'y penser trop sérieusement car à chaque fois que je me suis penchée sur ces questions, un terrible sentiment d'absurdité m'a saisie ; une sorte de profonde angoisse. La condition humaine telle qu'elle ressort d'une étude un peu attentive de l'histoire, surtout ici en Italie, m'apparaît comme une voie irrémédiablement sans issue : sans cesse les brutes et les violents l'emportent. Si vous saviez, par exemple, ce que furent ici en Toscane, au Moyen Âge, les guerres entre les Guelfes et les Gibelins, cela vous couperait à coup sûr l'appétit pour plusieurs jours. Un tel déchaînement de cruauté et de sadisme, surtout pendant si longtemps, est difficile à imaginer.

– Malheureusement, Anna, je l'imagine très bien et c'est pourquoi, devant l'impossibilité de me raccrocher à quelque saint que ce soit en ce bas monde, j'ai fini par faire mienne la sentence individualiste un peu cynique mais pleine de bon sens de Louis-Ferdinand Céline, qui lui-même, par ailleurs, participa activement, au nom d'une sorte de pacifisme hystérique (Dieu que c'est compliqué de s'y retrouver !), au déchaînement d'une des barbaries les plus récentes : « Il ne faut jamais se montrer difficile sur le moyen de se sauver de l'étripade, ni perdre son temps non plus à rechercher les raisons d'une persécution dont on est l'objet. Y échapper suffit au sage. »

– Ce qui me semble étrange, et même baroque, c'est que ce précepte énoncé par un antisémite notoire pourrait facilement l'avoir été par un sage juif, non ?

– Oui, c'est souvent ainsi que les choses se retournent ironiquement sur notre passage…

– L'ironie des herbes folles entoure les tombes…

– Qu'avez-vous dit ?

– C'est une citation de Giorgio Manganelli.

– Ah bon ? En tout cas, c'est tout à fait ça.

– Bon, je pense que le quart d'heure élégiaque est terminé et que nous allons désormais nous projeter, comme nous nous l'étions promis, dans notre bulle siennoise intemporelle, à l'aide de ce prodigieux petit Frappato d'Occhipinti qui n'a pas été cultivé sur une terre volcanique en vain, vous le sentirez sur votre langue. Je vous sers ?

Tandis que nous entrechoquions légèrement nos verres, Anna planta de nouveau son regard doré dans le mien et me dit en souriant :

– Au temps retrouvé, mon cher Denis !

– Parfaitement, répondis-je. En espérant toutefois que cette fois-ci, ce soit plus dans un style à la Henry Miller qu'à la Marcel Proust !

– Je crains, à vrai dire, que nous ne soyons plutôt partis pour une histoire à la Henry James, non ?

– Oui, mais pourquoi pas ? Délicieusement alambiquée et pleine de sous-entendus subtils, tout en n'évitant pas, cependant, de se prendre les pieds dans le tapis !

– Ça, c'est une plaisanterie à la Rogozinsky ou bien est-ce que je me trompe ?

– Hélas, oui. Il a fini par déteindre sur moi au fil du temps, c'était inéluctable.

Entre-temps, l'entrée nous avait été servie sous la forme d'une confiture de coings mélangée à du fromage blanc salé – qu'il fallait déguster avec des bouchées de pain blanc, tout en buvant à petits coups, ainsi qu'Anna me le montra.

– C'est inédit et absolument exquis, dis-je.

– Ici, en Italie, nous nageons dans un chaud bien-être maternel un peu oppressant, mais comment s'en détacher lorsqu'on a commencé d'y goûter ? Nous sommes comme des bambins gourmands soumis à l'autorité d'une grosse mamma enveloppante, à l'image de Cristina, dit-elle en me désignant la patronne affairée un peu plus loin. Heureusement, pour ma part, grâce à mon ascendance américaine, je parviens à m'en extirper in extremis.

– Alors, Anna, au point où nous en sommes maintenant, et il est vrai que je sens la lave volcanique de la terre sicilienne qui a nourri ce vin remonter dans mes veines, dites-moi tout : vous autres Italiens, êtes-vous aussi sensuels que vous voulez bien le montrer ou n'est-ce qu'une comédie pour tromper son monde ?

– Ah, vous aimeriez bien le savoir, n'est-ce pas ? J'ai saisi les attendus de votre question. Eh bien, je vous répondrai que nous sommes pires que cela. Nous jouons une comédie à triple détente : nos démonstrations, tellement appuyées et bouffonnes, sont effectivement une sorte de théâtre codé, mais aussi une forme de civilité, pas seulement destinées, comme vous pourriez le croire, à tromper nos vis-à-vis, mais également à distraire le feu de la passion qui couve en nous comme un volcan souterrain et que notre pudeur, notre peur de nous-mêmes surtout, nous empêche de laisser éclater au grand jour, comprenez-vous ?

Le visage d'Anna s'était modifié et paraissait, telle une lampe de sel gemme, s'éclairer de l'intérieur et je sentis qu'à moi aussi ce vin faisait l'effet d'un philtre emportant ma lucidité ; je commençai de brûler d'un désir lent, tant, d'un seul coup, j'avais la certitude que cette étrange aventure débutée il y avait si longtemps avait suivi son cours imparti et allait enfin connaître son dénouement. Je fus envahi d'une confiance ineffable dans le destin comme nous n'en éprouvons que quelques rares fois dans l'existence. J'avais l'impression, comme le Nils Holgersson de mon enfance, d'être porté loin au-dessus du monde trivial d'en bas et cette illusion panoramique me ravissait au point de ne plus pouvoir proférer une parole.

– Vous êtes frappé de stupeur, Denis, ou bien est-ce de la timidité ?

– Ni l'un ni l'autre, j'ai le sentiment d'être passé dans une autre dimension, de flotter dans un intermonde ; je vous regarde et je vous trouve plus attirante encore qu'il y a vingt ans.

– Ça, c'est le Frappato qui porte si bien son nom ! dit-elle en riant.

– Oui, ça doit être cela, mais ce qui me laisse sans voix est qu'il me semble rejoindre enfin cet inaccompli pour lequel je me suis embarqué pour le Sud…

– L'inaccompli, dites-vous ?

– Oui, il faut que je vous explique, dis-je.

Et je lui décrivis les états d'âme du début de mon périple italien.

Après m'avoir écouté, Anna resta songeuse un certain temps, comme préoccupée, jusqu'au moment où le plat de résistance – une escalope garnie de pâtes cuites dans une sauce aux champignons, avec des morceaux de citron et des figues confites au four – fit son arrivée sur la table, créant du même coup une heureuse diversion.

– Après avoir goûté ceci, dit-elle, il est sûr que vous aurez rejoint votre inaccompli.

De fait, dès les premières bouchées, la succulence de ce qui s'euphorisait dans ma bouche me fit presque oublier le reste. Nous nous resservîmes également de vin et pendant quelques longues minutes, dégustant avec délice, en silence, nous nous entre-regardâmes à la dérobée, comme incertains de nous retrouver là, dans cet endroit et cette situation improbables. Puis je vis son regard s'allumer de nouveau comme une fusée enfantine et elle me dit :

– Savez-vous, Denis : nous avons bien fait de venir ici. C'est certainement une meilleure façon de faire connaissance que nos conversations trop sérieuses de la bibliothèque, non ?

– À cette époque, c'était réellement de la timidité : vous m'impressionniez tellement, Anna !

– Eh bien, que répondriez-vous si je vous disais qu'il en était de même pour moi ?

– Je répondrais que c'est un enseignement qui, comme tous les enseignements offerts par l'expérience, arrive trop tard.

– Comment ça, trop tard ? dit-elle en me jetant un regard éblouissant. Ne jouissons-nous pas de toutes nos facultés, ne sommes-nous pas encore parfaitement dispos ? Tenez, reprenons de ce philtre sicilien et dites-moi si vous avez encore envie de tenir des propos aussi défaitistes ?

Je nous versai du vin, puis, tandis qu'on nous servait un gorgonzola local aussi fondant que notre discernement, Anna commanda une nouvelle bouteille et nous bûmes encore, nous laissant glisser dans l'ivresse comme au creux d'un refuge merveilleusement hermétique aux infiltrations du temps. Je vis alors son regard vaciller quelque peu, comme si une résistance intérieure venait de céder et, posant soudain sa main sur la mienne, elle dit :

– Je crois que nous ne pouvons édifier nos vies que sur des fulgurances. Le reste est matière à trop d'incertitudes. Peu importe ce qui adviendra, allongeons-nous au fond de la barque du moment présent et voyons où le courant nous mène pour cette nuit.

– « Oui, dormons à fond comme une barque abandonnée qui coule, solitaire, entourée de ténèbres et de brume, et sans qu'on en sache le passé… »

– Que dites-vous ?

– Je ne fais que citer Pessoa, j'ai des dizaines de poèmes qui m'encombrent la tête et les réciter, de temps à autre, me maintient au niveau de conscience idéal.

– Oui, mais celui-ci est trop imprégné de saudade, trop mélancolique, même pour une demi-Italienne, et puis nous n'allons pas dormir tout de suite, si ? ajouta-t-elle en me serrant la main plus fort.

– Non, non pas tout de suite, bien sûr, mais après, nous sombrerons inévitablement dans le sommeil et nous retournerons chacun de notre côté à cette inqualifiable solitude qui est la vraie damnation des consciences douloureuses…

– Faites-moi confiance pour nous empêcher de dormir ! s'exclama-t-elle alors avec une expression de défi, puis elle rit.

– Je ne demande que ça, Anna, dis-je en lui serrant la main à mon tour. J'ai attendu cet inaccompli pendant si longtemps, après tout.

À ce moment, la patronne apporta les deux tiramisus que nous avions commandés et nous les dégustâmes en finissant notre deuxième bouteille. J'avais l'impression de rejoindre enfin la trame romanesque tant attendue.

– Où logez-vous, Denis, vous êtes à l'hôtel ?

– J'ai trouvé une pension de famille, du côté de la porta San Marco.

– Bon, que diriez-vous de m'accompagner chez ma tante et d'y poursuivre nos passionnants échanges parmi les vieux meubles, les vieux tableaux et les vieilles tentures, et puis, éventuellement, pourquoi pas, puisque vous y faisiez allusion tout à l'heure, essayer d'y déchiffrer l'image dans le tapis ?

– Tout à fait enthousiaste pour ce magnifique projet, mais n'oubliez pas qu'on ne peut jamais être certain qu'il y ait réellement une image dans le tapis,

– Mais ne suffit-il pas de le décider ? Je suis sûre qu'à nous deux nous allons découvrir un fascinant motif. D'ailleurs nous sommes encore les derniers, peut-être est-il temps d'affronter notre destin ? dit-elle en montrant la patronne qui semblait patienter poliment derrière sa caisse.

– Oui, allons-y, acquiesçai-je, en finissant mon dernier verre.

Une fois dehors, la pluie ayant repris, j'ouvris mon parapluie et Anna, au lieu d'ouvrir le sien, me prit le bras et s'abrita sous le mien. Légèrement titubants, nous avançâmes dans la rue déserte, sous le faible éclairage d'un unique réverbère.

– Ne se croirait-on pas dans un film d'Antonioni ? demanda-t-elle.

– L'incommunicabilité en moins, j'espère.

– Ça, seul l'avenir nous le dira. Mais cet avenir est proche, voyez, c'est au bout de la rue, le n° 7. Et ne trouvez-vous pas déjà que cette pluie est comme une tisane émolliente qui nous rend poreux l'un à l'autre ?

– La pluie, le Frappato et le tiramisu sont une excellente combinaison, en effet.

– Vous avez oublié le principal ingrédient ! dit-elle dans un sourire.

Nous pénétrâmes sous un antique porche en poussant un lourd portail et, après quelques pas dans un vestibule pavé, débouchâmes sur une étroite cour bordée de massifs, au centre de laquelle un catalpa occupait tout l'espace. Nous parvînmes enfin à une porte en rez-de-chaussée ; sortant une grosse clé à l'ancienne, Anna l'enclencha dans la serrure et nous entrâmes dans le noir. Puis, sans donner la lumière, elle referma la porte et immédiatement, dans l'ombre, se colla à moi, m'embrassant avec fougue.

Je m'abandonnai corps et âme à cette étreinte.

Après quelques minutes de cette délicieuse apnée, Anna me chuchota avec un petit rire :

– Attends, avant de vérifier de quoi il retourne précisément, mettons-nous mieux à notre aise…

Et farfouillant dans l'obscurité elle finit par saisir, dans ce que je compris être un tiroir, une lampe de poche qu'elle alluma. Me tirant par la main, elle m'entraîna à travers une série de couloirs où le mince faisceau de lumière en se réverbérant sur le carrelage faisait jouer des ombres fantastiques parmi un tas de vieux guéridons, d'étagères remplies de livres jusqu'au plafond, de piles de cartes postales, d'ombrelles déchirées abandonnées le long des murs, de vases cassés, et d'une kyrielle de photographies apposées sur les parois, où j'eus le temps (car il est notoire que dans ces moments où le destin s'emballe notre conscience passe à une vitesse de réception démultipliée) d'entrapercevoir des familles bourgeoises attablées en plein air ou réunies sur des perrons pour des photos de groupe. J'aperçus encore une énorme horloge à balancier qui parut se dresser dans l'obscurité, sur notre passage, comme la statue du commandeur.

Enfin, elle poussa la porte d'une chambre et me dit :

– Tu vas m'aider à faire ce lit qui n'a pas servi depuis les parents de ma tante.

Elle ouvrit un placard, y prit des draps et des couvertures que nous déroulâmes à la hâte sur le matelas, sans les border. Elle ressortit alors de la pièce, me laissant un instant dans le noir – à vrai dire aussi interloqué qu'Alice tombée au fond du terrier – et revint, portant deux chandeliers qu'elle plaça sur une commode, sous un miroir, et les alluma. La lueur des flammes me dévoila une chambre garnie de vieux meubles bourgeois un peu austères, de tableaux représentant des paysages et des portraits, ainsi que d'épais rideaux masquant les hautes fenêtres.

– Est-ce que le décor te semble assez jamesien ?

– C'est encore mieux, c'est du Orson Welles !

Anna s'approcha de moi et me murmura :

– Tu n'as pas peur, dans ce cas, que je réintègre mon vingt-quatrième de seconde ?

– Si, tu ne peux savoir à quel point ! Tout cela me paraît tellement irréel... si vertigineusement cinématographique.

– Quelle importance ! Nous ne sommes que les reflets d'autres reflets et peut-être n'avons-nous d'autre existence que celle qui apparaît ici, dit-elle en me désignant le miroir au-dessus de la commode où, à la lueur des bougies, nos deux images tremblaient comme dans une eau profonde.

– Viens maintenant, reprit-elle en me prenant la main. Déshabille-moi !

Je m'approchai d'elle et l'embrassai à cœur perdu un long moment, puis, tandis que sa main droite remontait le long de ma cuisse et serrait mon sexe durci, presque douloureux, je posai mes deux mains sur sa poitrine que je saisis pleinement et pressai avec force, puis après m'être trouvé quelque peu embarrassé à dégrafer son soutien-gorge, qui finalement céda, je libérai ses deux seins lourds et gonflés. Nous nous livrâmes alors aux gestes ancestraux et rituels des préambules de l'amour physique – en pleine euphorie sensuelle, sans plus réfléchir, sans plus de limites. Après quelques instants de ce délice à la limite du supportable, elle se releva et, ôtant en un tournemain sa jupe et ses chaussures, elle m'apparut dans toute la splendeur physique devinée au Champollion, la première fois que je l'avais aperçue. Je crois d'ailleurs que si l'excellent Frappato n'avait joué son précieux rôle désinhibant, mon émotion eut anéanti mon ardeur virile, mais en l'occurrence il n'en fut rien, et me déshabillant plus complètement moi-même, je rejoignis Anna qui s'était entre-temps glissée dans les draps.

Le contact de nos épidermes tout au long de nos corps plaqués l'un contre l'autre me fut comme une déflagration intime et je sentis mon sexe se durcir encore d'un degré, tandis que, de ses deux mains, elle caressait ma nuque et mon dos. Soudain, son regard, filtrant à travers ses paupières à demi fermées au-dessus d'un sourire extatique, m'apparut éclairé d'une lueur surnaturelle que je n'avais entraperçue qu'au visage des madones d'anciennes peintures. Un instant, je fus saisi moi-même d'une adoration presque mystique par cette transfiguration mais, loin de le tempérer, cette vision renforça mon désir. Remontant lentement mon sexe le long de ses cuisses, je cherchai à tâtons l'issue à toute cette tension, tel le surfeur parvenu au sommet de la vague se laisse ensuite glisser sur la pente fabuleuse.

– Viens maintenant ! me chuchota-t-elle à l'oreille.

Doucement mais avec une détermination fatidique, je pénétrai en elle.

Ce fut alors qu'elle me dit :

– Tu savais que je n'attendais que ça depuis tout ce temps, pourquoi as-tu tant tardé ?

– J'avais peur, Anna !

– Et maintenant, as-tu encore peur ?

– Oui, bien sûr, dis-je.

– De quoi as-tu peur ?

– J'ai peur de tomber amoureux de toi.

– Il ne faut pas avoir peur, dit-elle. Nous braverons ensemble la tempête de l'amour.

Après ces quelques paroles prononcées dans la fièvre, nous commençâmes ce que je ne puis comparer qu'à une longue nage parmi les courants chauds du bien-être, remontant bravement de concert le fleuve même du plaisir, émerveillés, tous deux, de cette attention mutuelle aux moindres oscillations de notre éphémère embarcation, nos deux sexes brassant en rythme, inexorablement, vers l'indistinct accomplissement, vers rien de moins, sans doute, que l'impossible fusion, la résorption, tant désirée de nos maladroites individualités.

Au bout de ce qui me parut ensuite comme un long effort vers l'équilibre funambulesque du plaisir partagé, tâchant comme je le pouvais de résister au vertige de l'abandon, je décidai de marquer une pause régénératrice, disant à Anna :

– Juste un instant, ménageons nos forces pour pouvoir nager plus loin… jusqu'à l'île !

– L'île ?

– L'île de l'éternité transitoire, la Cythère mythique où nous allons demeurer ensemble jusqu'à la fin des temps…

– Tu as raison, et comme le dit le vieux proverbe rituellement prononcé pendant les fêtes vénitiennes : « La vie est courte, mais la nuit est longue ! »

Enlacés dans le lit, sous les tableaux austères, à la lueur des bougies à demi consumées, le désir couvant sous la cendre comme un lent feu de braises, je crus sentir, dans le silence de la nuit, l'âme médiévale de la ville nous enchâsser dans sa longue tradition : celle des innombrables amants qui avaient espéré, comme nous, ici même, au cours du temps, pouvoir se prélasser indéfiniment sur le rivage de la félicité. Aussi, peut-être parce que nous en devinions la fragilité éphémère, nous plongeâmes de nouveau dans l'eau lascive de la volupté et, accordant nos mouvements, dérivâmes doucement, tels des poissons se maintenant dans le doux et puissant courant de la jouissance. Cependant, après cette longue dérive contrôlée, monta en moi un lent désir d'exaucement et je sentis qu'il en était de même pour Anna qui me murmura :

– Je vois l'île ! Viens, échouons-nous là pour toujours !

Alors, comme on exulte, exténué mais comblé, à l'extrême fin d'un long périple, je crus visionner mon éjaculation se projetant vers des espaces indéfinis, pour, presque immédiatement, se résorber au sein d'un vertigineux gouffre noir… Toujours enlacés, nous retombâmes dans le mince présent des draps et du lit, satisfaits mais inquiets, je le devinai, de devoir retourner à l'aride perception de la lucidité ordinaire.

– Qu'allons-nous faire si la suite est aussi endiablée que le début, nous allons devenir très malheureux, fatalement ! dit alors Anna.

– Non, je refuse de voir les choses de cette façon, Anna, je ne veux pas l'admettre. Il suffit d'être tactiques, il faut savoir ruser pour maintenir le bonheur à flot.

– Oui, tu crois ? Il faut que tu m'enseignes cela, je suis trop romantique en fait.

– Savoir être heureux est la plus stratégique des tâches, surtout dans un monde comme le nôtre, compte tenu du diktat moral.

– Le diktat moral ?

– Oui : on nous intime de refuser notre éventuel bonheur individuel au nom du malheur des autres.

– C'est vrai, et j'ai subi ça pendant toute ma période américaine. Ma partie italienne se révoltait bien, mais je ne savais comment faire. Tu vas m'apprendre, n'est-ce pas ?

– En aurai-je le temps ?

– J'apprends vite, tu sais, mais (elle esquissa un bâillement) peut-être devrions-nous dormir un peu puisque nous sommes obligés de retourner sur le continent de demain. Et nous retournerons dans l'île demain soir, n'est-ce pas ?

– Je ne désire que cela, dis-je, tandis qu'Anna, blottissant sa tête au creux de ma poitrine, se positionnait pour le sommeil. Puis les yeux fermés elle murmura :

– Tu veux bien aller éteindre les bougies ?

Une fois réinstallé dans la même position, je sentis que le sommeil me gagnait, moi aussi, et je basculai insensiblement de l'autre côté de cette frontière au-delà de laquelle même les plus vaillants combattants de la plus décisive des batailles finissent par perdre pied…

… j'étais assis dans un compartiment de train et par la fenêtre se déployait un paysage toscan. Le temps était sombre et des ondées sporadiques venaient fouetter la vitre, obscurcissant la vision. Je prenais soudain conscience – cette dernière étant singulièrement engourdie, à vrai dire – que je n'étais pas, comme je l'avais d'abord cru, tout à fait seul dans ce compartiment. Se tenaient en face de moi trois personnages étonnament petits de taille et dont les jambes gambillaient dans le vide comme celles d'enfants désœuvrés. Cependant ce n'étaient pas non plus des nains et d'un seul coup, ma perception s'aiguisant, je reconnaissais, habillés à la façon du XVIIIe siècle, trois des pupazzi de Roberto : Ludmilla, Zeppo et Pantalone, assis côte à côte, en silence, et de toute évidence très abattus. M'adressant à eux, je tentais de leur expliquer qu'en dépit du fait qu'il leur était impossible de se souvenir de moi, je croyais, pour ma part, fort bien les connaître puisque j'avais été l'un des spectateurs de leur dernier spectacle au palais Lungharini, il y avait deux semaines. Tous trois semblèrent alors s'extirper de leur apathie et Pantalone me répondit.

PANTALONE. – Alors, c'était donc vrai qu'il y avait des spectateurs ce jour-là, comme nous l'avait prétendu cette grosse peluche prétentieuse de Buffo ?

ZEPPO. – Bien évidemment que c'était vrai, quand on a une intuition aussi précise, c'est presque toujours vrai.

PANTALONE. – Oui, bien sûr… ils disent tous ça !

MOI. – Qui ça, « ils » ?

PANTALONE. – Eh bien ! Ceux qui sont prêts à croire tout et n'importe quoi !

ZEPPO. – Ne faites pas attention ! C'est son rôle d'être désagréable.

MOI. – Je sais, j'ai compris.

Ludmilla. – Et comment, cher ami, avez-vous donc trouvé le spectacle ?

Pantalone. – Always fishing for compliments !

Ludmilla. – Comment ? Que dis-tu, vieux fou ?

Pantalone. – C'est de l'anglais, mais je me comprends !

Moi. – Eh bien, je vous ai tous trouvés magnifiques, surtout vous Ludmilla. Et le spectacle était formidable.

Pantalone. – Il sait parfaitement bien « complimentir », n'est-ce pas, comme tous les humains…

Ludmilla. – Mais tu ne sais que te défier de tout, Pantalone. Moi, je pense que nous avons effectivement été excellents.

Zeppo. – En tout cas, il est bon que vous nous ayez vus à ce moment-là, cher ami, car cela n'est pas prêt de se reproduire, si cela se reproduit d'ailleurs jamais.

Moi. – Vous voulez dire que Roberto vous sorte de nouveau de vos boîtes ?

Pantalone. – Lui aussi il croit à Roberto ?

Moi. – Bien sûr que je crois à Roberto, je le connais même très bien et c'est d'ailleurs lui qui m'a invité au palais, la dernière fois.

Pantalone. – Oui, on dit ça, mais je n'en crois pas un mot. De plus cela sera désormais impossible à vérifier puisque justement Robertino nous envoie à sa recherche, car il aurait, semble-t-il – ce qui est, soit dit en passant, la moindre des choses pour un fantôme ! – disparu subitement de la circulation Enfin moi, je n'ai accepté que pour me dégourdir les jambes.

Moi. – Roberto a disparu ? Peut-être est-il parti en voyage ?

Zeppo. – Robertino pense que non.

PANTALONE. – *Et, comme chacun sait, les mythes sont insaisissables !*

ZEPPO. – *Ce que tu n'as pas l'air de comprendre, mon pauvre Pantalone, c'est que sans Roberto, nous n'existons plus, nous non plus.*

PANTALONE. – *La belle affaire ! En ce qui me concerne je n'ai jamais aimé mon propre rôle, ni même ma vraie personnalité, alors !…*

ZEPPO. – *Ta vraie personnalité, dis-tu ? Celle-là, c'est la meilleure ! Tu voudrais avoir, toi, une marionnette, une personnalité cachée, un inconscient peut-être aussi, non ? Mais mon pauvre Pantalone nous n'existons qu'en surface. Il n'y a rien derrière !*

PANTALONE. – *Ah ! Parce qu'il n'y a que les humains qui ont le privilège d'avoir un inconscient ? Vous, monsieur, par exemple, pensez-vous posséder un inconscient ?*

MOI. – *À vrai dire, je me suis toujours posé la question. Quoi qu'il en soit, je ne vois pas en quoi ce serait un privilège, au contraire même…*

LUDMILLA, *m'interrompant et s'adressant à Pantalone.* – *Et puis parle pour toi, mais moi, je suis triste de me quitter, personnellement…*

PANTALONE. – *Encore une qui aurait besoin qu'on lui explique que la vie n'est pas une petite pose devant le miroir !*

LUDMILLA. – *Ça, c'est sûr qu'aucun miroir ne te laisserait prendre la pose devant lui sans se ternir définitivement, vieux bouc ratiocineur !*

ZEPPO. – *Arrêtez donc de vous chamailler tous les deux, la situation est grave. As-tu au moins pensé, Pantalone, que si nous disparaissons, nous aussi, tu ne pourras plus te chamailler avec nous, ni même proférer tes sarcasmes ?*

PANTALONE. – *Euh… c'est vrai ça ! Je n'y avais pas pensé ! Peut-être qu'au fond je tiens moi aussi, plus que je ne le pense, à continuer la comédie.*

Zeppo. – Bien évidemment, gros bêta, puisque c'est ton rôle d'apparaître comme tu es.

Moi. – Rassurez-vous ! Contrairement à nous autres humains, vous pouvez toujours renaître, quoi qu'il en soit de Roberto. D'ailleurs celui-ci a formé des élèves qui auront à cœur de vous réveiller, un jour ou l'autre.

Ludmilla. – Sauf si nous sommes passés de mode. L'essentiel en ce monde, si toutefois vous voulez bien entendre un avis féminin, est toujours affaire de vogue passagère, voyez-vous, et toutes vos belles philosophies n'y changeront rien, car les philosophies elles-mêmes ne contreviennent nullement à cette loi volatile.

Zeppo. – Nos personnages peut-être, mais le théâtre est éternel !

Pantalone. – L'éternité c'est long… surtout vers la fin ! Tous ces bavardages m'ennuient, et si nous nous disputions encore un peu sur un sujet valable, histoire de passer le temps ? Par exemple, je trouve, ma pauvre Ludmilla, puisque tu en parlais précisément, que ton costume est un tantinet passé de mode…

À ce stade du dialogue (que j'avais perçu jusqu'ici avec une précision surnaturelle en dépit de l'impression de pesanteur que j'éprouvais dans tous mes membres), les voix des pupazzi commencèrent de s'estomper et la vision que j'avais d'eux, en face de moi sur le siège, se mit aussi à vaciller comme dans un fondu enchaîné cinématographique.

Cependant, j'eus encore le temps d'entendre Zeppo me lancer :

– Si quelquefois vous apercevez Roberto, dites-lui que…

La voix se perdit dans un borborygme inaudible et je me retrouvai seul dans le compartiment, tandis que la pluie avait redoublé contre les vitres du train, lequel sifflait en entrant dans un tunnel. Je réalisai simultanément que je ne savais absolument pas quelle était ma destination ni – chose plus cruciale encore ! – si je voyageais avec ou sans bagages.

Ce fut alors que le train à vapeur (j'entendais parfaitement le halètement de la locomotive) s'immobilisa dans une minuscule gare déserte. Je ne parvins pas à lire le nom de la localité sur le panneau, mais j'aperçus une silhouette assise sur l'unique banc du quai. C'était un homme à la carrure athlétique qui, une valise posée à côté de lui, semblait attendre. En un éclair, au moment où le train s'ébranla de nouveau, je reconnus Roberto – paisible, songeur et triste. Lorsque ma fenêtre passa à sa hauteur, il me fixa intensément de ses yeux sombres et m'adressa un sourire à la fois las et résigné, empreint toutefois – j'eus le temps de faire cette dernière observation – d'une expression d'infinie sollicitude.

Me levant, je l'appelai à travers la vitre, mais il sembla ne pas m'entendre et, le train prenant de la vitesse, il disparut presque aussitôt de mon champ de vision. Or, juste au bout du quai, je réussis enfin à lire distinctement le nom de la gare que nous laissions derrière nous : Vallombrosa !...

Je m'éveillai avec stupeur dans le grand lit. La tête appuyée contre mon épaule, Anna me demanda :

– Qui est ce Roberto dont tu viens de parler dans ton sommeil ?

– Ah ! Roberto est un montreur de marionnettes, un personnage étonnant...

Et je lui racontais tout ce qui concernait Roberto et les marionnettes.

Elle m'écouta attentivement, puis me dit :

– Je trouve cette histoire tout à fait dans le style de celle de Rogozinsky, mais s'il y a bien une chose que mes études philosophiques m'ont apprise, c'est de ne pas me soucier du degré de véracité d'une histoire qui me plaît. Pour moi, tout ce qui me fait rêver est vrai. Et ce qui est sûr, c'est que si cela a vraiment eu lieu, j'aurais payé cher pour assister à ce spectacle de pupazzi. Mais tant pis je me consolerai avec le petit spectacle que nous nous jouons à tous les deux.

– Tu penses que nous ne faisons que nous jouer la comédie ?

– Fatalement toujours un peu, non ? Mais qu'importe ! J'adore ça, surtout avec un petit cabotin comme toi, dit-elle en m'attirant à elle.

Et, tandis qu'assourdis par les lourds rideaux, les bruits matinaux de la ville commençaient à s'élever jusqu'à nous, nous mimâmes une fois encore les gestes des marionnettes de l'amour.

Quand, après cette nouvelle transe et un nouvel assoupissement, nous nous éveillâmes côte à côte, nous regardant l'un l'autre, étonnés de nous retrouver dans cette intimité nouvelle, Anna dit :

– As-tu des plans pour aujourd'hui ?

– Euh, pas vraiment, tu sais, je suis venu ici en touriste, et toi ?

– Un touriste de l'amour ! dit-elle en riant, puis elle ajouta : Moi, je dois juste aller voir ma tante et ensuite un notaire, mais voici ce que je te propose…

– J'accepte d'avance toutes tes propositions.

– Tu prends des risques, sais-tu, mais disons que pour aujourd'hui ça ne sera pas trop périlleux. Voilà, je règle ces questions au plus vite et en début d'après-midi nous nous retrouvons dans le café d'hier. Par ailleurs, je crois que vu le temps limité que nous passerons ensemble, nous arriverons à cohabiter sans nous déchirer, non ? Aussi, le mieux serait que tu demeures ici, le temps où nous continuerons de nous supporter, qu'en dis-tu ?

– Parfait, faisons comme ça.

Dans l'instant Anna se leva pour ramasser ses vêtements et je pus apercevoir une fois de plus la perfection de son corps à la fois longiligne et musclé.

– Tu fais du sport ou de l'exercice ? Tu me parais dans une forme olympique.

– Je fais beaucoup de danse à New York.

– Ah, tu en as le temps ?

– Écoute, Denis, tu te souviens de notre pacte, je ne te dirai rien de plus, n'essaie pas de me tirer les vers du nez. Moi, je ne te demanderai absolument rien sur ta vie habituelle, laissons cela en dehors de notre bulle d'ici et maintenant.

– D'accord, dis-je, j'aurais tout de même essayé…

Elle me fit un sourire appuyé et disparut dans le couloir. J'entendis couler l'eau d'une douche et restai allongé à savourer ce moment magique où, moi aussi, comme Harvey dans le roman de Grine, je croyais pouvoir enfin toucher du doigt mon inaccompli. Anna revint habillée et maquillée.

– Bon, je dois filer, je te donne cette clé et débrouille-toi tout seul dans l'appartement, du moins si tu n'as pas peur des fantômes…

– Pas de problème. J'ai une secrète connivence avec eux et de ce fait je me demande souvent si je n'ai pas déjà de longue date intégré leur troupe.

– En tout cas, je peux te certifier que tu peux te montrer sacrément vivace pour un fantôme, dit-elle en m'embrassant avec fougue. Bon, à tout à l'heure.

Elle quitta la pièce avec la même prestesse immatérielle d'elfe voltigeur que je lui avais toujours vue, ce qui fit que, demeuré seul, je fus presque tenté de croire que j'avais, depuis le début, été le jouet d'un sortilège…

22

Le ciel demeurait sombre, mais la pluie connaissait une accalmie.

Je déambulai, sans esprit de suite, une bonne partie de la matinée, parmi les contrades les plus éloignées du centre, dans un état de demi-transe, hanté par l'image d'Anna dont je voyais l'affolante silhouette se profiler à chaque coin de rue et dont je croyais sentir la présence charnelle me frôler à chaque instant. Vers midi, je rejoignis le « parfait bout du monde » et dégustai un plat de pâtes « al pesto » qui, dans l'état de réceptivité où je me trouvais, me parut tout bonnement divin. Au bar ou assis aux différentes tables, soliloquant ou lancés dans des conciliabules, les mêmes personnages – fidèles satellites de l'anodin – paraissaient, bien que je ne puisse saisir un traître mot de leur conversation, refaire les mêmes gestes et proférer les mêmes mots que la veille. Le patron, une radio déversant au-dessus de sa tête un flot de paroles ronronnantes, lisait placidement le journal, assis derrière sa caisse. Un labrador affalé près de l'entrée dormait, la tête entre les pattes. On eût dit que l'endroit demeurait soustrait au rythme du reste du monde. Aussi, me laissant couler à fond dans ce providentiel temps mort imprégné de l'attente de l'être cher, je me pris, au bout d'un moment et à l'instar du narrateur de « La Presqu'île », l'inoubliable nouvelle de Gracq, à redouter, moi aussi, l'instant de son apparition. Ça avait toujours été là, en fait, mon interrogation ontologique la plus récurrente et peut-être aussi la plus vaine : le véritable bonheur ne s'éprouvait-il pas avec plus d'acuité dans l'attente plutôt qu'au cœur, si évanescent, de l'événement lui-même ? Soudain, je vis le visage « surréel » d'Anna s'encadrer dans la vitre du café, m'adressant son sourire ironique inimitable, et mes élucubrations se volatilisèrent instantanément. Elle entra dans « le café triste » comme l'eût fait un ange : le labrador s'ébroua, le patron leva les yeux de son journal, les habitués se turent et, tandis qu'à l'unisson de cette apparition la radio diffusait un rock italien nostalgique, nous la contemplâmes tous avec admiration.

Elle vint s'asseoir à mes côtés et me dit :

– As-tu eu le temps de te remettre de tes émotions ?

– Pas vraiment, Anna, j'ai erré toute la matinée, hanté par les visions de cette nuit.

– Tu appelles cela des visions ? Oui, au fond, peut-être que les deux protagonistes de cette improbable mêlée nocturne ne sont rien de moins que les reflets de ces êtres mystérieux que nous avons cru entrevoir hier soir dans le grand miroir, et que, comble de naïveté, nous avons cru être nous-mêmes ?

– N'en est-il pas toujours ainsi lorsque les événements s'approchent trop près de nos vieux désirs ?

– On m'a appris, il y a longtemps, que Kant avait démontré que le seul raisonnement logique ne nous permettait en rien de savoir si nous étions en état de veille ou si nous rêvions.

– Oui, sans doute, mais si nous abandonnons la logique pure, le sens commun, lui, le sait parfaitement.

– Tu es bien sûr de toi !

– Je le suis d'autant plus, vois-tu, Anna, que je me flatte d'être ce qu'on appelle un « rêveur lucide ». Je suis toujours conscient d'être en train de rêver lorsque c'est le cas, et j'ai la faculté d'infléchir le cours de mes rêves ou de m'en éveiller à volonté lorsqu'ils sont trop pénibles. Or pour ce qui est de cette nuit, je suis formel : il s'agissait bien d'une transe onirique, dis-je en souriant. Et la meilleure des preuves, c'est que je ne m'en suis toujours pas entièrement éveillé puisque tu es là de nouveau devant moi.

– Parce que tu voudrais t'en éveiller ?

– Il n'est rien que je ne désire moins mais il est légitime d'être pris de frayeur devant l'accomplissement parfait d'un souhait, d'avoir peur d'être à tout moment cruellement dégrisé.

– Alors, écoute-moi bien, Denis, je te le dis à mon tour de manière tout à fait solennelle : il s'agit effectivement d'un rêve, et de surcroît fort limité dans le temps, puisque nous devons chacun de notre côté retourner ensuite à notre état de veille – ainsi que nous nous le sommes promis – et c'est pourquoi il nous faut tenter d'en étirer la durée autant que nous le pouvons, passer progressivement de vingt-quatre à six ou, pourquoi pas, trois images/seconde, en évitant, toutefois de ne pas immobiliser la bobine.

– Tu veux dire qu'il nous faut suspendre le temps sur l'écran comme dans un plan-séquence à la Antonioni ?

– Oui, et rien de plus facile pour nous. Ne sommes-nous pas, plus encore que des habitants du miroir, des êtres cinématographiques qui se sont rencontrés dans une salle de projection et n'en sont peut-être jamais vraiment sortis ?

– C'est aussi mon impression ! Mais une autre question fondamentale me taraude : penses-tu que nous nous montrons à la hauteur de nos rôles ?

– Absolument, dit-elle en me prenant la main. Nous sommes éblouissants à vrai dire !

Anna avait, entre-temps, terminé son propre plat de pâtes et buvait à petits coups son expresso, les habitués feignaient, tout en nous observant discrètement, de ne pas nous prêter attention, le chien s'était rendormi, la radio ronronnait de nouveau et dehors l'atmosphère restait à la pluie. Anna leva sa tasse et dit :

– Au grand projectionniste inconnu ! Puis elle ajouta : Comme promis, maintenant, je t'emmène visiter la Pinacothèque nationale.

Nous abritant sous mon parapluie, nous remontâmes jusqu'au Campo pour ensuite suivre la via San Petroqui jusque devant le palais Buonsignori, lequel abrite le fameux musée d'Art gothique. Passant de salle en salle par les étroits couloirs sombres, nous constatâmes que nous étions les seuls visiteurs. Aux murs étaient accrochés les nombreux tableaux de la période dite de « Peinture sur fond d'or ». Nous nous arrêtâmes devant l'un d'eux (*La Montée au calvaire*, d'un certain Vecchietta) et Anna fit ce commentaire :

– J'ai conservé de mes visites enfantines un regard innocent sur ces tableaux. Ils représentent mon premier contact avec le sacré et je les contemple comme le faisait la petite fille que j'étais. Je suis émerveillée par les couleurs vives, le fond doré, les personnages fabuleux et cette dimension mystérieuse, mythique, qui s'en dégage. Tu vois, par exemple, dans celui-ci : la façon dont est représentée la ville rouge et ses remparts, les étendards qui flottent sur les dômes, la tête des chevaux et l'expression étrange, presque absente, des cavaliers, m'enchante d'une manière que je ne saurais définir.

– On dirait les habitants d'une autre galaxie ; on ne parvient pas à lire leurs expressions ni leurs gestes, les chevaux ont l'air d'animaux cybernétiques et le ciel lui-même paraît n'ouvrir que sur un espace clos. En réalité, on n'est pas tout à fait sûr de bien comprendre l'image.

– Oui, mais ce qui demeure peut-être le plus troublant est que, par l'entremise de ces très anciens pigments, cette image puisse continuer de tellement nous fasciner… Ne dirait-on pas que nous sommes reliés à ces êtres d'un autre monde par une connivence esthétique assez obscure ?

– Si, mais j'ai tendance à penser que si nous étions abruptement, par quelque opération magique, mis en leur présence, nous serions incapables de communiquer avec eux. Cependant, comme tu le dis, par le biais d'une mystérieuse et muette complicité, cette distance semble abolie.

– Il y a des fois, me dit-elle, où tu parles comme un livre, serait-ce que tu ne cesses de t'entraîner à rédiger tes ouvrages futurs ?

– Sans doute un peu ça, oui…

– Viens maintenant par ici, me dit-elle. Je vais te montrer celui qui m'a toujours le plus fasciné.

Elle m'entraîna à travers les couloirs déserts jusqu'à une salle exiguë où elle me désigna une œuvre que le panonceau explicatif nommait *L'Adoration des bergers* de Pietro di Giovanni d'Ambrosio. On y voyait, emmailloté avec soin, l'enfant aux yeux ronds, la tête tournée vers l'extérieur, et placé sous le regard bienveillant des bêtes (la corne du bœuf délicatement représentée derrière l'oreille de l'âne). Au-dessus de la crèche où six angelots miniatures voletaient comme des flammèches dorées – crèche curieusement représentée comme une sorte de termitière surgie du sol – se déployait un panorama nocturne où l'on apercevait le damier des champs encadrant les eaux sombres d'un lac. Posée sur le toit de la termitière divine se tenait une chouette en train de fixer de ses yeux ahuris le spectateur éventuel du tableau, et, derrière les bergers en adoration, un chien héraldique – lui-même manifestement interloqué par l'attention excessive de ses maîtres pour ce nouveau-né reposant sur la paille d'une grange – pointait son museau en soulevant une patte griffue. La scène entière paraissait animée d'un symbolisme primitif énigmatique.

– Depuis que je suis toute petite, dit Anna, c'est toujours devant ce tableau que je suis ramenée et, à bien le regarder cette fois-ci encore, je prends conscience que c'est sa discrète étrangeté qui me retient. Peut-être, surtout, ces animaux qui participent de l'adoration et en même temps y semblent indifférents. Crois-tu que les enfants puissent être sensibles à ce genre d'ambivalence sans vraiment la comprendre ?

– Mais tu n'étais sans doute pas une enfant ordinaire, toi non plus, dis-je en souriant.

– Ne te moque pas de moi, ma question est sérieuse.

– Eh bien, sérieusement, je te répondrai qu'à mon avis les enfants sont beaucoup plus réceptifs à ces ambiguïtés que les adultes qui, la plupart du temps, ne se soucient plus que de faire fonctionner leur monde utilitaire. Et pour ce qui est des animaux, c'est en effet un point crucial de toute la pensée chrétienne. Il faudrait que je te raconte comment j'ai fait dernièrement la connaissance d'un prêtre qui a presque perdu la foi en raison de cette négligence méprisante et impardonnable vis-à-vis de nos vieux compagnons silencieux.

– Je suis contente que tu me dises cela, j'ai le sentiment que le Moyen Âge avait encore conscience de cette faiblesse sensible, avant que ne viennent des temps théologiquement plus rigides. Mais viens, il y a une dernière œuvre que je voudrais te montrer dans la salle suivante.

Nous pénétrâmes alors dans une salle tout aussi exiguë que la précédente où, assis sur une chaise, les yeux mi-clos, un vieux gardien chantonnait discrètement pour lui-même. Je chuchotai à Anna :

– Il chante seul dans l'ombre pour maintenir en éveil ce qui subsiste d'encore vivace dans les toiles anciennes de ce vieux musée désert.

– Ah oui, peut-être bien… C'est le génie secret de Sienne. Mais regarde celui-ci.

Je me penchai sur la notice et lus qu'il s'agissait d'un tableau intitulé *Le Soin aux malades*, datant de 1440 et attribué à Domenico di Bartolo. Un gros curé rasé de frais, la main appuyée sur le lit pour plus de commodité, écoute nonchalamment la confession d'un malade, tandis qu'à ses pieds le chat et le chien se chamaillent en toute insouciance. Il était précisé que cette scène avait lieu dans l'hôpital Santa Maria della Scala créé en l'an mil et demeuré partiellement en service jusqu'en 1992. Une dernière notule ajoutait que l'écrivain Italo Calvino y était mort.

Je pris conscience que dans toutes ces compositions médiévales pleines à craquer, le réalisme cru, quasi caricatural, des personnages contrastait avec la complication du fond et des architectures ; chaque espace du tableau étant représenté comme une minuscule scène de théâtre au creux de laquelle s'ouvrait la lucarne d'un paysage champêtre enchanteur. Je croyais comprendre encore que les artistes de cette époque – tenus comme ils l'étaient par les exigences de l'art ecclésiastique conventionnel – s'étaient eux-mêmes échappés par cette lucarne pour épancher leur plaisir d'artistes purs.

Au moment où nous nous apprêtions à sortir de la salle, le gardien cessa de chantonner et, nous fixant, s'adressa à Anna en italien, d'une voix assourdie.

– Qu'a-t-il dit ? demandai-je, tandis que nous nous dirigions vers la sortie.

– Il a dit qu'avec l'expérience il savait reconnaître ceux qui regardaient vraiment et qu'il nous souhaitait bonne chance.

– Et en plus, il chantonne tout seul…

– Oui, il existe encore des gens comme ça.

– Une sorte de sagesse infuse, ils se contentent d'exister en toute tranquillité là où le sort les a placés. Il n'est même pas nécessaire de leur souhaiter bonne chance car ils sont des privilégiés de l'existence.

– Et nous, Denis, penses-tu que nous le soyons aussi ?

– Depuis quelques heures, sans nul doute, Anna.

Une fois dehors, Anna proposa de faire un tour vers la porta Laterina où se trouvaient, d'après elle, les rues les plus pittoresques de la ville. Nous commençâmes ainsi de dériver au hasard, admirant au passage les innombrables courettes médiévales encastrées au cœur des bâtiments, puis nous parvînmes devant une église où Anna insista pour que nous entrions. Là, tranchant avec l'extérieur un peu terne, s'ouvrait un espace saisissant : on eût dit la coque renversée d'une gigantesque barque au plancher décoré de rayures bleues et blanches peintes de frais. Des vitraux laissaient entrer une puissante lumière dévoilant le reste du décor qui ne se différenciait pas de l'habituelle pompe italienne surchargée. Nous échangeâmes quelques mots en chuchotant et remarquâmes alors combien l'acoustique de cette église était exceptionnelle. Or, tandis que nous nous avancions vers l'autel dans l'allée centrale, trois jeunes hommes entrés derrière nous entamèrent à pleine voix une cantate sacrée – sans doute de Vivaldi – qu'ils chantèrent a capella avec un art consommé. C'était de toute évidence des professionnels venus tester les qualités de résonance de l'édifice. Après nous être retournés sous le coup de la surprise, nous demeurâmes côte à côte, debout face au transept, à écouter ces voix si maîtrisées s'élevant dans la nef. À cet instant, Anna me saisit fermement la main et la garda serrée dans la sienne. Je compris que cette cérémonie impromptue s'était subrepticement transmuée – à l'unisson de nos retrouvailles transitoires – en des noces informelles.

Dix longues minutes après, les chanteurs s'arrêtèrent et, retrouvant nos esprits, nous repartîmes vers la sortie. Lorsque nous passâmes devant eux, qui maintenant plaisantaient en italien, les chanteurs s'interrompirent pour nous adresser des sourires complices, comme s'ils avaient parfaitement deviné ce qui venait de se jouer.

Sur les marches de l'église, Anna me dit sur son ordinaire ton ironique :

– Nous n'avions invité personne mais c'était encore plus émouvant, non ? Je suis tout de même déçue que notre principal témoin ne soit pas venu.

– Le principal témoin ?

– Tu as déjà oublié ce cher cabot providentiel, mais je suis sûre que nous le croiserons aujourd'hui, à un moment ou un autre, tu verras !

Nous retraversâmes la ville par les ruelles où, la pluie ayant cessé, un fort vent s'engouffrait, chassant les rares passants vers leur logis. Nous réintégrâmes le grand appartement et Anna fit du thé que nous bûmes tout en nous regardant en silence, quelque peu étourdis par la profuse intrication des événements récents.

– Je pense que nous devrions dormir un peu chacun de notre côté, pour récupérer, car je doute que nous puissions le faire ensemble sans que la situation dégénère très vite, finit par dire Anna. Tu vas dormir dans ma chambre et dans mon petit lit. Si, si, cela me fait plaisir que tu y dormes. Pendant ce temps-là, je dormirai ici sur le sofa, enroulée dans cette vieille courtepointe presque maternelle. Et ce sera d'autant mieux de se retrouver dans deux heures, surtout que j'ai imaginé un repas de circonstance que, j'en suis certaine, tu apprécieras.

Elle me précéda jusqu'à sa chambre où, dans une alcôve, il y avait ce qu'elle me désigna comme son lit d'adolescente. Des tentures couvraient les murs et des rideaux masquaient en partie les deux fenêtres. J'étais si fatigué qu'à peine allongé je m'endormis profondément.

Je m'éveillai dans la chambre silencieuse et sombre. La nuit était tombée. J'empruntai le long couloir qui menait à la cuisine d'où provenait de la lumière. Anna y était en train de fourrer toutes sortes de victuailles et une bouteille de vodka dans un grand panier.

– Voilà, nous allons faire un pique-nique nocturne à ma manière pour prolonger la cérémonie d'aujourd'hui. Ce sera la partie civile, ajouta-t-elle en riant. Couvre-toi et suis-moi !

Dehors, le ciel s'était partiellement dégagé et, entre les nuages effilochés qui couraient rapidement, on apercevait des étoiles jaillissant comme des étincelles. Anna nous entraîna vers le nord de la cité et, après environ une demi-heure de marche, nous parvînmes dans une partie de la ville qui n'avait plus rien de médiéval ni même d'ancien. C'était, pour le coup, le début d'une sorte de no man's land où, entre des hangars et des entrepôts, s'ouvrait une enfilade de terrains vagues et d'anciens potagers en friche au sein desquels, entre des plants de légumes redevenus sauvages, se dressaient quelques cabanons éventrés, de gros bidons ayant servi de réservoirs d'eau, des bouts de palissades cassées et parfois, avec un charme inattendu, une ancienne tonnelle dont les ramilles avaient colonisé l'espace alentour. Après nous être frayé un passage à travers cet embrouillamini hétéroclite, Anna s'arrêta au centre d'un terre-plein où subsistait un vieux banc abandonné et y déposa le panier.

– C'est ici ! Ne pose pas de questions et aide-moi. Va là-bas sous le hangar à la porte entr'ouverte et essaie de dénicher des planches pas trop humides. Moi, je ramasse des brindilles. Nous allons faire un feu.

Je fis comme elle m'avait dit, parcourant les terrains contigus, franchissant les anciennes clôtures de grillage crevé et, après quelques minutes, nous avions amassé un bon tas de planchettes et de brindilles. Puis Anna tira de son panier un journal et des allumettes et mit le feu au tout qui, après quelques ratés, s'embrasa. Ensuite elle disposa sur le banc, à côté de trois pots estampillés d'une marque américaine (contenant du caviar d'aubergine, des feuilles de vigne, du tarama et des molossols), des blinis, du pain noir, puis enfin deux petits verres ainsi qu'une bouteille de vodka.

– Voilà pour la cérémonie de ce soir. Je voulais que ça ressemble à une nouvelle de Tchekhov puisque tu m'as dit qu'il était en quelque sorte ton petit dieu tutélaire, et si ça ne t'évoque pas ton cher Anton Pavlovitch, au pis, dans ce décor délabré, ça sera ce pauvre Raymond Carver, non ?

Un peu abasourdi par tout ce que je venais de voir et d'entendre, je mis un certain temps à répondre :

– Comment as-tu pu deviner que j'avais toujours rêvé de vivre un jour une telle scène, es-tu donc une sorte de médium ?

– Pas besoin d'être médium pour être au diapason du romantisme postmoderne, lança-t-elle avec son inimitable rire de gorge sarcastique. De nos jours, tu en conviendras, le grand luxe est de savoir sortir des parcours fléchés. Et l'aventure se tient littéralement toujours, si on le veut bien, au coin de la rue. Il suffit seulement d'avoir le courage de franchir la barrière invisible des habitudes. Bon, trêve de paraboles vaseuses, sers-moi donc de la vodka pendant que je fais réchauffer les blinis dans cette petite poêle de ma tante, qui n'a pas dû servir depuis des décennies, et trinquons à la santé des amours transitoires !

Je versai la vodka et, tandis que j'observai les flammes se refléter dans les yeux d'Anna, nous entrechoquâmes nos verres et bûmes d'un seul trait en renversant nos têtes. Comme je n'avais pas fermé les yeux, je crus bien apercevoir, enfin, scintillant d'un éclat presque surnaturel entre les nuages, la fameuse étoile promise par Elvire. Je dis :

– Ça y est, je la vois !

– Qui donc ?

– Mon étoile ! Attends, dis-je en me levant, et je fis trois tours sur moi-même en fermant les yeux, puis j'ajoutai : Hop ! Je l'ai fixée.

– Même dans Carver, le delirium tremens met plus longtemps à se manifester. Puis-je implorer une explication ?

Je lui racontai alors ma dernière conversation avec Elvire.

– Si jamais je reviens à Paris, déclara Anna, il faudra absolument que tu me présentes cette précieuse personne. Maintenant que tu sais que son étoile nous protège, accepteras-tu un peu de ce caviar d'aubergine et de ce tarama que j'ai rapportés, figure-toi, de New York, en prévision d'une grande occasion. Peut-être mon inconscient avait-il subodoré quelque chose, ne crois-tu pas ?

– Tu crois plaisanter mais, en fait, ce genre de chose se produit couramment pour les gens de notre espèce.

– De quelle espèce parles-tu ?

– Eh bien, de l'espèce des néoromantiques postmodernes dont tu as parlé toi-même tout à l'heure !

– Ah, parce que tu écoutes attentivement tout ce que je dis ? Je vais davantage surveiller mes paroles dorénavant.

– Je t'en conjure Anna, surtout n'en fais rien.

– Oh, mais rassure-toi, je ne disais ça que pour la forme ! Lorsque je deviens sérieuse, je perds toute inspiration. Ressers-moi de cette excellente vodka parfumée et persévérons en toute slavophile inconséquence. Ne portes-tu pas un nom serbe, mon cher Denis Andreïevitch ?

– Oui, tout à fait !

– Et… regardons… les « vagues étoiles de la Grande Ourse », dit-elle en hésitant un peu sous l'effet de l'ébriété. Pour ma part, ce sont elles qui me guident dans la vie, justement à cause de leur imprécision et de leur évanescence, qui conviennent très bien à mon irrémédiable confusion naturelle… En fait, je sais ce qu'il nous manque : de la musique, mais une fois terminé notre collation, nous en trouverons sûrement non loin d'ici.

Nous dégustâmes le caviar d'aubergine sur le pain noir et continuâmes de boire en silence tandis que le feu rougeoyait.

– Regarde, je ne t'avais pas menti, dit soudain Anna en pointant le doigt au-delà du cercle de clarté émané du feu.

Je dirigeai mon regard dans cette direction et vis à quelques mètres de nous, assis tranquillement dans l'ombre et nous observant, « le chien providentiel ».

– Ce chien a quelque chose de surnaturel, dis-je à Anna. Il me fait croire qu'il existe aussi une part animiste dans notre inconscient occidental.

– Mais le surnaturel n'est que du naturel, me rétorqua Anna, puis elle appela le chien : Viens, viens donc, tu prendras bien un morceau de pain avec du caviar d'aubergine, si tu es le divin Mercure que nous subodorons ?

Le chien s'approcha et accepta une tartine qu'il déchiqueta sur le sol et avala. Puis il se coucha à nos pieds près du feu.

– Je me suis toujours comportée avec les animaux comme s'ils étaient des dieux protecteurs, dit Anna. À mon avis, les vrais dieux ne se présentent pas sous une apparence pompeuse, ils sont même très discrets. Tant pis pour nous si nous ne savons pas les accueillir. D'ailleurs, en échange de leur bons services, ils ne demandent rien de plus qu'un peu d'amitié. Ensuite ils retournent dans leur intermonde qui n'est pas le nôtre, donc pas non plus de familiarité excessive. Tu vas voir qu'il va nous quitter bientôt.

– Parfois, tout de même, ils viennent vivre avec nous dans nos maisons.

– Oui, mais pas celui-ci ! Car il est juste notre ange gardien de Sienne, l'alter ego de Rogozinsky à Paris.

Au bout d'un moment, Anna reprit :

– Bon, maintenant, terminons avec ce vatrouchka que j'ai confectionné moi-même pendant que tu dormais.

Elle sortit le gâteau et coupa deux parts qu'elle nous servit sur du papier d'aluminium. Je demandai :

– Mais pourquoi ce dîner russe ?

– Parce que, comme toi, j'ai passé mon enfance et mon adolescence dans la littérature russe et qu'il y a tant de scènes de ce type autour d'un feu, la nuit, dans des lieux improbables, tant dans Tchekhov que dans Tourgueniev, qui sont mes préférés. Mais, comme je te le disais, il y a aussi de la musique, la plupart du temps. Nous ne pouvons pas terminer cette cérémonie sans quelques chansons. Viens, ramassons tout, jetons un peu d'eau de ce bidon là-bas sur le feu et allons-y !

Nous repartîmes ensuite vers la ville, suivis du chien. Nous n'eûmes pas long à parcourir, car après seulement quelques minutes nous débouchâmes sur la première place rompant avec le fouillis du quartier déshérité que nous venions de quitter et où se trouvait un minuscule estaminet dont les vitres embuées laissaient filtrer de la lumière. Il en émanait des chants ainsi que de la musique. Anna entra d'autorité et je lui emboîtai le pas timidement. Le chien resta dehors et, me retournant, je le vis se rencogner dans un porche non loin de là.

L'intérieur de l'établissement, très enfumé, évoquait le café borgne de *Quai des brumes*. Sur de grossières tables en bois étaient posés des verres et des bouteilles. Apparemment, les clients se servaient à discrétion. Sur une estrade poussiéreuse, une grande femme brune au long nez chantait, accompagnée d'un guitariste et d'un accordéoniste assis sur des chaises. C'étaient des ritournelles italiennes endiablées dont les refrains étaient repris à l'unisson par le public déchaîné. À peine nous étions-nous assis qu'Anna se releva pour aller au bar, d'où elle revint avec deux verres pleins.

– Buvons ça, me dit-elle, c'est du Fernet Branca, rien de mieux pour dessoûler.

Tout en sirotant la boisson amère, nous écoutâmes les chansons qui s'enchaînaient et dont je discernai facilement les thèmes : l'amour, la trahison, le bonheur facile, et la mort toujours à rôder comme une affamée.

– Inutile de te traduire les paroles, me dit Anna. À quelques variantes près, elles sont universelles.

Nous demeurâmes une bonne heure à nous diluer ainsi dans l'ambiance collective de la Sienne populaire, puis Anna dit :

– Rentrons à présent, il est l'heure de retourner dans notre île. Ne crois-tu pas ?

– Si bien sûr, Anna, je crois, comme tu le dis, que l'heure en est venue ; cependant, après ces chansons désabusées sur le mélodrame permanent de l'existence, je le redoute aussi un peu.

– Nous allons innover en la matière, dit-elle en me prenant la main. Fais-moi confiance !

Le chien qui nous avait patiemment attendus se remit à nous suivre sur le chemin du retour. Arrivés devant la porte de l'immeuble, Anna l'invita à entrer mais, en dépit de son insistance, le chien s'assit sur son derrière, se contentant de nous observer avec son indéchiffrable expression animale de présence-absence.

– Tu vois, c'est ce que je t'avais dit. Lui, il n'est qu'un envoyé de la providence, non seulement un Mercure, mais aussi un Cupidon, et il n'est pas possible de l'apprivoiser car il dépend d'instances supérieures. Bon, eh bien, salut à toi et merci pour ta sollicitude, Canis Minor, lança-t-elle au chien, qui à ces paroles se leva et s'en fut en trottinant dans la nuit.

– Pourquoi Canis Minor ?

– Mais parce que, de toute évidence, il est le pauvre cabot qui émut Dionysos lui-même ; lequel l'immortalisa ensuite en en faisant l'étoile la plus brillante d'une constellation qui porte ce nom – celle que vraisemblablement t'a désignée ton amie Elvire, non ?

– Tout s'enchaîne dans ton esprit avec la même aisance qu'une combinaison de grand maître d'échecs.

– Seulement quand j'ai bu du Fernet Branca, répondit Anna.

Peu après nous avions réintégré l'appartement et, sans presque en prendre conscience, précisément comme on se laisse glisser dans l'eau d'une rivière, nous nous retrouvâmes de nouveau enlacés et ondoyant dans les courants de la volupté. L'alcool ayant obscurci notre lucidité, j'avais l'impression que nous avions franchi un cap temporel où la chronologie ordinaire n'avait plus cours. Je le confiai à Anna qui me répondit :

– Je t'avais prévenu que nous allions arrêter le temps, mais surtout ne perds pas de vue ta Canis Minor au ciel de ta mémoire, c'est elle qui nous guide.

Nous nous abandonnâmes donc à la félicité de l'heure présente, sans arrière-pensée, brassant en pleine euphorie, longuement, jusqu'à l'inévitable dénouement des nerfs soudain relâchés dans l'accomplissement de l'acte immémorial – l'acte commun pulsionnel, garant de la continuité de toutes choses vivantes (y compris des plus dérisoires) et qui, nous le ressentons tous obscurément dans la tristesse du post-coïtum, est indépendant de nos passagères individualités vibrionnantes. Tous deux la tête sur l'oreiller, nous nous regardions comme deux athlètes exténués et un peu étourdis après l'excitation de la course.

– Tu m'as dit connaître des dizaines de poèmes par cœur, pourrais-tu m'en dire un qui soit de circonstance ?

– Alors écoute, dis-je :

> Ils ôtèrent leurs habits et plongèrent dans la mer ;
> trois heures de l'après-midi ;
> l'eau fraîche ne les empêcha nullement de s'unir.
> Sans fin le rivage étincelait,
> mort, nu, solitaire. Au loin, les maisons fermées.
> Tout n'était que vapeurs et poli.
> Au bout de la route, un chariot disparaissait.
> Sur la terrasse de la douane du port
> pendait un pavillon en berne.
> Qui était mort ?

Un silence accueillit ma récitation et je vis qu'une larme avait perlé au coin de l'œil d'Anna. Je fus saisi à mon tour par l'émotion et me contentait de lui caresser l'épaule. Elle me dit alors :

– L'extase et la mort forment un couple indissociable, n'est-ce pas ? Au moment même où nous exultons, nous sentons nos squelettes irradier dans l'ombre de notre chair. Enfin, disons pour nous, les sensitifs névrosés, les prédestinés aux délices empoisonnées de la délectation morose. Mais de qui est ce poème inspiré ?

– De Yannis Ritsos, qui est l'un de mes poètes préférés, lorsqu'il n'est pas obscur.

– Mais ne pourrait-on dire cela de tous les poètes ?

– Oui, de presque tous, effectivement… C'est une étrange loi d'intermittence qui frappe plus encore la poésie que le reste de la littérature. Sans doute à cause de sa forme condensée.

– Dis-moi, Denis, pour en revenir à cette menace qui, pour les gens comme nous, ne cesse d'accompagner l'amour comme son ombre portée, crois-tu que la passion du moment en soit rehaussée ?

– Je le crois, oui, mais je crois plus encore que l'unicité d'une rencontre, son irremplaçable identité singulière, la rend plus poignante encore.

– Tu veux dire, *par exemple*, parce que c'est toi et parce que c'est moi ?

– Oui, c'est cela. Ce mystère de la singularité est, selon moi, le plus pathétique des mystères de notre avènement au monde, et ce qui rend l'amour de deux individualités fortuitement rassemblées si vertigineux.

– Tu as donc le vertige en ce moment ?

– Plus que tu ne crois, Anna.

– Mais heureusement, dit-elle comme en se secouant, nous sommes de vieux routiers de l'existence désormais, et nous saurons civiliser la violence de cette attraction mystérieuse, et sans doute destructrice, nous saurons en faire du bonheur, comme tu l'as affirmé. Du moins je l'espère.

– Je l'espère aussi, Anna. Mais pour cela, il est sans doute nécessaire de nous protéger contre nous-mêmes ou plutôt contre tout ce qu'en nous-mêmes nous contrôlons à grand peine.

– Et comment nous y prendre ?

– Peut-être en théâtralisant nos vies, en infléchissant du mieux que nous le pouvons nos gestes et nos pensées vers le tragi-comique. En faisant de l'amour une finalité sans fin, ainsi que le recommandent les philosophes…

– Cela me paraît tout à fait sage, mais y parviendrons-nous en ce qui nous concerne ?

– C'est plus ou moins ce que tu as proposé toi-même, dès le départ, en isolant notre intermède du reste de nos vies, non ?

– Oui, bien sûr, mais entre ce que je prétends faire et ce qui arrive généralement, il peut y avoir un énorme décalage.

– Oui : le destin nous prend à contre-pied en faisant surgir un petit deus ex machina qui bouleverse l'ordonnancement logique des événements.

À l'instant où je prononçai ces paroles, mon téléphone portable, qui ne s'était pas manifesté une seule fois depuis mon arrivée à Sienne, fit entendre sa sonnerie aigrelette. Surpris et inquiet d'un appel à une heure aussi étrange de la nuit, je me levai et allai répondre. C'était la voix bouleversée d'Emilio qui m'annonçait la mort subite de Roberto. Un stupide et incompréhensible accident : il allait souvent à la pêche en pleine nuit et après qu'il eut disparu depuis plusieurs jours, on avait retrouvé son corps noyé dans l'Arno ; apparemment il était tombé de sa barque. Tout le monde à Viarello était atterré. Il avait voulu me prévenir le plus vite possible pour que je puisse éventuellement venir à l'enterrement qui aurait lieu dans très peu de temps. Lui-même, Emilio, y tenait beaucoup, ajouta-t-il.

Je raccrochai et Anna, me voyant bouleversé, m'en demanda la raison.

– Eh bien, je sais maintenant pour qui pendait le pavillon en berne sur la terrasse de la douane du port. C'était pour Roberto, le montreur de marionnettes dont j'ai rêvé la nuit dernière. Ce rêve était un appel métapsychique car on vient de m'annoncer qu'il s'est tué accidentellement. Je dois assister à l'enterrement : il va falloir que je retourne à Florence.

– Écoute, fit Anna, c'est trop bête, déjouons les manigances contraires du destin. L'accélération est trop subite. Pars et, si tu le veux bien, je te rejoindrai d'ici peu après avoir réglé les dernières affaires de ma tante.

– Je t'attendrai impatiemment, dis-je.

23

L'inhumation de Roberto eut lieu quatre jours plus tard, dans le petit cimetière à flanc de colline de Viarello, sous une fine pluie persistante. Étaient présents Emilio, Mario, les quelques élèves de Roberto que j'avais aperçus le jour de la représentation, les écrivains de la résidence ainsi que la contessa elle-même accompagnée de Graziella, puis une poignée d'inconnus qu'on me présenta comme la famille du défunt. Un prêtre vint au bord de la tombe, prononça un discours en italien et fit le signe de croix. Ensuite ce furent les procédures habituelles : le défilé devant la tombe, la fleur tendue par le préposé puis jetée sur le cercueil, enfin les condoléances à la famille alignée.

Je trouvai que cette pluie qui maintenait les têtes courbées sous les parapluies avait quelque chose de parfaitement approprié. N'était-ce pas ainsi que devaient être enterrés – dans la discrète affliction du ciel lui-même – les artistes anonymes ?

Emilio annonça enfin que les élèves de Roberto avaient préparé, en tant qu'ultime hommage au maître, un court spectacle de marionnettes avec trois des personnages qu'il avait créés. Deux garçons et une fille, tous très jeunes, sortirent d'un grand sac les marionnettes de Zeppo, Ludmilla et Pantalone, dont les fils avaient été raccourcis et les firent pendre au-dessus de la tombe béante. (Je notai au passage que les personnages choisis étaient bien ceux qui m'étaient apparus dans mon rêve.) Ils s'agitèrent et commencèrent à parler, tandis qu'Emilio me traduisait en simultané.

LUDMILLA. – Oh ! Mais qui est donc dans cette sinistre boîte ? Mon Dieu, c'est terrible, serait-ce l'un d'entre nous ?

ZEPPO. – Nous ne mourons pas en tant que marionnettes, ma pauvre Ludmilla, faudra-t-il te le répéter cent fois ? De plus, as-tu remarqué la taille de cette boîte ? Non, c'est un humain, de toute évidence.

LUDMILLA. – Il y a un nom marqué dessus, voyons voir : ah, sapristi, c'est Roberto ! Ah, mais nous pouvions le chercher longtemps ! Que lui est-il donc arrivé ?

PANTALONE. – Simplement qu'il veut se rendre intéressant, si toutefois c'est bien lui, car comme je l'ai déjà dit, je n'ai jamais cru à son existence…

ZEPPO. – Pourtant ce que tu vois là se nomme un cercueil et je suppose que tous les gens ici présents – qui m'ont l'air tout à fait sérieux – ne sont pas venus se livrer à un simulacre, non ?

PANTALONE. – Ce ne serait pas la première fois !

ZEPPO. – Quoi que tu en penses, éternel vieux grincheux, nous avons été amenés ici pour dire quelques mots sur la tombe de celui qui nous a créés ; alors rendons-lui hommage, humblement et avec reconnaissance. Veux-tu commencer Ludmilla ?

LUDMILLA. – Eh bien, j'aimerais dire que je remercie de tout mon cœur Roberto de nous avoir permis d'exister et de nous amuser entre nous comme nous l'avons toujours fait…

PANTALONE. – Parle pour toi ! Moi, je ne m'amuse nullement.

LUDMILLA. – … je le remercie, oui, de nous avoir si merveilleusement imaginés, en espérant toutefois que sa disparition n'entraînera pas simultanément la nôtre. Cependant, notre présence ici même, ce matin, sous cette pluie amicale, semble bien attester que nous continuerons d'exister entre d'autres mains et dans le même esprit ; je lui en suis d'autant plus reconnaissante d'avoir su initier ce mouvement. Merci donc à toi, Roberto, le catcheur philosophe, d'avoir livré ce long combat d'arrière-garde en faveur de la fantaisie et de la maestria italiennes.

ZEPPO. – Merci, Ludmilla. Pour ma part, avant de laisser conclure Pantalone qui était, vous l'avez deviné, sa créature favorite...

PANTALONE. – La réciproque n'étant pas vraie, bien entendu !

ZEPPO. – ... je voudrais dire qu'en tant que clown professionnel et au nom de tous les saltimbanques qui parcourent le vaste monde pour tenter d'amuser les cœurs simples, assez simples pour encore apprécier les marionnettes, je remercie également Roberto, le vieux lutteur, d'avoir perpétué cette tradition avec le talent que nous lui connaissions...

PANTALONE. – Oui, Dieu sait à quelle sorte d'inspiration nous allons désormais être livrés en pâture !

ZEPPO. – Je conclurai donc en prononçant la phrase consacrée : The show must go on !

Tandis que se déroulait la petite scène, la pluie continuait de ruisseler doucement, à la manière, pensai-je, des pleurs que nous tous – y compris les manipulateurs concentrés sur leur tâche – tentions de retenir. Puis ce fut le tour de Pantalone de parler.

PANTALONE. – Eh bien, la vérité est que, comme vous devez vous en douter, je me contrefiche de toutes vos simagrées et de la disparition de notre prétendu maître – qu'il ait existé réellement ou n'ait été qu'une fable commode pour vos faibles cervelles. Cependant, comme je suis malgré tout beaucoup plus compatissant que vous ne le croyez et que je vous vois tous bouleversés ce matin, j'aimerais quand même vous dire ceci : les apparitions et les disparitions font aussi partie du piteux spectacle que nous nous jouons les uns aux autres en permanence et si ledit Roberto vient de disparaître comme cela paraît être le cas, applaudissons à la péripétie qui renouvelle ainsi de façon dramatique le médiocre spectacle qui a précédé et saluons en passant, de surcroît, la performance d'un acteur capable d'émouvoir avec un jeu si minimal. Mourir subitement est à la portée de tout un chacun, il me semble, non ? Enfin, laissez-moi encore vous dire que, de même que je ne suis que le énième avatar d'un personnage très ancien du Guignol italien et qu'en conséquence d'innombrables autres Pantalone viendront après moi – pas aussi brillants et séduisants que moi, c'est entendu –, de nombreux autres Roberto viendront le remplacer, lui aussi. Il résulte de tout ceci que la circonstance bien banale qui nous réunit ce matin ne devrait pas être, à mes yeux, une occasion d'affliction mais de réjouissance, car de nouvelles perspectives s'ouvrent à nous et qui sait, peut-être bien, parmi elles, celle d'être enfin libérés de tous ces manipulateurs maladroits qui prétendent nous faire nous agiter sans nous demander notre avis ! C'est tout ce que j'avais à dire, bonsoir et portez-vous comme vous l'entendez !

L'élève prononça cette dernière phrase de manière très expressive en imitant dans son phrasé les hésitations d'une mécanique en bout de course, s'interrompant brusquement, tel un jouet définitivement cassé. Il y eut un court moment de stupeur et, en dépit de l'émotion qui régnait, notre petit groupe ne put s'empêcher de sourire, si ce n'est de rire et d'applaudir. Pantalone eut alors un dernier sursaut en saluant en parfait acteur cabotin.

Emilio fit signe aux hommes qui se tenaient là, pelle en main, que le moment était venu ; ils commencèrent à jeter pelletée sur pelletée, qui résonnèrent sur le cercueil avec un son mat. Puis nous nous dispersâmes parmi les allées du cimetière, chacun y allant de ses commentaires sur la cérémonie. Emilio informa alors la cantonade que, pour ceux qui le voulaient, une modeste collation les attendait au café central de Viarello.

Lorsque nous fûmes réunis autour d'un vin chaud et de quelques sandwiches, je dis à Emilio :

– Curieuse oraison funèbre, je trouve.

– Du tout, me répondit-il. C'est là l'un des traits du caractère national dont Roberto était lui-même un brillant représentant : le cocasse macabre. C'est une sorte de cynisme comique et jubilatoire ; un moyen de ne pas nous appesantir sur le malheur. Et puis, il faut que vous sachiez que le discours de Pantalone a été composé d'après l'un des carnets de Roberto. C'était un texte qu'il avait écrit pour la mort d'un personnage futur.

– Je vois, dis-je. Malheureusement, j'ai la vive impression de ne pas avoir bien assimilé l'enseignement de Roberto sur l'humour à l'italienne.

– Peut-être est-il encore trop récent pour en mesurer l'effet. Mais je suppose que cela fleurira un jour dans vos écrits, ce qui sera le plus bel hommage qu'on puisse lui rendre. C'est d'ailleurs la raison pour laquelle j'ai insisté pour que vous veniez à l'enterrement. Roberto méritait un scribe.

– Ah oui, c'est vrai, j'avais oublié mon propre rôle. Je le tiendrai, c'est promis.

24

J'allai chercher Anna à la gare de Florence. L'éclat de sa beauté était rehaussé ce jour-là par un foulard brun noué autour de ses cheveux châtains et assorti de pendentifs émeraude scintillant à ses oreilles. Mon cœur tressaillit car il m'était impossible de ne pas songer que la session florentine que nous avions décidé de nous accorder serait non seulement courte mais ultime – afin de respecter notre pacte d'amour transitoire. Comment renoncer aussi vite, me dis-je, au privilège d'être illuminé par un tel regard, envoûté par une telle voix et transcendé par une telle présence ? Par bonheur, Anna se montra immédiatement égale à elle-même – gaie et sarcastique – et l'enjouement de l'instant à vivre chassa sur-le-champ ma tristesse.

Nous allâmes directement déposer nos bagages (j'avais pris des affaires pour quelques jours) à l'hôtel que j'avais réservé non loin du centre, dans une petite ruelle typique du vieux Florence qu'à la longue j'avais appris à aimer. Tandis que nous marchions côte à côte, Anna me demanda :

– Alors, l'enterrement de ton maître d'humour à l'italienne a-t-il été à la hauteur du personnage ?

– Tout à fait, oui, encore qu'un peu surprenant…

– Comment ça ?

Je fis à Anna le récit de la cérémonie et, après avoir laissé filtrer au travers de son regard une étrange lueur de défi, elle me dit :

– Je le sais depuis toujours. Il est très difficile pour un Français de comprendre cette attitude ironique vis-à-vis de la mort et du temps. Je peux d'autant mieux te le dire que j'ai été élevée en France, moi aussi, et que j'oscille sans cesse entre les deux partis à prendre. Pourtant avec le temps, j'ai presque toujours choisi le comique macabre de mes ancêtres maternels. En fait, il a quelque chose de roboratif et je dirais même d'héroïque. Il me semble qu'il y a une inspiration shakespearienne dans l'attitude italienne. Tu ne trouves pas ?

– Ou plutôt l'inverse, non ? Enfin, en ce qui me concerne, il me faudra faire encore des progrès en ce sens, je dois te l'avouer. J'aurais plutôt tendance à me laisser aller à des penchants doloristes. Tu sais les *Stabat mater* de Monteverdi, Vivaldi, Pergolese, Haydn… J'aimerais être plus drolatique, mais je n'y parviens pas. J'espère que tu ne m'en veux pas trop de cette faiblesse ?

– Point du tout, au contraire, je suis heureuse de rencontrer quelqu'un qui ne joue pas l'indifférence en face de ce qui l'attriste ou de ce qui lui fait peur, comme c'est si souvent le cas aux États-Unis où chacun se rassure en feignant d'avoir le cœur à plaisanter en toute circonstance : attitude qui est encore plus anxiogène car elle transpire l'angoisse refoulée.

– Et en Italie, c'est différent ?

– En Italie, cela me semble lié au fatalisme et à une véritable férocité opposée à la mort elle-même, si je puis m'exprimer ainsi.

– Une sorte de dandysme farouche ?

– Oui, c'est cela ! Mélangé à une rouerie malicieuse si ce n'est comique vis-à-vis du destin et de ce à quoi il est impossible de remédier.

Entre-temps, nous étions parvenus devant l'hôtel et Anna lança :

– Diantre ! Un plan-séquence à l'hôtel, ça devient de plus en plus cinématographique. D'autant que celui-ci ressemble tout à fait à ceux des films de *l'ancienne nouvelle vague*.

Une fois dans la chambre, assez exiguë mais confortable, nous nous abandonnâmes à des transes voluptueuses dont il m'est difficile, encore aujourd'hui, lorsque j'y repense, de ne pas avoir la nostalgie – nostalgie peu en accord, il faut l'admettre, avec le fatalisme ironique que mes amis italiens avaient alors tenté de m'inculquer. Vers la fin de l'après-midi, lorsque nous fûmes à même de nous concentrer sur autre chose que sur le lancinant désir déclenché par chacun de nos regards ou de nos caresses, nous entrouvrîmes les persiennes et constatâmes que le crépuscule, à sa manière sournoise habituelle, avait réinvesti la ville. Je proposai à Anna d'aller dîner dans le petit restaurant que j'avais repéré au coin de la rue.

Lorsque nous fûmes attablés près d'une fenêtre qui donnait sur la ruelle assombrie (où ne passait de temps à autre qu'un chat en maraude), je remarquai l'expression à la fois triste et embarrassée d'Anna.

– Tu veux me dire quelque chose Anna ?

– Oui. Écoute, voilà : le moment approche de nous séparer. Il faut que tu comprennes que si je devais me laisser aller à mon impulsion du moment, je n'aurais qu'une envie qui serait de prolonger indéfiniment cette aventure, mais c'est impossible et pour deux raisons : d'une part parce que, aussi étonnant que cela puisse te paraître, je suis aussi très amoureuse de l'homme avec qui je vis à New York – d'une façon plus assagie mais non moins forte... Tu dois savoir comme moi que nous pouvons aimer plusieurs personnes à la fois avec la même intensité et que seule la sacro-sainte morale nous en empêche. Et d'autre part, parce que je ne veux pas faire souffrir les autres personnes qui dépendent de moi là-bas. Tu comprends ?

– Je te comprends d'autant mieux, Anna, qu'il en est de même pour moi, pratiquement dans les mêmes termes. Cependant, je ne puis m'y résoudre avec la même sérénité que toi. Quel dommage que nous ne nous soyons pas rencontrés dans une autre existence.

– Mais… nous nous sommes rencontrés dans une autre existence. Tout ceci est parfaitement irréel, dit-elle en désignant les autre tables du restaurant, puis la rue sombre dehors. Tout ceci n'est qu'une séquence cinématographique inédite des années quatre-vingt, déferlant depuis un passé lointain et irrésolu. Nous ne sommes jamais véritablement sortis de la rue Champollion, la bien nommée, et le hiéroglyphe de cette rencontre ne sera jamais déchiffré : il restera donc pour toujours mystérieux et fascinant. De plus, tu le sais comme moi, si nous avions décidé de satisfaire notre désir immédiat sans rien calculer, l'habitude et la lassitude, nos pires ennemies, seraient venues subrepticement corroder la belle histoire. Non, il vaut mieux que nous conservions cela enveloppé dans les voiles d'un rêve éphémère, ne crois-tu pas ?

– Si, bien sûr, dis-je, je sais que tu as raison et pourtant, je ne parviens pas à m'y résoudre, je crois que tu es beaucoup plus courageuse que moi et plus sage.

– Donc, voici ce que je te propose : allons passer encore quelques jours à Venise ensemble. Une de mes cousines y possède un petit appartement que je peux utiliser à ma guise. Allons là-bas pour nous y quitter plus cinématographiquement encore.

– Mais pourquoi Venise plutôt que Florence ?

– Mais parce que cette ville, foncièrement onirique, est déjà elle-même en train de disparaître, de s'effacer progressivement en s'enfonçant dans le passé. Je pense qu'on ne peut imaginer meilleure transition. Notre séparation n'y sera que l'infime péripétie d'un plus vaste abandon.

– Oui, au fond tu as raison, bien que Vesoul eût été peut-être mieux appropriée encore.

– Ah, oui ! Vesoul eût été plus irréelle et onirique encore, mais c'est une ville trop difficile d'accès, d'après ce que j'ai compris, et puis, nous aurions risqué de devoir tenir la jambe à madame Graziani…

– Mais Anna, tu as une mémoire d'éléphant.

– Notre rencontre est restée gravée là, dit-elle en pointant son front de l'index. Bon, alors c'est d'accord, nous partons pour Venise ?

– Allons à Venise, dis-je, et rejoignons von Aschenbach dont l'ombre tutélaire n'a manifestement jamais cessé de planer au-dessus de moi depuis mon départ.

25

Lorsque le train parvint en gare de Venise et que, parmi les lambeaux de brume, sous un ciel plombé de fin avril, nous descendîmes les marches menant au Grand Canal, l'atmosphère de la cité mythique me reprit avec force, comme si le fantôme de ma jeunesse était demeuré là à m'attendre depuis ma première visite (il y avait bien longtemps) pour me prendre par la main et me guider à travers le dédale des ruelles. Je m'en ouvris à Anna qui me répondit :

– C'est tout à fait la même chose pour moi. Ce qui se passe, je crois, est que cette ville est la patrie des désenchantés, de tous ceux qui ont un jour rêvé trop fort d'un monde de luxe, de calme et de volupté, non ? Des baudelairiens transis à l'heure de la fermeture dans les jardins d'Occident.

– Toucher ce sol instable de pilotis te rend incroyablement lyrique, ma chère Anna-Livia.

– Oui, cela me surprend toujours et tu fais bien de m'appeler ici par mon prénom complet, cela correspond mieux à la partie éternellement goldonienne et vivaldienne de moi-même.

– C'est ce que j'ai tout de suite vu en t'observant ce matin : plus nous nous rapprochions du but, plus ton visage prenait une tournure et des teintes vénitiennes, un style maniériste à la Véronèse qui, bien entendu, m'a ébloui plus que d'ordinaire encore.

– Ah, ta galanterie à la française me manquera, à l'avenir !

– De grâce Anna, ne faisons pas déjà allusion à la fin de ce séjour, rêvons encore un peu…

– D'accord, viens donc ! Prenons ce vaporetto et enfonçons-nous dans cette ville aussi improbable qu'un songe.

Lorsque, assis sur une banquette du bateau au moteur ronronnant, nous commençâmes de longer les façades des palais au bas desquels les vaguelettes soulevées par notre passage venaient clapoter avec une minuscule alacrité, dépassant les canaux adjacents surmontés de petits ponts où se croisaient des gondoles, nous fûmes tous deux plongés dans une muette torpeur de ravissement enfantin. Cette ville était en effet aussi improbable que l'avait dit Anna et, à son contact, en dépit des vicissitudes de l'époque présente, se ranimait le très ancien fantasme, inscrit dans nos gènes depuis des millénaires, d'aborder enfin à la mythique Atlantide. Quand nous débarquâmes, Anna me guida le long d'une série de bifurcations infinies. Après un petit quart d'heure de marche, nous parvînmes devant la porte en ogive d'un étroit bâtiment se reflétant sur un rio, où quelques embarcations se dandinaient doucement au bout de leurs chaînes, aux eaux dormantes. Elle sonna et une sorte de nain grimaçant vint nous ouvrir en gesticulant. Reconnaissant Anna, il se lança dans une longue tirade à laquelle je ne compris goutte, puis nous précéda dans un escalier en colimaçon, jusqu'au deuxième étage où il nous fit pénétrer dans une enfilade de pièces minuscules assez basses de plafond mais aménagées avec une ingéniosité qui les rendait très accueillantes. Il montra plusieurs fonctionnements utilitaires à Anna, avant de nous quitter sur une courbette servile digne d'un arlequin décati.

– C'est à peine si je comprends un traître mot de ce dialecte vénitien, me dit Anna.

Je constatai alors que trois des petites pièces, dont la chambre à coucher matrimoniale qui nous était dévolue, donnaient sur l'eau sombre et tranquille que j'avais aperçue en arrivant. Je ne sais pourquoi, mais cette vision depuis la haute fenêtre m'exalta au point d'éprouver cette fameuse impression non seulement du déjà vécu mais de l'inéluctable. Se jouait là quelque chose, je le sentis, ayant obscurément un rapport avec l'irréalisé de mes vœux et, l'espace de quelques secondes, j'eus la certitude que la rencontre d'Anna et la découverte de son monde participaient d'une fatalité qui avait toujours reposé dans les couches paléocrystiques de mon inconscient ; que s'accomplissait en cet instant une prophétie anodine concernant ma petite personne. Anna m'avait rejoint et, s'appuyant tendrement contre mon épaule, scrutait avec moi la ruelle et le rio déserts en contrebas. Je tentai de lui expliquer mon sentiment et elle fit ce commentaire :

– Il y a des moments dans la vie, je crois l'avoir senti moi aussi, où l'on a nettement l'impression, la certitude même, qu'on arrive sur la scène à la minute précise où l'on y était attendu : tout est préparé pour cela et comme en suspens. Alors on se réjouit et on se gonfle d'importance, en se félicitant à part soi d'avoir été ainsi élu par le grand metteur en scène, lui qui d'ordinaire semble vouloir nous retenir en coulisses jusqu'à ce qu'il soit trop tard. Cependant, d'un seul coup, on jette un regard vers les sièges vides de la salle et l'on prend conscience qu'il ne s'agit que d'une répétition.

– Mais Anna, tu es encore plus mélancolique que toutes les marionnettes du théâtre italien réunies !

– Que veux-tu, aussitôt arrivée ici, et cela remonte à mon enfance, je suis saisie par le souverain esprit de décadence qui plane sur cette ville, je commence moi-même à m'enfoncer sous la mer.

– Oui, tu te laisses gagner par la sainte délectation morose de ton ascendance italienne, et sans doute y éprouves-tu aussi un sombre plaisir, non ?

– Bien entendu, c'est délicieux, et je plains tous ces hyperactifs d'aujourd'hui qui ne savent réagir au spleen que par l'agitation. Je me plains d'ailleurs moi-même lorsque je suis reprise par mon activisme américain ; heureusement tu es là, ici et maintenant, dit-elle en rapprochant sa tête de la mienne, et ton indécision de grand rêveur me maintient dans l'état d'âme que je préfère. Et si nous nous enfoncions nous aussi, si ce n'est sous la mer, du moins sous ce bel édredon afin d'y célébrer la tristesse du transitoire, proposa-t-elle en m'attirant vers le lit.

Nous sombrâmes donc de nouveau, pour un long moment, dans les transes de notre attirance sensuelle, et lorsque nous en émergeâmes, comme à Florence, deux jours plus tôt, la nuit avait déjà envahi la pièce et nous dialoguâmes dans l'obscurité.

– As-tu peur de la mort, Denis ?

– La mort ? N'aurais-tu pas des questions moins difficiles ? Eh bien, je ne puis mieux te répondre qu'en disant : oui et non à la fois ! Devoir quitter brutalement tant de choses et d'êtres que j'aime me terrifie et, en même temps, la mort au sens métaphysique ne m'effraie pas vraiment, il me suffit de me répéter cette locution : le lot commun…

– Oui, m'interrompit-elle, avec une voix soudain curieusement grave et méditative, comme si elle n'avait pas entendu ma réponse. La mort est un spectre terrible découvert et perfectionné par l'homme ; la nature ne voulait pas que nous connaissions la mort si intimement. Nous n'étions pas conçus pour savoir que la vie a une fin. Les animaux ont opéré un choix beaucoup plus heureux. Nous, on nous a terrifiés avec ce spectre. Déjà petite fille, je m'éveillais au milieu de la nuit et éclatais en sanglots, je courais par le long couloir lugubre jusqu'à la chambre de ma grande sœur et me glissais dans son lit. Comme toi, à présent, elle cherchait à me consoler, mais je la sentais trembler : je savais que, tout comme toi maintenant, elle avait encore plus peur que moi.

Elle parlait lentement et, à la lueur d'un réverbère qui venait de s'allumer dans la ruelle, je vis que sa main décrivait d'étranges cercles dans l'espace et que son visage était livide.

À cet instant, un pigeon vint se poser sur le rebord de la fenêtre et cogna doucement du bec au carreau comme s'il avait été porteur d'un message.

– Tu vois, lui aussi veut me consoler, dit-elle. Merci à toi, l'oiseau, merci pour ta sollicitude, s'exclama-t-elle encore, alors que le pigeon s'envolait.

Elle reprit alors d'une voix sans timbre :

– Il faut que tout change constamment, que tout s'efforce sans cesse d'atteindre le moment suivant. C'est une mécanique, une spirale sans fin, vertigineuse… Seules la poésie, la musique, la peinture parviennent de temps à autre à suspendre l'instant, comme une goutte d'eau à la pointe d'une stalactite. Cependant tout ceci n'est qu'une pathétique tentative de la pauvre créature humaine pour retarder l'échéance du moment suivant où la goutte va tomber, s'écouler puis s'évaporer…

Je me taisais, comme hypnotisé par ce discours inattendu dans la bouche d'Anna qui ajouta :

– L'attirance entre les êtres est une chose plus étrange encore : il se produit une flambée qui dure quelques minutes, quelques heures ou quelques semaines, puis qui s'éteint, ne laissant que ce résidu gris, impalpable, des cendres. Parfois, pourtant, au coin d'une rue, bien plus tard, le vent apporte l'écho lointain, étouffé, d'une parole comme remontant d'un puits profond et nous frissonnons…

– Mais Anna, tu es plus triste que moi encore de cette séparation.

– Bien sûr, me dit-elle en se collant à moi, mais il n'y a aucun recours.

– Si, nous pourrions décider d'être inconséquents : tout plaquer et rester ensemble pour le pire et pour le meilleur.

– D'abord, dit-elle en se redressant et en recouvrant subitement son ton sarcastique ordinaire, on ne décide pas ex abrupto d'être inconséquent : on l'est ou on ne l'est pas. Et ensuite, crois-moi, ce ne pourrait être que pour le pire ! Nous ne nous supporterions pas plus que quelques mois dans la vie commune. J'ai trouvé à New York celui qui sait m'acclimater à la vie normale, qui sait résorber mes angoisses. Toi et moi, nous risquerions de sombrer – très esthétiquement, c'est sûr, mais définitivement – dans le sordide. Non, pour la vie quotidienne, il me faut quelqu'un de très différent. Nous nous ressemblons trop tous les deux, nous sommes deux enfants transis par une sensibilité excessive.

Je ne répondis rien sur l'instant, puis je finis par soupirer :

– Je sais que tu as raison et il vaut mieux que nous nous en tenions à notre ligne de conduite : cela nous évitera probablement bien des déceptions et des désagréments. Aussi, allons donc manger et voyons ce que nous a réservé l'avenir le plus immédiat.

Les trois jours que nous passâmes à Venise dans l'appartement de Cannaregio, non loin du Ghetto, me sont demeurés gravés dans l'esprit. J'ai parfois l'impression, lorsqu'il me vient d'y penser, de ressembler à celui qui, après avoir rêvé d'un jardin magnifique, s'éveille une fleur à la main, et je ne puis mieux décrire ce sentiment qu'en paraphrasant cette parole venue d'il y a des siècles et notée un jour dans un livre chinois ancien intitulé *Six Récits au fil inconstant des jours*. Shen Fu, « le lettré pauvre » ainsi qu'il se nomme lui-même, séjourne avec sa femme dans une île où ils connaissent une période idyllique de leurs amours. Or, à un certain moment, il déclare ceci : « Durant ces quelques journées dans l'île nous vécûmes, Yun et moi, *comme des dieux égarés sur terre*. »

Ce furent donc de longues errances dans les quartiers excentrés où presque aucun touriste ne s'aventure, entrecoupées de visites de musées ou d'églises dans l'obscurité desquelles végétaient, non loin de quelques ombres courbées en prière, de grands tableaux noircis par le temps et le manque de soin – à l'instar de la cité elle-même – et nous nous fîmes plus d'une fois la remarque qu'il en était sans doute mieux ainsi, que cela demeurait en parfait accord avec le statut, dans l'imaginaire occidental, de ce symbole d'un monde à jamais révolu et que les rénovations dites culturelles ne pourraient que défigurer de façon plus définitive encore. Il y eut d'ailleurs, parmi les quelques mini-événements de ces journées enchantées, une visite métaphorique de l'état d'âme que je tente d'évoquer ici.

Anna avait repéré une exposition dédiée à Jean Tinguely organisée dans un palais proche des bassins de l'Arsenal. Après avoir gravi les marches d'un palais décati, nous débouchâmes sur une enfilade de grandes salles hautes de plafond où avaient été dressés soit de complexes mécanismes grinçants dont toute l'énergie déployée n'aboutissait, la plupart du temps, qu'à actionner un dérisoire petit hochet emplumé ou une poupée articulée saluant la foule avec une raideur sinistre, soit des parodies d'engins automobiles dans la mécanique burlesque desquels apparaissaient souvent, de façon incongrue, un ou deux crânes d'animaux. On croyait deviner que résidait là une profonde ambiguïté (probablement inconsciente de la part de l'artiste) vis-à-vis de la mécanique : comme s'il avait voulu exprimer que ces minutieux engins qui nous libéraient de la servitude musculaire représentaient simultanément un abandon tragique de la partie animale et plus sensuellement terrestre de nous-mêmes.

Ce qui était cependant le plus troublant était l'attitude des quelques visiteurs présents. Loin de sourire à la dimension comique affichée par ces machines, ils les considéraient avec un respect sacré tout en chuchotant comme dans une église. On sentait, en sus du respect désormais acquis de la bourgeoisie pour la moindre œuvre artistique, une incrédulité flotter dans l'air. Quelle pouvait bien être la signification de tout ceci ? semblaient-ils se demander. Percevaient-ils, avec un certain malaise, qu'au-delà de la drôlerie de l'ensemble gisait là une gaieté plus sombre, presque démoniaque, qui s'apparentait au désespoir ? Toutes ces machines fonctionnaient, certes, merveilleusement bien, mais elles ne produisaient rien, et c'était à nous de déchiffrer leurs messages sombres et ambigus. Or, compte tenu de l'endroit et de l'heure, je pris soudain conscience du sens probable que recélait ici une telle démonstration : cette dérision ricanante de l'univers mécanique prenait place au cœur de la cité emblématique du déclin de l'Occident, la cité mélancolique par excellence où les nostalgiques et les réfractaires au monde d'aujourd'hui avaient envie de se réfugier, loin de ce que Gombrowicz avait précisément nommé la « monotonie foudroyante des moteurs », lesquels ne cessaient de nous annihiler moralement dans le reste du monde et contribuaient en outre par le biais de ceux qui étaient tolérés ici, dans la lagune – pour propulser les hors-bord, par exemple –, non seulement à l'engloutissement de Venise elle-même, mais encore de tout ce qui représentait un mode de vie plus calme et plus méditatif.

Anna s'exclama :

– Incroyable, non ?

– Quoi donc ?

– Ce Tinguely a matérialisé notre confusion désespérée. Ce devait être un homme fort tourmenté.

– Apparemment, oui. Il avait sans doute du mal à se repérer parmi toutes ses contradictions intimes, comme nous tous. Son génie artistique a consisté à les mettre magistralement en scène, mais la question demeure entière de savoir si lui-même les a assumées ou bien subies dans l'angoisse. Les artistes de cette époque furent souvent écartelés entre le plaisir de reproduire le monde traditionnel, qui avait été celui de leur enfance, et le désir de rupture moderniste à tout prix, qui prévalait parmi les intellectuels révolutionnaires d'alors et dont ils n'avaient généralement pas le courage de se défier.

– Ah, oui, tu dois avoir raison… D'ailleurs je viens de lire sur une monographie en vente à l'entrée que Nicki de Saint-Phalle, son épouse, avait dit sur le tard (sans doute faut-il toujours écouter attentivement ce qu'ont à dire les vieilles mondaines) : « Il existe dans le cœur humain un désir de tout détruire. Détruire, c'est affirmer qu'on existe envers et contre tout. »

– Elle a dit ça ? Ça n'est pas trop étonnant, au fond. Elle devait avoir fini par ressentir cela, malgré tout. Il me semble, d'ailleurs, que la plupart des artistes de l'époque auraient pu dire la même chose s'ils avaient été assez lucides.

– Qui ça, par exemple ?

– Eh bien, Duchamp, les dadaïstes, les surréalistes, les cubistes, les futuristes, les fauves, les expressionnistes et tous ceux qui allaient s'engouffrer dans la brèche des multiples avant-gardismes, tous ceux qui avaient décidé de rompre définitivement avec le passé, tous ceux qui croyaient dur comme fer qu'en tant que derniers venus ils étaient automatiquement les meilleurs, les élus de Dieu ou des instances muséales, que sais-je ?

– Muséales ?

– Oui, muséales, pourquoi pas ?

Anna sourit et me demanda alors :

– Et nous qui ne nous sentons aucunement guidés par ces belles entités révolutionnaires, que nous reste-t-il à faire ?

– Seulement à constater les dégâts et à devenir les archivistes amers de la destruction inconséquente opérée par les générations d'artistes frivoles qui nous ont précédés.

– Tu penses vraiment ça ? Tu ne crois pas en un quelconque renouvellement ?

– Hélas, non. Mais sincèrement, Anna, je préférerais me tromper. En outre, il y a toutes les chances pour que je me trompe, comme tous ceux qui ont cru être en mesure d'évaluer des choses qui les dépassent ! Mais s'il faut en revenir à ma perception limitée et puisque tu me le demandes, dans mon état d'esprit actuel, je ne vois qu'une seule issue honorable : conserver ce qui peut encore l'être, tenter de le préserver jalousement de l'esprit destructeur qui grève notre époque de l'intérieur. D'ailleurs un poète a dit ceci : « Nous autres, nous ne vivons plus que des restes ! »

Anna resta silencieuse un instant, puis me dit :

– Sur ce plan, je vois que nous étions faits pour nous entendre et ça n'est pas très gai. Aussi cela confirme ce que je te disais : si nous devions rester ensemble, nous finirions aussi désespérés que la plupart de ces artistes maudits, nous nous entre-détruirions lentement et radicalement à leur image. Bon, réagissons ! Prenons le vent, tentons de vivre et savourons nos restes vénitiens dans un bel oubli salutaire ! Allons sur la plage du Lido.

– D'accord, peut-être y rencontrerons-nous Tadzio.

– Ma foi, oui, Tadzio serait notre dernier recours et peut-être le vent de là-bas nous apportera-t-il les échos de l'adagio de la *Cinquième* de Mahler…

– Ce sera la marche funèbre de notre relation éphémère, mais sans le choléra, espérons-le.

– Je constate avec plaisir que ton hypocondrie résiste à tout romantisme désespéré et qu'en dépit de ton pessimisme foncier tu demeures très attaché à cette pitoyable existence, dirait-on.

– C'est-à-dire, vois-tu, que je suis désespéré sur le plan collectif mais pas sur le plan individuel. J'ai espoir qu'il me reste quelques adorables après-midi à passer sur cette branlante planète.

– Même sans moi ?

– Sans toi, jamais ! Ton image continuera de m'accompagner partout, je te parlerai secrètement et je suis sûr que tu m'entendras où que tu puisses te trouver, même par-delà l'Atlantique. Entre nous la télépathie fonctionnera à merveille.

– Je le crois aussi, dit-elle dans un souffle. Mais viens, évadons-nous de cet endroit sinistre.

Sur la plage du Lido, à cette heure de la fin de l'après-midi, il faisait gris et sombre et un vent léger égrenait les monticules de sable. Hormis quelques silhouettes éloignées accompagnées de chiens gambadant, nous étions seuls.

– Nous avons commencé avec Hitchcock et nous allons finir avec Visconti, dis-je, mais on ne saurait dire s'il s'agit de sa période néoréaliste ou « aristocratiste ».

– De la néoréaliste, sans conteste.

– Ce qui veut dire que nous avons commencé en noir et blanc et que nous finirons de même, nous n'aurons pas eu droit à la couleur.

– Cela nous ressemble, non ?

– Tu penses que nous sommes des néoréalistes refoulés ?

– Bien sûr, c'est évident ! Toutefois, grâce à toi, dit-elle en riant sous cape, nous avons échappé au muet.

– C'est-à-dire, Anna, que je suis terrorisé à l'idée qu'il puisse ne pas y avoir de voix off à une quelconque histoire ; tu le sais, j'ai besoin de me rassurer.

– Je ne m'en plains pas et puis je ne suis pas non plus si taciturne. J'ai tenu mon rôle, moi aussi.

Alors qu'elle venait de dire cela, à l'instar d'un soleil soudain voilé par un nuage, son visage changea d'expression et, baissant la tête, elle murmura :

– Tu sais, j'ai décidé de partir demain matin.

– Demain matin ?

– Oui, c'est mieux ainsi. D'abord cela correspond à la date prévue de mon retour et ensuite, je préfère, parce que, de jour en jour, cela devient plus difficile. N'essaie pas de me retenir : ma décision est prise.

À cet instant, je me souvins de ce vieil érudit que j'avais rencontré à la bibliothèque Sainte-Geneviève. Tacitement nous avions pris l'habitude de nous asseoir aux deux mêmes places pendant plusieurs mois d'hiver, comme un encouragement réciproque, nous épaulant l'un l'autre dans l'aride tâche – à la limite de l'inutile – de nos recherches respectives. Or j'avais remarqué la panique qui l'envahissait à l'heure de la fermeture, le soir, lorsqu'il entendait dans le haut-parleur les premières incitations à devoir quitter les lieux. Il avait alors invariablement le réflexe de s'enfoncer un peu plus dans sa lecture, l'accélérant comme pour rattraper le temps perdu par un surcroît de concentration, et j'avais pensé qu'il devait en être ainsi pour la plupart d'entre nous. Quand l'heure des échéances sonnait, il était toujours trop tôt. Je me retrouvai donc de nouveau aux prises avec l'impression majeure qui avait hanté ma vie : celle d'être sans cesse débordé par la vitesse subreptice du temps. Et j'eus la tentation d'en user comme dans l'enfance où il me suffisait de m'appesantir, de faire poids mort pour que le temps lui-même paraisse accéder à mon désir, ralentisse son allure et parfois même s'immobilise dans le cristal d'une merveilleuse songerie. Cependant, je me repris, tant je savais cette manœuvre enfantine devenue obsolète et parce que je la considérais peu fair-play vis-à-vis d'Anna qui avait si courageusement fait face.

– Tu as raison, Anna, je me conformerai à ta décision, tu es la plus sage de nous deux.

– Les femmes sont souvent plus sages que les hommes car elles n'accordent qu'une confiance très relative au seul raisonnement.

Nous reprîmes le vaporetto qui nous déposa à l'embarcadère de la Giudecca et commençâmes, dans le crépuscule établi, d'errer le long des rios, déserts à cette heure, franchissant une multitude de petits ponts, observant les reflets des maigres lumières dans l'eau frissonnante. Nous ne parlions plus, marchant côte à côte comme deux vieux amis de retour d'un enterrement, et nous allongeâmes à souhait notre promenade par peur de rompre trop vite l'enchantement qui nous avait porté depuis nos retrouvailles, deux semaines plus tôt. Dérivant ainsi sans esprit de suite, nous parvînmes au bord d'un large bassin où n'étaient amarrées que quelques vieilles gabarres oubliées et remplies d'eau croupie. À l'un des angles, sur le quai, un minuscule troquet avait ses deux fenêtres éclairées. En nous approchant nous pûmes scruter l'intérieur et constater que nul client n'était attablé, les seuls présences étant un perroquet vert et rouge sur son perchoir, ainsi qu'un chat et un chien dormant enroulés ensemble dans un panier près d'un radiateur. Sans même nous consulter, nous entrâmes. Un timbre retentit dans l'arrière-fond et nous dûmes attendre un bon moment avant que ne paraisse un vieil homme maigre à long nez – on eût cru qu'il portait un masque de la commedia dell'arte – qui, comme s'il cherchait à sonder le tréfonds de nos âmes, nous dévisagea tout d'abord de ses yeux perçants durant une bonne minute puis, s'exprimant dans un italien très châtié qui m'était parfaitement compréhensible, nous dit :

– Vous avez bien fait d'entrer : vous allez goûter à ma liqueur de gentiane, c'est une préparation personnelle que je réserve à ceux qui ont le courage de s'aventurer ici. Les amoureux de la dernière chance, comme vous, ou bien les grands chercheurs d'impossible… Ah, mais à vrai dire, aussi étrange que cela puisse vous sembler, mes amis et moi vous attendions, dit-il en montrant les trois animaux qui nous fixaient aussi intensément qu'il l'avait fait lui-même. Je vous présente Toto (il désigna le perroquet) qui en a vu d'autres car il a approximativement dans les cent vingt ans et appartenait déjà à mon grand-père, puis Lelio et Fausto (il désigna successivement le chat et le chien). Ce sont d'excellents compagnons et aussi mes conseillers : leur jugement est infaillible. Lorsqu'ils n'apprécient pas quelqu'un, c'est un tintamarre de tous les diables. Visiblement, ils sont en empathie avec vous, du moins Lelio et Fausto, Toto paraît plus réservé, mais il a un caractère impossible. Enfin, je vois qu'ils ont déjà, comme moi, parfaitement compris votre histoire et je dois vous dire que nous avons tous quatre décidé, d'un commun accord, qu'il ne s'agissait que d'une simple péripétie. Comment voulez-vous que nous, les habitants de cette ville, en jugions autrement ? Tant de choses se sont passées ici, au fil du temps. Nous en sommes imprégnés comme les vieilles pierres et les histoires humaines ne peuvent plus nous apparaître que sous un jour anecdotique. Désolé, mais vous ne trouverez pas de compassion auprès de nous. De la sympathie et des conseils, oui, bien sûr… Nous adorons positivement donner des conseils. C'est d'ailleurs la seule fonction de ce bar pour ceux qui s'y hasardent. Mais, attendez, je vais interroger Toto. Lui saura vous donner la meilleure recommandation quant à l'avenir, car je vois bien que quelque chose vous chagrine. Toutefois, avant cela, je vais vous servir de ma liqueur, c'est quatre-vingts centimes le verre, ça n'est pas ruineux et, comme vous allez pouvoir le constater, cela permet d'éclaircir les idées les plus embrouillées !

Après cet étrange discours, il se leva et passa dans son arrière-boutique où on l'entendit s'activer. Anna me regarda en souriant d'un air complice. L'intermède lui plaisait. Les animaux, eux, continuaient de nous observer d'un air vaguement soupçonneux. Enfin le patron réapparut avec un plateau et deux verres remplis à ras bord d'un liquide jaunâtre et sirupeux.

– Allez-y, dit-il en posant les verres devant nous. Buvez-moi ça et le monde va vous apparaître sous un jour nouveau. C'est un philtre, en réalité, vous allez voir !

Effectivement, dès la première gorgée de cette liqueur amère et très alcoolisée, il me sembla que Venise tout entière se mettait à bruire autour de moi avec une effervescence accrue et je vis s'animer comme en rêve quelques-unes des scènes qui, au long de mes lectures, avaient fait vibrer cette cité dans mon imagination : Marco Polo débarquant après son périple asiatique de dix-sept ans, mais aussi le terrible baron Corvo dormant sur sa gondole transformée en abri précaire et combattant les rats venus l'assaillir, le pieux Monteverdi dirigeant les chœurs massés dans les fameuses doubles tribunes de la basilique Saint-Marc, Goldoni et Vivaldi se rencontrant pour la première fois et décidant de leur collaboration, Byron en train de nager sur le dos, la nuit, dans le Grand Canal, son cigare au bec, et portant une lanterne pour se signaler aux bateaux, Maurice Poulenc et Manuel de Falla écoutant Arthur Rubinstein jouer au piano dans le salon de la princesse de Polignac, von Aschenbach, bien sûr, errant dans les rues, malade et hanté par le fantôme de Tadzio, mais aussi, pour finir, Corto Maltese traînant son spleen sur la plage du Lido en compagnie de son ami juif surexcité et hébété par la tournure prise par les récentes péripéties de leurs aventures (ils viennent d'échapper à une tuerie dans une fabrique de masques et Corto, après avoir interrompu le discours justificatif et moralisant de son compagnon, profère cette parole mémorable : « Écoute Schlomo, le monde est beau parce qu'il est varié ! »).

Intriguée par le sourire qui fleurissait sur mes lèvres à cette évocation, Anna me demanda :

– Pourquoi souris-tu ainsi ?

Je lui décrivis alors la scène imaginée par Hugo Pratt et elle s'exclama :

– Ah oui, c'est sans doute ainsi qu'il faudrait penser, hélas…

À ce moment, le patron du bar constatant l'effet de sa liqueur s'adressa au perroquet :

– Bon, Toto, dis-nous comment tu vois la suite de l'histoire pour nos deux amis.

À ces mots, le volatile enfla son jabot, remua un peu les ailes, puis se mit à jacasser dans un sabir incompréhensible et guttural.

– Attendez, fit le patron, il faut que je décrypte tout ça. Voilà, je crois qu'il dit que vous ne pouviez manquer de vous rencontrer, que c'était écrit, et puis encore, comment donc ? ah oui : qu'il n'y a donc aucunement à s'en faire car les choses étant ainsi, c'est comme ça et pas autrement ! À vous de voir… (Désolé je ne fais que transcrire son langage bizarre et j'espère que cela fait sens pour vous.) Et, il ajoute ceci (quel charabia ! Tu ne pourrais pas essayer d'être plus clair pour une fois ?), oui, c'est ça, que la tristesse fait partie du lot et qu'à l'avenir il n'y a qu'à continuer, chacun de votre côté, votre petit bonhomme de chemin, et puis encore que… comment donc ? oui, que vous ne lui êtes pas vraiment… Euh, je ne peux pas traduire ça. Veux-tu être gentil Toto et cesser d'agresser les clients !

– Qu'a-t-il dit ? demandai-je.

– C'est-à-dire qu'il est souvent comme ça, je ne sais pas pourquoi.

– Mais qu'a-t-il dit ? insista Anna.

– Eh bien, puisque vous y tenez, il a dit qu'au bout du compte vous ne lui étiez pas tout à fait sympathiques et d'aller vous faire voir ailleurs ! Mais les perroquets sont assez atrabilaires, il faut le savoir. Ça vous fait rire, bon je préfère ça, car il m'a fait perdre pas mal de clients. Mais maintenant, en y réfléchissant, je crois comprendre qu'il y a de la séparation dans l'air, non ?

– Oui, dis-je, nous nous quittons demain, peut-être à jamais.

– Ah, les séparations, mon Dieu, les séparations ! Elles alimentent le mélodrame de nos existences et sans elles, sans doute, ne se passerait-il rien de bien notable. Séparations sur les quais de gare, dans les ports, les aéroports, adieux et retrouvailles, ce sont les grandes péripéties dont nous sommes à la fois les spectateurs et les acteurs, non ? Cependant, il y a un point sur lequel le petit malotru a peut-être raison : à vous observer attentivement tous deux, j'ai aussi l'étrange impression que votre histoire n'était pas faite pour durer. Pardonnez-moi d'être aussi cru, mais les meilleurs moments sont aussi les plus éphémères. Aussi pas de regrets ! Bon, reprenez donc un dernier verre de ma liqueur. Offert par la maison. Vous le méritez bien ! Vous êtes de vaillants romantiques attardés et votre histoire, aussi brève et discrète puisse-t-elle être – je parle sans savoir –, va venir s'inscrire naturellement dans le grand registre d'archives romanesques dont cette cité a été de tout temps le théâtre. Cela a de l'allure, voyez-vous ! C'est ce qui compte, le reste n'est que pollen et poussière flottant dans l'air au-dessus des courants marins qui entourent cet archipel et l'engloutiront tôt ou tard… Enfin, vous avez tenu bravement votre rôle et, au nom de la cité des Doges, je vous félicite solennellement. La vérité, voyez-vous mes enfants, et si vous avez encore la patience de m'écouter radoter quelques instants (et pourquoi ne le feriez-vous pas, après tout ? Rien ne presse pour les gens comme nous, n'est-ce pas ?), oui, la vérité est que nous n'avons jamais affaire qu'aux ombres de tout, de nous-mêmes comme du reste du monde. Il ne faut donc nullement chercher à connaître les choses trop éloignées de nous, a fortiori les choses obscures et subtiles comme l'amour ou la mort, il faut seulement essayer de se tenir prêt pour ce qui se trouve devant nous ici et maintenant. C'est une sagesse primordiale bien suffisante. Sinon tout n'est que fumée, vacuité ou impertinence. Mais bon, trêve de balivernes, je vous mets dehors mes petits agneaux, je dois faire la tambouille des animaux et la mienne aussi. Allez, que Dieu (ou ce qui en tient lieu pour les gens de notre sorte, allez savoir !) vous bénisse et à la revoyure, sans doute un jour, ou plutôt une nuit, quelque part du côté de Cassiopée ou d'Andromède, à l'occasion du grand carnaval des étoiles filantes.

– Vous aurez plus de chances de nous trouver du côté de Canis Minor, répliqua Anna, mais ce serait trop long à vous expliquer.

Cette nuit-là, après avoir dîné tristement et presque sans parler dans une trattoria de notre quartier, nous revînmes, la mort dans l'âme, dans le petit appartement et nous glissâmes dans le lit, nous enlaçant comme deux naufragés. Puis, presque malgré nous, nous fîmes l'amour, lentement, langoureusement, pesant chaque geste comme pour le fixer à jamais dans nos mémoires. Ce fut une sorte de coït funèbre dont le plaisir confinait à la douleur. Et nous fîmes durer la chose le plus longtemps que nous le pûmes. Une fois que nous eûmes accompli cet ultime rituel, nous restâmes un long moment côte à côte, toutes lumières éteintes, en silence, puis Anna finit par dire :

– Il y a une chose que je voulais te demander, la seule, et je répondrai aussi à cette question personnelle : as-tu des enfants ?

– C'est-à-dire un seul, une fille. Et toi ?

– Un garçon et une fille.

Je m'attendais à ce qu'Anna poursuive avec d'autres questions du même genre, mais il n'en fut rien et elle se tut quelques minutes, avant de dire :

– C'est une chance inouïe d'avoir pu nous retrouver ainsi, non ?

– Mais pas du tout, tu l'as entendu comme moi, le perroquet centenaire l'a dit : c'était écrit !

– Ah, parce que tu crois à toutes les histoires de ce vieux fou ?

– Eh bien, vois-tu, Anna, je crois tout autant à ce genre d'histoire qu'à toutes celles prétendument savantes de nos plus sérieux esprits. Penser qu'il existe un destin établi pour certains d'entre nous n'est pas plus absurde que ce que l'on tente de nous faire accroire depuis des siècles : un grand manitou omnipotent (bienveillant ou cruel – c'est selon), des bandes de petits dieux querelleurs (indifférents ou pointilleux), l'angoissante liberté individuelle, le terrifiant néant absolu, le problématique sens de l'existence ou son absence, la responsabilité ou l'innocence, les lois économiques insurmontables, que sais-je encore… En tous les cas, en ce qui nous concerne, il est difficile de ne pas croire à un jeu particulièrement subtil du destin.

– J'aimerais parvenir à penser comme toi.

– Moi aussi, dis-je après un moment d'hésitation, j'aimerais parvenir à penser comme moi.

Nous finîmes par être gagnés par le sommeil et sombrâmes dans un vaste oubli sans images jusqu'au lendemain matin.

26

À notre réveil, Anna me dit :

– Écoute, nous allons procéder comme je vais te le dire, ce sera plus facile, fais-moi confiance. Tu vas préparer tes affaires et partir le premier, car il faut que je règle quelques broutilles avec le concierge. Puis tu attendras quelque part ou tu iras te promener et, à midi et quart exactement – la séance débute à midi –, tu te rendras au petit cinéma qui se trouve calle Salizzada. Tu entreras dans la salle où je t'attendrai. Tu peux prendre le vaporetto à l'embarcadère de San Marcuola et descendre à celui du Rialto puis demander la poste centrale ; la calle Salizzada est juste derrière. Mais voici quand même une carte de Venise, au cas où. J'ai pensé que si nous nous quittions dans une salle de cinéma, je pourrais réintégrer plus aisément mon vingt-quatrième de seconde et toi classer l'événement dans ton dossier cinéphilique, non ?

– D'accord, dis-je la gorge un peu serrée. Bonne idée !

Je m'habillai, fourrai mes quelques vêtements dans mon sac, puis me tins en face du lit où Anna était restée à me regarder faire. Je la contemplai, immobile, sans rien trouver à dire. D'un bond elle se leva et vint à moi. Nous nous étreignîmes longuement, de façon chaste et presque désincarnée, comme si, pensai-je, nous étions d'ores et déjà dans le futur, à nous souvenir, et que nos deux corps ne fussent plus que des fantasmes de la mémoire cherchant maladroitement à se reconstituer. C'était un flash-ahead de l'inconscient intemporel, lequel perdure dans les profondeurs de notre esprit et ne consent, dirait-on, à respecter la chronologie établie que pour ne pas effrayer davantage nos petites cervelles désespérément logiques. Je me fis ces quelques réflexions – cela, du moins, je m'en souviens avec exactitude –, en ayant parfaitement conscience sur le moment même que je ne les poursuivais que pour atténuer l'impact de la souffrance. Anna me repoussa alors faiblement et me dit dans un souffle :

– Je t'en supplie, va-t'en maintenant !

Je posai un long baiser fraternel sur son front et quittai la chambre sans me retourner.

Une fois dehors, je gagnai rapidement l'embarcadère de San Marcuola. Sur le vaporetto, je me laissai consoler un moment par l'atmosphère joyeuse entretenue par les touristes, par les mouettes et les pigeons virevoltant entre les rives, puis tentai de distraire mon désarroi par l'observation des allées et venues des bateaux se croisant en soulevant l'eau glauque du Grand Canal. Pour finir, comme pour me raccrocher au présent éternel des choses immédiates – ainsi que l'avait recommandé le patron du troquet –, je remarquai une chose anodine dont j'espérais me souvenir longtemps : sur un balcon surplombant l'eau, un jeune garçon – qui me parut étrangement semblable à celui que j'avais pu être lorsque j'avais son âge – se tenait aussi immobile qu'une statue figée par le songe.

J'allai prendre un café en face de l'église San Salvatore et pris des notes sur mon carnet, les rédigeant soigneusement afin de me distancier de mes émotions.

Midi vint finalement, plus vite que je ne l'aurais voulu, et je me dirigeai vers la calle Salizzada. Je trouvai la salle d'art et d'essai où était projeté *L'Avventura* d'Antonioni. J'entrai et vis Anna, seule, assise dans l'un des fauteuils ; j'eus un choc tant sa silhouette et les circonstances me rappelèrent cette première fois d'il y avait vingt ans, au Champollion. Je vins m'asseoir à ses côtés ; elle me jeta un rapide regard puis me prit la main sans rien dire. Nous suivîmes un certain temps, sur l'écran, les images longuement suspendues, à la limite de l'ennui, de ce film aussi désenchanté qu'Anna l'avait décrété à propos de Venise, ville emblématique de toutes les désillusions.

À l'instant même où débutait la séquence durant laquelle Sandro cherche à échapper à l'irrésistible attirance qu'il éprouve pour Claudia en tentant de séduire une autre femme, Anna se tourna vers moi et me dit :

– J'y vais. Toi, reste jusqu'au bout, et au moment du dernier plan, lorsqu'elle lui passe la main dans les cheveux, imagine que c'est moi.

Elle se leva et, tout en m'embrassant rapidement, glissa une enveloppe dans ma poche d'imperméable ; puis elle disparut si vite que je n'eus pas même le temps d'esquisser un geste ni d'émettre une parole. La mort dans l'âme, je visionnai donc patiemment, comme elle me l'avait prescrit, le si émouvant dernier geste de la scène finale – dont la teneur d'humanité fraternelle transcende l'attirance amoureuse. Je l'avais oublié. Admirant la pertinence de cette scène choisie par Anna, je pris acte du message implicite qu'elle contenait, puis ressortis de la salle obscure. Dehors, le soleil faisait une réapparition après plusieurs semaines d'absence. À la fois ébloui par son éclat soudain et étourdi par l'enchaînement précipité des événements, je mis un peu de temps à recouvrer mes esprits, avant de prendre lentement le chemin de la gare.

Une fois que le train eut commencé de rouler à travers les étendues industrielles et désolées de l'Italie du Nord, je décachetai l'enveloppe déposée dans ma poche et lut :

Cher Denis Andreïevitch,

Nous avons vécu quelques journées équivalentes, je crois, à celles vécues par Yun et Shen il y a si longtemps, dans leur île, en Chine. Je continuerai longtemps de penser à eux… à nous… et, en dépit de ce qu'a pu dire ce satané perroquet, à la merveilleuse providence des plus belles rencontres.
Par-delà les années et jusqu'à ce que mon cerveau s'obscurcisse, je conserverai ton sourire dans le recoin le plus précieux de ma mémoire. Peux-tu essayer d'en faire de même pour moi ? Sache pour finir qu'il y aura toujours, pour nous deux, cette mer dans laquelle nous nageons côte à côte, nos têtes illuminées par le soleil de l'inoubliable poème que tu m'as dit l'autre nuit.
Ne sois pas triste ! Nous avons fait de notre mieux !

Anna-Livia

27

« Ah, vous autres, hommes faibles et merveilleux ! qui mettez tant de grâce à vous retirer du jeu ! »

Tennessee WILLIAMS

Je m'en revins donc à Santa Donatella.

Pendant mon absence – notre séjour là-bas touchant à sa fin –, June et Patrick étaient repartis. Seul John était toujours là et il parut soulagé de me voir revenir et que je partage avec lui les heures protocolaires à passer encore en compagnie de la contessa. L'avant-veille de notre départ, nous décidâmes d'aller rendre une dernière visite à Emilio. Je parvins à joindre ce dernier au téléphone par l'intermédiaire d'un voisin et il me proposa de venir le lendemain en me recommandant instamment de me munir de mon appareil photo – le gros avec le flash – sans me donner davantage de précisions.

Le jour dit, nous le trouvâmes dans son potager en train de biner, son chien assis à quelques mètres.

– Voyez, nous dit-il, je cultive mon jardin.

– Oui, dis-je, dans le meilleur des mondes possibles !

– Vous ne croyez pas si bien dire : j'ai finalement résolu que, n'en déplaise à votre Voltaire, cultiver son jardin n'était pas forcément aussi incompatible qu'il le croyait avec l'optimisme de ce bon vieux Pangloss !

– Nous voici repartis de plus belle, dit John, dans d'abstruses querelles latines. Nous autres Anglo-Saxons ne nous posons pas tant de questions, nous essayons de faire face aux événements tels qu'ils se présentent.

– Enfin, disons que vous foncez dans le tas sans vous préoccuper du reste, rétorqua Emilio.

– Là, vous exagérez ! murmura John en riant.

– Eh bien, soit, j'exagère ! Mais je préfère exagérer que de me névroser définitivement dans l'euphémisme obligatoire.

– Euh... deux touches gagnantes, mais, dites-moi, Emilio, vous êtes particulièrement en forme pour l'escrime verbal, ce matin !

– C'est le potager qui me rend ainsi. En fait, je rumine intensément tout en binant et les idées bouillonnent. Je vous recommande cet exercice à vous autres intellectuels. Mais je suis heureux que vous soyez passés car je voulais vous montrer quelque chose avant que vous ne repartiez.

Ce disant, il se releva, alla ranger sa binette, se lava les mains au bidon-réservoir de son jardin, retira ses bottes et, se munissant de sa torche électrique, nous invita à le suivre sur le chemin du palazzo. Nous remontâmes jusqu'au terre-plein devant le palais, puis Emilio nous précéda dans l'escalier en colimaçon qui menait au théâtre désaffecté. Lorsque nous fûmes parvenus en haut, il ouvrit une porte donnant sur un atelier que nous n'avions pas visité la première fois. Sur un long établi reposaient divers outils, des pots de colle, des morceaux de tissu, des livres ouverts (sur les pages desquelles apparaissaient des photos de costumes anciens) et enfin un cahier de dessins couvert d'esquisses. Le tout semblait avoir été abandonné la veille.

– L'atelier de Roberto, dit Emilio. Je tenais à vous le montrer avant qu'il ne sombre dans l'oubli.

– Dans l'oubli ? Ses élèves ne doivent-ils pas reprendre le flambeau ? demandai-je.

– Oui, c'est ce qu'ils ont dit, mais je les connais. Aucun d'entre eux n'ayant véritablement hérité du feu sacré qui animait Roberto, je crains que tout ceci ne s'enfonce rapidement sous la poussière accumulée dans le palais. De plus, la plupart d'entre eux quittent les parages pour aller étudier à Rome ou à Milan, alors…

– Ne peuvent-ils emporter les marionnettes avec eux et tenter de continuer autre part ? s'enquit John.

– Il faut croire que non, car aucun d'eux ne s'est encore manifesté, mais peut-être faut-il encore espérer. Toutefois, j'ai des doutes. La majorité des associations humaines qui fonctionnent reposent sur les épaules d'un être exceptionnel. Aussitôt qu'il disparaît, l'esprit subtil qui coordonnait et rassemblait les autres s'évanouit en même temps.

– De temps à autre pourtant, dis-je, il y a des élèves qui égalent et parfois dépassent leur maître, non ?

– Parfois, oui, répondit Emilio d'un air las. Mais, je vous le répète, je doute qu'il en soit ainsi en la circonstance. C'est pour cela que je voulais vous montrer l'atelier et les marionnettes dans leurs caisses, une dernière fois, afin que vous, qui êtes écrivains, puissiez témoigner de ce que vous avez vu et – qui sait ? – poursuiviez un jour l'aventure à votre manière.

– Je le ferai sans doute un jour, dit John.

– Moi aussi, fis-je. J'ai d'ailleurs déjà commencé à le faire dans mes carnets.

– Ah, bien ! Cela me rassure car, voyez-vous, au long des années, Roberto était devenu mon meilleur ami et il a laissé une lettre, avant de mourir, où il me demande de veiller sur sa petite troupe afin qu'elle ne soit pas éparpillée et de faire en sorte, si un acquéreur se présentait, que celui-ci prenne le lot ou rien. Il faut croire que ma mission ici-bas était d'être gardien : d'abord le palais, maintenant les marionnettes…

– Comment, demandai-je, Roberto a-t-il pu laisser une lettre avant de mourir, était-ce un testament ?

À cette question, je vis qu'Emilio hésitait à nous répondre, puis il se ravisa :

– Vous m'acculez à vous le révéler : Roberto s'est certainement suicidé. Il a tenté de maquiller son suicide en accident, mais la lettre qu'il a laissée ici pour moi, quelques jours avant l'événement, laisse peu de doute, même s'il a marqué sur l'enveloppe : « Au cas où il m'arriverait malheur. » Roberto était dépressif depuis des années, il supportait assez mal l'évolution du monde actuel. Il avait le sentiment de ne plus y avoir sa place ; et puis la solitude après le départ de sa femme lui pesait. Seules les marionnettes continuaient de le maintenir en vie, mais il supportait mal aussi de ne plus être invité nulle part, bien qu'il ne fît aucun effort pour l'être davantage. Un cercle vicieux, en somme... Mais pour finir, j'ai l'impression qu'il était important pour lui – par pur esthétisme ! – qu'on pense qu'il était mort accidentellement.

John et moi opinâmes de la tête, en silence. Emilio poursuivit :

– Je voulais donc que vous voyiez son atelier qui témoigne du soin qu'il mettait à confectionner ses personnages et puis aussi les marionnettes dans leurs boîtes pour que Denis les photographie, car, je vous le répète : qui sait ce qu'il adviendra d'elles par la suite ? Soit elles s'effriteront lentement ici, soit elles se disperseront dans le vaste monde entre des mains inattentives, mais à cela, malheureusement, il n'y a pas de remède...

Emilio se dirigea alors vers un coin de l'atelier et ôta une bâche sous laquelle étaient alignées en bon ordre les boîtes des marionnettes. J'installai le pied et positionnai l'objectif. Alors Emilio commença d'ouvrir les boîtes, une à une. Zeppo, Ludmilla, Pantalone, Giacinta, Isidoro, Giacomo... tous apparurent successivement, emmaillotés dans du papier de soie. Je vis que John était aussi impressionné que moi par cette opération. En vérité, ces boîtes avaient l'apparence de petits cercueils et, à considérer ces personnages, que j'avais toujours vus si pleins d'animation entre les mains de leurs manipulateurs, j'avais l'impression d'être en présence d'une inertie encore plus surprenante et choquante que celle des quelques cadavres auxquels j'avais pu être confronté dans mon existence. J'avais le sentiment que ces effigies de chiffon, après avoir sarcastiquement mimé et moqué nos ridicules, surjouaient en quelque sorte notre état mortel et que leur immobilité, plus pesante encore que celle des morts, avait quelque chose de plus définitif. De toute évidence, elles continuaient leur prestation jusque dans la fixité presque ironique de leur atonie.

– C'est… saisissant ! dit John.

– Oui, approuva Emilio, je sais ce que vous ressentez. J'ai personnellement cessé de le ressentir avec l'habitude, mais je m'en souviens. Ces petits démons s'amusent à nous effrayer. Et je dois dire qu'ils le font avec plus de talent encore depuis que Roberto a disparu. Il y a sans doute, en cela, une espèce de fidélité de leur part.

– Oui, et c'en est même émouvant, déclara John.

– Je me demande, dis-je, si ce n'est pas Roberto qui continue de les manipuler de là où il est.

– Il en est bien capable, répondit Emilio.

– En tout cas, reprit John, il les pétrifie à merveille, je dirais même que c'est à la limite du cabotinage.

– Vous lui faites là un compliment, dit Emilio, car, autant que je m'en souvienne, il a toujours dit que l'acteur authentique ne pouvait et ne devait pas chercher à éviter de cabotiner, que c'était l'essence même du théâtre, tout particulièrement de l'opéra bouffe italien.

– La mort elle-même, intervins-je, avec ses accessoires traditionnels, a déjà une fâcheuse tendance à cela, non ?

– C'est vrai ! acquiescèrent-ils tous deux en souriant et John ajouta : La mort aime à jouer les épouvantails et la plupart du temps, elle cabotine alors avec un certain mauvais goût.

– C'est ce que je trouve aussi, dis-je. Quoi qu'il en soit, saluons la performance des pupazzi. Bravo à vous, les amis ! Vous êtes parfaits, c'est votre meilleur rôle, m'exclamai-je en m'adressant aux boîtes. Aussi vais-je désormais, si vous le permettez, vous immortaliser avec ma petite camera obscura si bien nommée, en l'occurrence.

J'installai mon appareil devant chaque marionnette et déclenchai le flash.

– As-tu remarqué, dit John, que chacune d'entre elles te faisait un clin d'œil au moment du flash ?

– Je me demande, plaisanta Emilio, si cela apparaîtra sur la pellicule.

– Les fantasmes n'apparaissent que rarement sur la pellicule, répliquai-je.

– Heureusement... murmura John, songeur. Ça pourrait être encore plus effrayant !

Lorsque j'en eus terminé, Emilio referma les boîtes une à une, et je songeais que, plus qu'au cimetière deux semaines auparavant, c'était là le véritable enterrement de Roberto. Le monde qu'il avait imaginé et soutenu avec zèle depuis tant d'années se refermait avec le couvercle des boîtes. Il n'y avait plus qu'à escompter qu'il y resterait malgré tout – à l'instar de celle de Pandore – cette seule espérance, dont il est souvent dit qu'elle est l'ultime soutien des malchanceux.

Nous redescendîmes par l'escalier en colimaçon et, en bas, Emilio ferma la porte à double tour en disant :

– Qui sait quand j'aurai l'occasion de la rouvrir ?

Revenus un peu plus tard à la cabane d'Emilio, nous bûmes

un verre en sa compagnie, puis il nous proposa de nous raccompagner jusqu'à Santa Donatella. Nous commençâmes donc de suivre le chemin en silence, le chien gambadant autour de nous. Au moment où nous dépassions la ferme en ruine, Emilio s'arrêta et nous fit signe de le suivre. Nous pénétrâmes dans la cour envahie de ronces. Les toits des différentes parties de la maison et ceux des granges étaient crevés et un peu partout nous pouvions apercevoir d'anciennes machines agricoles, à moitié démantibulées, à la mécanique rouillée desquelles s'enroulaient – dans l'espoir, sans doute, de les immobiliser plus définitivement encore – toutes sortes de plantes volubiles. Beaucoup des carreaux des bâtiments étaient cassés, des murs entiers étaient écroulés et le lierre colonisait le moindre espace vacant. Ce matin-là, le ciel légèrement couvert nimbait la scène de teintes tantôt grises tantôt roses selon l'intensité changeante de la lumière et j'avais l'impression que nous nous étions subrepticement intégrés à un tableau de genre du XVIIIe siècle intitulé *La Visite des ruines*.

Emilio se posta au centre de la cour et, désignant les lieux d'un geste circulaire, nous tint ce discours :

– Je suis venu ici toute mon enfance pour chercher du lait et des volailles avec l'intendant de mes parents. Dès cinq heures du matin, en toute saison, les valets de ferme et le bétail ne cessaient de circuler, les gens de s'interpeller, les enfants de se préparer pour l'école, le coq s'égosillait, les jurons et les rires fusaient de toutes parts, enfin il régnait une intense animation qui me fascinait. J'avais l'impression qu'en dépit de son extrême rudesse, tout le monde prenait plaisir à cette existence. Il me semblait surtout que le monde de ces paysans était d'une diversité étonnante, que l'ennui et la monotonie ne pouvaient avoir prise sur une existence aussi riche en tâches variées. Mais peut-être était-ce le regard naïf d'un enfant de la haute société incapable d'en jauger les inconvénients. Toujours est-il qu'ils sont tous partis à la ville aussitôt qu'ils l'ont pu et qu'ils ne se sont même pas souciés de conserver les bâtiments en état, comme vous pouvez le voir. L'un d'eux, rencontré à Milan par hasard, il y a quelques années, et devenu garçon de café, m'a dit qu'il se plaisait bien ici dans son enfance mais que sa famille avait honte de la condition de paysan et qu'en y réfléchissant, avec le recul, il pensait que c'était là, plutôt que le motif économique régulièrement invoqué, la raison véritable de leur fuite.

Emilio se tut un instant, songeur, tandis que le chien, ne cessant de rentrer et de sortir des bâtiments, fouinait un peu partout dans le fatras des objets abandonnés.

– Je ne sais trop que penser de tout cela, reprit Emilio, mais je voulais vous montrer ce lieu, l'une des métairies de l'ancien domaine Lungharini, car il me semble que cette ruine-ci est le pendant de celle du palais et aussi de celle du vieux théâtre où vont désormais dormir les marionnettes…

– Pour les paysans, je ne sais pas, dit John, mais pour les marionnettes, je persiste à penser, en dépit de ce que vous nous avez dit tout à l'heure, qu'il se pourrait bien qu'un des élèves de Roberto se décide un de ces jours à les reprendre et à les faire renaître contre toute attente ! L'avenir est par essence imprévisible, comme ne cesse de nous le répéter Denis.

– Une renaissance des marionnettes ? interrogea Emilio d'un air dubitatif. Oui, peut-être… espérons-le ! Mais il est probable que ce serait dans une maison de la culture ou une quelconque médiathèque à l'architecture néomussolinienne, et dans des costumes contemporains, alors…

– Oui, effectivement, dit John, je n'avais pas pensé à cet aspect du problème. Peut-être que dans ce cas il est préférable qu'elles s'endorment à jamais là où elles sont.

– Je le crois aussi, intervins-je. Pourtant, il existe encore, dans les parcs des grandes villes, des théâtres de marionnettes pour enfants qui perpétuent plus ou moins l'ancienne tradition. À Paris, il y en a un aux Tuileries et un autre dans le jardin du Luxembourg. Cela dit, ça fait bien longtemps que je n'y suis pas retourné et peut-être que de mauvaises surprises, dans le genre de celles que vous évoquiez, m'y attendent. Sait-on jamais !

À ce moment-là, le chien sortit tout ébouriffé d'un hangar, portant un objet dans sa gueule qu'il vint déposer aux pieds de son maître. Nous nous penchâmes de concert : c'était une poupée en porcelaine aux yeux bleu faïence, au sourire un peu affecté – une réplique en quelque sorte de Giacinta –, dont la robe était à moitié déchirée et à laquelle il manquait un pied. Emilio la ramassa et la retourna dans ses mains. Tous trois interdits, nous contemplâmes cet objet inespérément exhumé des ruines. Puis John demanda au chien :

– Qu'as-tu voulu nous dire ? Hein ?

Le chien aboya brièvement en se dressant sur ses pattes arrière.

– Peut-être tout simplement, dit Emilio, que l'espoir attend parfois qu'on vienne le dénicher sous les décombres, non ?

– « Une indéchiffrable étoile parmi les décombres… », murmurai-je entre mes dents.

– Comment ? Que dites-vous ? demanda Emilio.

– Je me récitais le passage d'un poème, dis-je. Mais peut-être aussi que Giuppi, ajoutai-je pour couper court à toute explication, n'a rien voulu dire du tout.

– Parfait, s'exclama Emilio. La preuve vient de nous en être administrée : la relève est assurée ! Denis commence à marmonner et à raisonner comme Pantalone.

– Ah oui, c'est trop drôle ! s'écria John.

– Euh… je dois dire que cela m'a échappé mais, en y repensant, je crois que vous dites vrai. D'ailleurs je me suis toujours considéré comme un futur champion de radotage.

– Quoi qu'il en soit, dit Emilio en regardant le chien avec affection, ce bon Giuppi nous a rappelés à l'ordre : l'espoir subsiste souvent, en dépit des plus sombres pronostics, il suffit de garder confiance.

– En tout cas, fis-je, aussitôt rentré à Paris, je vais aller rendre visite aux marionnettes du Luxembourg.

– Tu nous informeras de la situation, j'espère ? dit John.

– Bien sûr. Cependant, si celle-ci correspond à nos pires appréhensions, il se pourrait que je vous fasse un compte rendu un peu nostalgique.

– Quelle importance, dit Emilio. De nos jours la nostalgie est devenue la meilleure garante d'un éventuel renouvellement.

– Et puis, conclut John, c'est sans doute là notre véritable vocation à nous autres indéfectibles romantiques : opposer l'énergie de notre mélancolie au désenchantement du monde.

Emilio nous fit alors ses adieux et, tandis que le soleil peinait à s'extirper du brouillard matinal, John et moi restâmes sur le chemin à regarder s'éloigner les deux silhouettes de l'homme et du chien.

Elles nous parurent s'enfoncer dans la brume, comme au cœur d'un très ancien rêve.

Réalisation : PAO Éditions du Seuil
Impression : CPI Firmin Didot au Mesnil-sur-l'Estrée
Dépôt légal : janvier 2011. N° 692 (102731)
Imprimé en France